光文社文庫

傑作時代小説

城を嚙ませた男

伊東　潤

光　文　社

目次

城を噛ませた男

見えすぎた物見

一

眼下に広がる田園の春霞《はるがすみ》が次第に晴れてくると、一間《いっけん》（約一・八メートル）間隔ほどで張りめぐらされた〝いき木〟の間を忙《せわ》しげに行き来する雀たちの姿が見えてくる。〝いき木〟に干されていた稲は取り払われて久しいが、雀たちは早稲《わせ》の種籾《たねもみ》を啄《つい》ばみに来ているのだ。

そこに乾田返《かんでんがえ》しをしていた百姓たちが、鋤《すき》や鍬《くわ》を手にして、何ごとか怒鳴りながら走り込んでくると、雀たちは、石を投じられた水面《みなも》のように四方に弾《はじ》け散る。

目を凝《こ》らして、こうした光景を眺めつつ、今年十八になる五助《ごすけ》は満面に笑みを浮かべた。

「清吉《せいきち》どんの申した通りだ。乾燥させた菊の花をすりつぶし、米酢《よねず》をかけて飲み始めてから三月《みつき》とたたんうちに、以前より、よう見えるようになったわ」

狭い物見櫓《ものみやぐら》の上で、五助が感慨深げに言う。

「わしが、こうして父祖《ふそ》から受け継いだお役目を全《まっと》うできるのは、清吉どんのおかげだ」

「大したことではない」

一方の清吉は、鷹《たか》のように鋭い目つきで四方を見回している。

「そんなことはない。家の秘伝を他人に教えるなど、なかなかできぬことだ。現に、われらの父《とと》や爺《じい》はお互いに張り合い、日がな一日、物見櫓におっても、口もきかなかったというではないか」

「そうであったな」

西南の方角から視線を外さず、清吉が生返事をした。

清吉は五助より四つほど年上だが、寡黙《かもく》で控えめな性格のためか、いつも同じくらいの年齢に見られる。しかし清吉は、それを気にするでもなく、五助に兄貴風を吹かせたこともない。

「わが家に伝わる物見の秘伝と共に、父《とと》がぽっくり逝《い》ってしまった時は、どうしようかと途方に暮れた。困っていたわしに、清吉どんが秘伝の数々を教えてくれたお陰《かげ》で、ここでこうして物見が続けられる。いくら礼を申しても足らぬくらいだ」

「もうよいではないか」

うんざりしたように清吉が言ったが、五助は赤米《あかまい》の結飯《むすび》をほおばりつつ、一方的にしゃべり続けた。

「この事は、わしの子や孫にも伝える。決して、清吉どんの家には足を向けて寝ぬ。むろん、教えてもらった秘伝は誰《だれ》にも漏《も》らさぬ。われらの子や孫も、ずっとこの仕事が続けられるようにな」

一息ついた五助が竹筒の水を飲んだ時である。

「来た」

清吉が独《ひと》り言《ごと》のように呟《つぶや》いた。

「そりゃ百姓も来るだろう。種籾をすべて雀に啄ばまれては、たまらぬからな」

「いや違う」

常とは異なる気配を感じた五助は、櫓の縁《ふち》から身を乗り出すようにしている清吉の傍《かたわ》らまで行き、清吉が凝視《ぎょうし》する西南の方角を見つめた。

「わしには何も見えぬが」

飯粒を咀嚼《そしゃく》しつつ、五助がぼやいた。

「待て」

清吉の額には、すでに汗がにじんでいる。

「気のせいではないか。この前もほら――」

五助の言葉を、清吉がその節《ふし》くれ立った手で制した。

「間違いない。光が常とは違う」

「光だと」

五助にも、西南の方角の春霞の色が、わずかに濃くなったように感じられた。

「あれは土埃《つちぼこり》だ。土埃が春霞の色を濃くしている」

もう一度だけ遠方を見やり、大きくうなずいた清吉は、撞木《しゆもく》を手にすると、躊《ちゆう》躇《ちよ》なく半鐘《はんしよう》を鳴らした。

静寂に支配されていた城内が、にわか雨に襲われたような騒ぎになる。

「いかがいたした」

半鐘の音を聞きつけた在番の将が、物見櫓の下まで駆けつけてきた。

「敵影が見えます」

「方角は」

「未申《ひつじさる》（西南）」

「分かった！」

在番の将が泡を食ったように走り去った。

「清吉どん、大丈夫か。春霞がまた薄くなったぞ」

五助が不安そうに問うたが、清吉は自信を持って答えた。

「あれは、敵が渡良瀬川《わたらせがわ》を渡っておるからだ。西南の方角から敵が来る時は、濃くなった霞がいったん薄れた後、また濃くなると、父《とと》が申していた」

「今、敵が渡良瀬川を渡っておるとすると、ここまで四里（約十六キロメートル）足らずではないか」

「ああ、あれは敵の主力だろう。先手《さきて》は、もう近くまで来ているやも知れぬ」

下野国人《しもつけこくじん》・佐野《さの》氏の本拠である唐沢山城《からさわやまじよう》は、敵方にあたる北条傘下《ほうじようさんか》の上野国人《こうずけこくじん》・長尾顕長《ながおあきなが》の館林城《たてばやしじよう》から五里（約二十キロメートル）ほど北方にある。

ちなみに長尾顕長とは、佐野領の西に接する足利《あしかが》地域、南に接する館林地域を押さえる国人領主であり、父祖代々、佐野氏とは国境《くにざかい》をめぐる紛争を繰り返していた。

やがて、筆頭家老の天徳寺宝衍《てんとくじほうえん》が衲衣《のうえ》と絡子《らくす》を翻《ひるがえ》しながら走ってきた。出家《しゆつけ》の身とはいえ、宝衍は三十九歳の働き盛りである。

「清吉、間違いないな」

物見櫓の下から、宝衍の切迫《せっぱく》した声が聞こえた。

「間違いありませぬ」

清吉の自信ありげな声を聞いた宝衍は、遅れてやってきた当主の宗綱《むねつな》を促し、転がるように大手口に向かって駆け下っていった。

「それにしても」と呟きつつ、五助がため息を漏らした。

「いつもながら、わが家は情けないの」

「これも生き残るためだ」

あばたの残る頬《ほお》にわずかな笑みを浮かべ、清吉は西南の方角を凝視していた。

二

標高八百尺（約二百四十二メートル）の唐沢山を脱兎《だっと》のごとく駆け下り、城の南にあたる富士口の大手門前まで駆けつけた宝衍は、小者《こもの》に命じ、まず周辺を掃き清めさせた。

「水を打て」

万事心得ているとばかりに、桶《おけ》と柄杓《ひしゃく》を手にした小者たちが、慣れた手つきで周囲に水をまき始めた。

続いて蓆《むしろ》を布《し》かせた宝衍は、そこに当主の宗綱を座らせると、己《おのれ》もその傍らに座を占めた。

「叔父上《おじうえ》、大丈夫か」

宗綱が、その瓜実顔《うりざねがお》を常より青白くさせている。

「ご安心めされよ」

「しかし先月、謙信《けんしん》と共に館林に攻め寄せた折、われらの旗は城方にも見られておるはず。さすれば、われらが越後《えちご》方に与《くみ》したのは、敵方に知られておるのではないか」

「たとえそうであろうと、口切《くちきり》の文言《もんごん》以外、若は黙って頭《こうべ》を垂れ、余計なことを言わぬようになされよ。後は万事、この宝衍にお任せあれ」

「分かった」

宝衍の気魄《きはく》に気圧《けお》されたがごとく、宗綱が口をつぐんだ。

やがて、かすかだった地響きが次第に大きくなり、街道の彼方《かなた》を粛々《しゆくしゆく》と進んでくる軍勢が見えてきた。それを認めた宝衍が蓆に額をすり付けると、傍らの宗綱も、ぎこちなくそれに倣《なら》った。

「止まれ」

将らしき者の下知《げち》により、隊列は大手門の前で止まった。上目づかいにうかがうと、かすかに震える宗綱の肩越しに、敵の姿が見えた。その旗印は言うまでもなく〝三《み》つ鱗《うろこ》〟である。

――以前と何も変わらぬ。

宝衍は、前の当主・昌綱《まさつな》の震える肩を思い出していた。

――わしは幾度となく、ここでこうして兄者の肩を見てきた。一度など、その肩に刃が載せられたこともあった。

「首を垂れて待っているとは殊勝なことだ」

その時、銅鐘《どうしょう》のように底冷えした声が耳に飛び込んできた。続いて鐙《あぶみ》の軋《きし》む音がすると、将らしき者が近づいてくる気配がした。

――あの声は氏照《うじてる》ではないか。

その声が、北条氏康《うじやす》の次男・陸奥守《むつのかみ》氏照と分かった時、宝衍の背筋が強張《こわば》った。

北条勢が佐野領に入る折は、館林長尾氏指南役の氏康三男・氏邦《うじくに》が先手を務めるのが常だが、此度《こたび》ばかりはどうしたわけか、兄弟の中で最も厳格な氏照が、先手を務めているのだ。

気づくと、宗綱が脇《わき》の下からこちらをのぞき、「どうしよう」という顔をしている。

宝衍がかすかに首を横に振ると、宗綱は身を震わせて額を蓆にすり付けた。

「久方ぶりだの」

宝衍が恐る恐る顔を上げると、黒糸縅《くろいとおどし》の胴丸《どうまる》に鷹の羽毛をあしらった陣羽織《じんばおり》をまとい、六十二間筋兜《すじかぶと》をかぶった中肉中背の男が眼前にいた。逆光で顔はよく見えないが、その特徴ある肩の盛り上がりから、それが誰であるかは明らかである。

「表裏者《ひょうりもの》が二人そろうて、何の詫《わ》び言《ごと》かの」

氏照の言に、背後に控える北条の兵がどっと沸《わ》いた。

宗綱は恐怖で肝《きも》が縮《ちぢ》んだのか、嚙《か》んで含めるようにして教えた口切の文言さえ出てこない。

――致し方ない。

「これは陸奥守様、お久しぶりにございます」

宗綱を背後に押しやるようにして膝《ひざ》を進めた宝衍は、わざと明るく挨拶《あいさつ》した。

「古狸《ふるだぬき》殿も壮健のようで何より。しかし、こちらのうらなり殿は、ご病気のようだな」

「どうかご慈悲を――」

ようやく搾《しぼ》り出した宗綱の声は、瀕死《ひんし》の馬のいななきのように聞こえた。

――こいつはいかん。

氏照が卑怯《ひきよう》と怯懦《きようだ》を極度に嫌うので、こうした態度は命取りである。

――この首を献上しても、若の命だけは守らねばならぬ。

宝衍は、何とかしてこの場を脱する方法はないかと知恵を絞った。しかし、すぐに妙案は浮かばない。

そうこうしている間にも、水の滴《したた》る音が聞こえてきた。上目づかいにわずかに見ると、刀の切っ先から垂れる水が見える。

来国行《らいくにゆき》を抜いた氏照が、首を打つ支度に掛かっているのだ。

咄嗟《とつさ》に口をついて言葉が出た。

「これは希代《きたい》の名刀・来国行でござるな」

宝衍が刀身《とうしん》の前に膝行《しつこう》した。

「これは眼福《がんぷく》でござる。ぜひ、この手に取らせていただきたく――」

なおも迫る宝衍から身を引きつつ、氏照が目をむいた。

「ええい、下がれ！」

「まあ、そう仰《おお》せにならずとも」

なおも宝衍が迫る。

「この表裏者め。ほんの三月《みつき》前、われらに膝を屈しておきながら、越後勢が来たれば、早速、そちらに尻尾《しっぽ》を振る。それだけでなく、調子に乗って、越後の痴《し》れ者と館林城まで攻め寄せたというではないか」

越後の痴れ者とは、言わずと知れた上杉《うえすぎ》謙信のことである。

気力を取り戻したかのように、氏照が来国行を構えた。

「わしが、そのそっ首、落としてくれるゆえ、前に差し出せ」

「佐野家の安堵《あんど》と引き換えならば、こんな首など、いくらでも献上いたしまする」

宝衍は、氏照に抗《あらが》うように首を垂れた。

――ここが切所《せっしょ》だ。

宝衍は、気力以外にこの場を逃れる術《すべ》がないことを知っていた。

「田舎《いなか》国人《こくにうど》の分際で、生意気な輩《やつばら》め」

氏照が刃を振り上げた。朝日がさえぎられ、地面が暗くなることで、それが知られた。

宝衍は覚悟を決め、内懐《うちぶところ》から数珠《じゅず》を取り出した。

「南無釈迦牟尼仏——」

さすがの宝衍も、祈るよりほかに手はない。

「源三《げんぞう》、待て」

その時、獣《けもの》がうめくような声が聞こえた。

——氏政《うじまさ》だ。

北条家当主・氏政の下膨《しもぶく》れした口腔《こうこう》から発せられる、くぐもった声が、その時の宝衍には、神仏のもののように聞こえた。

「しかし兄者、この者は——」

「分かっておる」

ゆっくりと近づいてきた氏政が、宝衍の眼前にしゃがんだ。

「天徳寺殿、これで何度目であったかの」

「何度目と申しますと」

「わしは、何事も覚えておくのが得意でな。貴殿の兄・周防守《すおうのかみ》（昌綱）殿が、永《えい》禄《ろく》二年（一五五九）、七年、そして十年、その御子息の修理亮《しゅりのすけ》（宗綱）殿が、天正《てんしょう》二年（一五七四）と四年、そして、それから半年も経《た》たぬこの正月（天正五年）と、この場で同じように頭を垂れていた。そのすべての場に貴殿もおったはずだ」

「は、はい」

「二代六度にわたり、佐野家はわれらに誓詞《せいし》を差し出し、忠節を誓っておきながら寝返った。これをいかに思う」

「われらのごとき弱き者が国を守るには、こうするしかないのです」

「何を申すか！」

「源三！」

喚《わめ》く氏照を肩越しに黙らせると、氏政は、慈悲深い目で宝衍をのぞき込んだ。

「仏に仕える身として、あまりのこととは思わぬか」

「御屋形《おやかた》様――」

宝衍が威儀《いぎ》を正した。

「われらの地は上杉領国と北条領国の境目にあたり、戦乱が絶えませぬ。しかも一方が来た時、頭を垂れずば、われらの地は焼き払われ、民は飢死《かつえじ》にいたします。この地に来た方に味方するほか、われらに生き残る術はないのです」

涙ながらに宝衍は訴えた。

「それが佐野家というものか」

「はっ、地に這《は》いつくばっても、民のためによかれと思うことをするのが、われらの身の処し方にございます」

氏政は、呆《あき》れたように首を横に振ると立ち上がった。

「兄者、斬りましょう」

氏照が、いったん収めた刀に手を掛けた。

「やめておこう」

「なぜに」

「よいか源三」

氏政が恬淡《てんたん》として言った。

「この者は真《まこと》を語った。この乱れた世で真を語る者は少ない。皆、己だけが助かりたい一心で、偽《いつわ》りを申して人を裏切る。しかし天徳寺は真を語った。それに免じて、此度ばかりは赦免《しやめん》いたそう」

「しかし兄者、それでは、われらの掲げる〝義〟が成り立ちませぬ。この話を聞いた下野国衆は、こぞって表裏者となりましょう」

「それでは、この者を斬れば、それが防げると申すか」

「それは――」

氏照が返答に窮した。

「この者を斬ることに、いかなる意義があるというのか。もし佐野家を断絶させれば、残る下野国衆は越後方に与し、われらに死に物狂いで抵抗しよう。上野国を掌握《しょうあく》できていればまだしも、そうでない今、この地は佐野一族に任せるほかないのだ」

「分かりました」

口惜《くや》しそうに宝衍を睨《ね》めつけながら、氏照が口をつぐんだ。

氏政の言うことは尤《もっと》もである。力に物を言わせて、その地に根を張る国人を滅ぼせば、その近隣の国人たちは反発し、敵方に与して徹底抗戦を試みる。この時代、特定地域に長く蟠踞《ばんきょ》する国人土豪の制圧は、周辺地域を完全に領国化してからでないと困難だった。

現に天正三年（一五七五）、氏照は、唐沢山城の東方五里にある祇園城《ぎおんじょう》の小山秀綱《おやまひでつな》を滅ぼした。ところが、祇園城の東方の結城城《ゆうきじょう》に拠る結城晴朝《ゆうきはるとも》が、突如として北条家に反旗《はんき》を翻した。小山氏は結城氏の本家筋にあたり、晴朝の離反は、小山氏滅亡に危機感を抱いてのものだった。結城・小山両氏恩顧の土豪や地侍もこれに呼応し、北条家の下野戦線は、一転して不安定なものとなった。

北条家の祐筆《ゆうひつ》の差し出す誓詞に血判《けつぱん》を捺《お》した宝衍と宗綱は、館林方面に去っていく北条勢の隊列を平伏《へいふく》したまま見送った。

――われらは、いつまで頭を下げ続けることになるのか。

宝衍は暗澹《あんたん》たる気分になったが、宗綱の手前、それを顔に出すことはできない。

「若、堪《こら》えて下され」

「分かっておる。分かってはおるが、わしは口惜しいのだ」

蓆の青臭い香りを嗅《か》ぎつつ、宝衍は、今年十七になったばかりの宗綱に同情した。

三

下野国南西部、安蘇《あそ》郡一帯を押さえる国人領主・佐野氏の祖先は、平将門《たいらのまさかど》征伐で名を馳《は》せた藤原秀郷《ふじわらのひでさと》（俵藤太《たわらのとうた》）である。

平安時代末期、源氏の謀略によって、秀郷の家系は中央政界から駆逐《くちく》されたが、藤原姓足利氏、佐野氏、小山氏、結城氏などに枝分かれし、関東内に命脈《めいみやく》を保っていた。

平家滅亡の折、平家方に与した本宗家《ほんそうけ》の藤原姓足利氏が衰えた後、小山氏と共に秀郷の家系を後代に伝える任を引き継いだ佐野氏は、戦国期に入り、泰綱《やすつな》、豊綱《とよつな》、昌綱、宗綱の四代にわたり、次々と現れては消えていく権力者に対し、ときには抗し、ときにはへつらい、懸命に家と領国を保ってきた。

しかし、中小国人割拠《かっきょ》のまま戦国時代に突入した北関東にあって、国人どうしの境目争いに明け暮れているうちに、越後上杉（長尾）、相模《さがみ》北条、甲斐武田《かいたけだ》といった有力な戦国大名が台頭し、単独で生き抜くのは困難となりつつあった。

――何と申し開きすべきか。

北条勢が去ってから一月《ひとつき》後の天正五年（一五七七）五月、越後勢が関東越山《えつざん》を果たした。その報に接した宝衍は、いかに戦うかではなく、いかに弁明し、いかに謙信を誤魔化《ごまか》すかに頭を悩ませていた。

「叔父上、どうするつもりだ」

宗綱が、その小太りの体軀《たいく》を震わせて迫った。

「方策などありませぬ。お味方の顔をして、お迎えするまで」

「われらが氏政に誓詞を差し出したことを、謙信が知らぬはずあるまい。すでに小田原方が近隣の国人《くにうど》に通達しておるはずだ」

宗綱の言う通りだった。ある国人《こくじん》を傘下に収めた戦国大名は、将棋倒しに傘下国人を増やすため、味方のみならず敵方国人にも、それを通達するのが常である。

「不識庵様《ふしきあん》（謙信）が何と仰せになろうとも、あくまで、とぼけ通すのです」

「そんなことが通じようか」

謙信が表裏を嫌うこと甚《はなは》だしいのは、その辺りの赤子でも知っている。しかし宝衍は、何を言われても、とぼけ通すつもりでいた。

――北条がやってきた時は、相手の懐に飛び込むように本心を吐露《とろ》することで、活路《かつろ》を見出した。しかし、謙信相手にその手は通じぬ。

「いっそのこと、わしは戦いたい」

宗綱が、その広い額に憔悴《しょうすい》をにじませるようにして言った。

「今、戦いたいと仰せになられたか」

「うむ。戦いたい」

――この若さで当主となり、頭を垂れることしか、仕事らしい仕事をしたことはないのだ。無理もない。

そうは思いつつも宝衍は、宗綱に厳しく佐野家の流儀を教え込まねばならないと思った。

「若、心得違いをしてはなりませぬ。藤原秀郷公以来、連綿《れんめん》と続く佐野家を、われらは後世《こうせい》に伝えていかねばならぬのです。一時《いっとき》の短気から家をつぶしてしまえば、父祖の労苦は水の泡となります」

「申すな、宝衍。わしはもううんざりだ！」

宗綱が身をもたせていた脇息《きょうそく》を倒した。

「若、古河公方《こがくぼう》や山内《やまのうち》・扇谷《おおぎがやつ》両上杉家を思い出されよ。お祖父様《じい》（豊綱）の頃、関東を二分して争った彼奴《きやつ》らは、今では、滅亡するか命脈を保つだけの家になってしまいました。しかし、彼奴らの間をうまく立ち回ったわれらは、こうして父祖から受け継いだ領国を保っております。これを何と思われるか」

口を真一文字に結んだ宗綱に、返す言葉はない。

「お祖父様も父上も、短気を起こさず堪えに堪えなさった。その礎《いしずえ》の上に、今の佐野家があるのです。逆に、あれだけ大きくなってしまえば、越後上杉も北条も、次代には滅んでおりましょう。しかしわれらは、小さきゆえに生き残れるのです」

――大きな魚は、さらに大きな魚にのみ込まれる。しかし小さな魚は、より大きな魚からは狙われないのだ。

「嫌だ。わしは、父上のように頭を下げるだけの人生など歩みとうない！」

その時、宗綱の蹴った脇息が宝衍の眼前まで転がった。

「分かりました」

眦《まなじり》を決すると、宝衍が宗綱を睨《ね》めつけた。

「それでは存分に戦いなされよ」

「えっ」

呆気《あっけ》に取られたかのごとく、宗綱が口をぽかんと開けた。

「そこまで仰せになられるのなら、この宝衍、佐野全軍の先手を仕《つかまつ》り、不識庵様の陣に斬り込みます。そして家臣や領民ともども、屍《かばね》を野辺に晒《さら》しましょう」

「いや、待て」

「若は、その様をじっくりとご覧になった後、城に火を放ち、見事に腹をかっさばいて下され」

宗綱の額に、汗の玉が浮かんだ。

「そのお覚悟がおありなら戦いなされよ。尤も、北条ごときのために家をつぶしたとあっては、何の誉《ほま》れにもならず、ほかの国衆からも陰で嘲《あざけ》られましょうが」

それを聞いた宗綱は、童子《どうじ》のように首を横に振ると、肩を落とした。

——藤原秀郷公から連綿と続く佐野の家をつぶすなど、小心の若にできようはずはないのだ。

「お分かりいただけましたな」

宝衍が念押しすると、宗綱が虚ろな目をしてうなずいた。

思えば、宗綱の父であり宝衍の兄にあたる昌綱は、宗綱に輪をかけて小心者だった。「いっそのこと戦おう」と言う遊願寺《ゆうがんじ》実衍《じつえん》の言を退け、幾度となく頭を下げに城下に走ったものだった。

遊願寺実衍とは、昌綱と宝衍の弟の孫四郎《まごしろう》のことである。

宝衍らの父・豊綱には、嫡男《ちゃくなん》の昌綱を筆頭に、分家の桐生《きりゅう》佐野家を継いだ次男の重綱《しげつな》、三男の宝衍、四男の実衍という四人の男子がいた。

実衍は孫四郎と呼ばれていた頃、「今藤太《いまとうた》」と謳《うた》われるほどの剛勇を誇り、弓を引かせれば、「一町（約百十メートル）先の兎《うさぎ》に命中させられる」と噂されるほどの兵《つわもの》だった。

家臣や領民が「孫四郎様が家督（嫡子）であれば」と陰で嘆いているのを、宝衍は幾度となく耳にした。

そのため宝衍は、兄の昌綱が孫四郎の存在を危険視し、佐野家のために殺すと思った。宝衍は先手《せんて》を打って孫四郎を出家させ、家督を奪う意志がないことを明らかにさせようとした。

当初、その提案に聞く耳を持たなかった孫四郎だが、宝衍が共に出家すると言い出すに及び、ようやく納得した。

宝衍には計算もあった。己や孫四郎が家族を持つことで、大国からは傘下入りする度《たび》に人質を要求される。しかし、妻も子もいなければ人質の出しようもなく、それによって判断が曇ることもないからである。

剃髪《ていはつ》して現れた二人を見て、すべてを察したかのごとく、昌綱は何も言わなかった。

宝衍は、先を見通す力によって兄弟の仲違《なかたが》いを未然に防いだ。しかし血気に逸《はや》る実衍は、どうしても昌綱の方針と相容れず、佐野家を飛び出し、武田信玄《しんげん》の許《もと》に走った。

実衍は、武をもって周囲を切り従えている武田家にこそ、己の拠り所があると思ったのだ。

風の噂では、実衍は武田家の使僧《しそう》となって活躍していると聞くが、今となっては、過激な実衍に家を去ってもらい、宝衍は安堵していた。

実衍が去ることで、佐野家中には、大国に対して武力で抗していこうという者はいなくなった。昌綱と宝衍は、入れ替わりやってくる大国に頭を下げ続けた。一度など、上杉と北条のどちらについているか分からなくなった。昌綱と宝衍の意見が食い違い、結局、「とにかく頭を下げてしまえ」とばかりに、二人は城下に走った。

離反の詫び言を長々と聞かされた氏政が、己の祐筆に調べさせると、その時点で、佐野家は北条傘下であることが分かった。氏政とその側近たちは呆れ果て、天にも届けとばかりに哄笑《こうしょう》した。

その笑いの輪の中で、薄くなった頭をかきつつ、昌綱は追従《ついしょう》笑いを浮かべていた。その傍らに拝跪《はいき》しつつ、宝衍は口惜しさに耐えた。

――しかし本当に強かったのは、謙信でも氏政でもなく兄上だったのだ。

四十路《よそじ》に手が届かんとする年になり、宝衍はそのことを覚った。

しかしその昌綱も、度重なる心労から膈《かく》（胃潰瘍《いかいよう》）を患《わずら》い、天正二年（一五七四）に四十五歳で病死した。最期の時、枕頭《ちんとう》に呼ばれた宝衍は、その袖を取られ、噛んで含めるように諭《さと》された。

「いかなることがあろうとも頭を下げ、決して戦ってはならぬ」

「しかと心得ました」

「わが子の宗綱は、わしに似て小心だが、投げやりな一面がある。わしは、それだけが心配だ。何があっても宗綱の首根っ子をひっ掴《つか》み、頭を下げさせるのだ」

言葉を口にできる最後の時まで、昌綱は同じことを繰り返し言いつつ、息を引き取った。その凄《すさ》まじいまでの執念を目の当《ま》たりにした宝衍は心に誓った。

――若には、何があっても頭を下げさせなければならぬ。

「若、亡き大殿の遺訓をお忘れなきよう」

宗綱に念押しした宝衍は本曲輪《ほんくるわ》を後にし、天狗岩《てんぐいわ》にある物見櫓に向かった。

抜けるような夏空の下、宝衍は袈裟《けさ》をたくし上げ、物見櫓の梯子《はしご》を登った。

「様子はどうだ」

「これは天徳寺様」

清吉と五助が慌ててその場に拝跪した。

「そう畏《かしこ》まるな」

にこやかな宝衍の様子に、二人は緊張を解いた。

「今日は何用でございますか」

「たまには、空でも眺めてみたくなってな」

大きく伸びをすると、清冽《せいれつ》な空気が胸腔《きょうこう》に満ちる。

宝衍は何もかも捨て去り、流浪《るろう》の旅にでも出てみたくなった。

——しかしわしには、佐野家を次代に手渡すという大切な使命がある。

目を落とすと、腰掛の上に置かれた盥《たらい》の中に浸《ひた》してある手巾《しゅきん》が目に留まった。

宝衍が盥の中をのぞくと、何かの実がたくさん浮いている。

「これは枸杞《くこ》の実か」

「へい」

二人が同時にうなずいた。

「枸杞の実が目によいとは聞いていたが、それほど効くものか」

その中の一つを手に取った宝衍は、その小さな実をじっと眺めてみたが、とてもそんな効用があるようには思えない。

「当番でない時、枸杞の実を浮かべた水に浸しておいた手巾を目の上に置いて休むと、目の疲れが取れます」

清吉が遠慮がちに答えた。

「なるほど、目がよくなるのではなく、目の疲れが取れるのだな」

「へい」

「尤も、わしはすぐ寝てしまい、手巾がずれ落ちてしまうで、効果のほどは分かりませぬ」

五助の戯《ざ》れ言《ごと》に、宝衍と清吉が声を上げて笑った。

「そなたらは佐野家の両の目だ。これからも励むがよい」

弄《もてあそ》んでいた枸杞の実を、宝衍が盥に戻した時である。

「あっ」

清吉の目が、宝衍の肩越しに何かを捉《とら》えた。

「どうした」

「しばしお待ちを」

物見櫓の欄干《らんかん》から身を乗り出した清吉が、西北の方角に目を凝らした。同様に、五助も同じ空をにらんでいる。

「何か見えるのか」

宝衍の目には、普段と何ら変わらぬ田園風景と、幾重にも連《つら》なる山々が広がっているだけである。

「戌亥《いぬい》(北西)の方角から軍勢が来ます」

清吉の声は自信に満ちていた。

「軍勢だと。そんなものがどこにおる」

唐沢山城の西にあたる桐生方面の眺望は開けており、赤城山《あかぎさん》、榛名山《はるなさん》、浅間山《あさまやま》、妙義山《みょうぎさん》といった上州《じょうしゅう》の誇る山々が、一望の下《もと》に見渡せる。しかし、あまりに距離が遠く、動くものなど何も見えないはずである。

「天徳寺様、よくご覧下さい」

五助の指し示した方角には、橙色《とうしょく》に輝く日が沈みかけていた。

その下方を宝衍が凝視すると、時折、何かが瞬《また》く気がする。

「あれは、沈み行く西日に、兜《かぶと》の前立《まえだて》や金箔《きんぱく》を張った馬鎧《うまよろい》が乱反射しておるのです」

確かに兜の前立のきらめきだけで、物見は、はるか遠方の敵を知るという話を聞いたことがある。

「そういうことか」

目を凝らすと、星辰《せいしん》のごとき無数の瞬きが、宝衍の目に飛び込んできた。

「距離はどれほどだ」

「五里（約二十キロメートル）から六里（約二十四キロメートル）かと」

それを聞くや、身を翻して物見櫓を降りた宝衍は、宗綱のいる本曲輪に向かって駆け出した。

四

「われらが不識庵様に偽りを申すなど、藤原秀郷公に誓ってありませぬ」

「そうか、それならよいのだが」

馬上盃《ばじょうはい》に満々と注がれた酒を一気に飲み干した謙信が、ゆっくりと馬を下りた。

白綾《しろあや》の頭巾《ずきん》をかぶり、鎧の上に緋色の羅紗《らしゃ》地陣羽織をまとい、篝火《かがりび》に半身を照らされたその姿は、軍神以外の何者でもない。

宝衍は気圧《けお》されまいと、心中、自らに活を入れた。

「天徳寺、面《おもて》を上げよ」

「はっ」

宝衍がおずおずと顔を上げると、目の前に謙信の顔があった。その顔は、半年前に会った時よりもやつれ、剃《そ》り上げられた頰にも、白い胡麻《ごま》のようなものが多く交じっている。

——随分と、お年を召されたな。

謙信の面には、すでに老いの影が差していた。

しかし、その背後に林立する「刀八毘沙門《とうばつびしゃもん》」と「日の丸」の旌旗《せいき》は、拝跪するお側衆《そばしゅう》の旗指物《はたさしもの》と共に強風に煽《あお》られ、若獅子《わかじし》のように舞い狂っている。

——不識庵様が衰えても、越後勢の強さは変わらぬ。やはり、われらは頭を下げるしかないのだ。

宝衍は強く己を戒《いまし》めた。

「天徳寺、わしの顔を見ろ」

「はっ」

反射的に謙信の顔を見ると、表裏を許さぬ正義の瞳が、宝衍を見つめていた。

——気を強く持つのだ。

宝衍は己に言い聞かせた。

「それでは、その方《ほう》らが賊徒《ぞくと》（北条）方に転じたという風説《ふうせつ》は、全くの偽りだと申すのだな」

謙信が険しい声音《こわね》で問うてきた。

「はっ、われらは、以前と変わらず不識庵様の旗下《はたした》でございます」

「そうか、では、偽りを申した者らの首を刎《は》ねねばならぬな」

「えっ」

思いもしなかった謙信の言葉に、宝衍は息をのんだ。

呆気に取られる宝衍を尻目に、後ろ手に縛られた近在の村の乙名《おとな》（庄屋）や町年寄《まちどしより》たちが、隊列の後方から引っ立てられてきた。彼らは一様に顔を腫《は》らし、足を引きずっている。

「わが領民にいったい何を——」

顔見知りの乙名たちの哀れな姿に、宝衍は絶句した。

「この者らは、この春、賊徒らが城下に参った折、修理亮（宗綱）とその方が頭を垂れて臣従《しんじゅう》を誓ったと申すのだ」

「いやそれは——」

「その方の言を疑い、真にすまなかった。この者らが、偽りを申しておることは明白。よってこの場で、この者らの首を刎ねる」

「ひい」

乙名たちの口から悲鳴が漏れる。

——万事休すだ。やはり不識庵様は、わしより上手《うわて》だ。

「お待ち下され」

「何を待つ」

「偽りを申したのは、それがしでござる」

宝衍が覚悟を決めて頭を垂れた。

「やはりそうであったか」

悲しげに首を横に振ると、謙信はため息をついた。

「仏に仕える身が、嘘偽りを申すとは世も末だ。かような者の首を落とすなど、この日光長光《にっこうながみつ》の穢《けが》れとなる」

日光長光とは、謙信愛刀三十五口《くち》の中で、最も謙信が愛した一振りである。

「何卒《なにとぞ》、それがしの首を刎ねて下され」

草鞋《わらじ》に額をすり付ける宝衍に、哀れむような視線を注ぎつつ、謙信は背後の小《こ》姓《しょう》に何事かの合図した。

弾かれたように立ち上がった小姓の一人が、白布《しらぬの》で覆われた首桶《くびおけ》を運んできた。

「天徳寺、この桶の中には、首が入っておる」

それは、名ある者の首を入れるための白木の首桶だった。しかし、佐野家の近親者で謙信の許に人質として出している者は、この時おらず、それを思い出した宝衍は、胸を撫《な》で下ろした。

「天徳寺よ、その方ほど罪深き者はおらぬ」

憎々しげに宝衍を睨めつけると、謙信は問うた。

「この中の首が誰のものか分かるか」

「分かりませぬ」

「そうであろう。その方のように、己の鼻先しか見えぬ者には分からぬはずだ」

蔑《さげす》むようにそう言い捨てると、謙信は小姓に顎《あご》で合図した。

小姓が白布を取り、中の首を取り出した。

こぼれ落ちる塩と共に、青黒い首が現れる。

気味悪そうに塩を払った小姓は、用意してあった折敷《おしき》の上にそれを載せ、宝衍の眼前に差し出した。

それは剃髪者の首だった。

「よく見るがよい」

眼前に置かれた首を凝視した宝衍は、「あっ!」と叫ぶや、背後にのけぞった。

「孫四郎ではないか! なぜ、こんな姿に——」

その首は、宝衍の弟の遊願寺実衍のものだった。

「遊願寺は、信玄と四郎《しろう》（武田勝頼《かつより》）の使僧として長らく甲越間の融和を図ってきた。しかし、四郎とその側近の場当たり的な計策（外交策）に呆れ、『甲斐に帰りたくない』と申しておった。それで、わしの許に滞在していたが、そこに舞い込んだのが、その方らが賊徒方に転じたという一報だ。わしは怒り、その方と修理亮の首を打ち、遊願寺に佐野の家督を取らせると申した。しかし遊願寺は首を横に振り、己の腹に免じて、修理亮とその方を救ってくれと申すのだ」

「何ということを――」

宝衍は、震える手で首に付いた塩をかき落とした。

「わしは、かような表裏者のために死ぬなど、やめておけと申したのだが、遊願寺は頑として聞かぬ。遂にわしはそれを許した。そして毘沙門天の前で、わしに佐野家の赦免を誓わせた上で、遊願寺は悠然《ゆうぜん》と腹を切った」

「孫四郎、すまなかった」

涙が止め処《とど》なく頰を伝う。

「周防（昌綱）、修理亮（宗綱）、そしてその方と比べ、遊願寺は真に天晴《あっぱ》れな漢《おとこ》であった」

涙を堪えるかのように、謙信が空を仰いだ。

「その方は過ぎたる弟を持った」

「真に、過ぎたる弟でございました」

――小さな家を後世に伝えていくためには、多くの犠牲が必要となる。それは、力なき者にしか分からぬことだ。孫四郎にも、遂にそれが分かったのだ。

遊願寺の首を前にした宝衍は、数珠を取り出し、懸命に経を唱えた。

「修理亮」

背後で肩を震わせていた宗綱を、謙信が呼んだ。

「はっ」

浅ましいばかりに慌て、宗綱が膝をにじった。

「遊願寺に免じて、此度ばかりは赦免いたそう」

「ありがたきお言葉」

宗綱の声が一瞬、明るんだ。しかし次の言葉を聞いた時、その体が強張るのを、宝衍は感じた。

「此度、わしが越山したのはほかでもない。佐竹《さたけ》、結城、宇都宮《うつのみや》らが、祇園城を攻めておるのを手伝うためだ。それゆえ、その方はわれらの先手を務め、佐竹らに馳《ち》走《そう》せよ」

「いや、それは――」

陳弁《ちんべん》しようとする宝衍をさえぎり、謙信が言った。

「われらは城に上がる。その方は、さっさと出陣いたせ」

宝衍にも宗綱にも、それを受け入れるほかに術はなかった。

五

佐野家の兵を引き連れ、宗綱が東方に去っていった。

唐沢山城本曲輪に建てられた望楼《ぼうろう》（三階櫓）から、その隊列を見送る宝衍の気持ちは複雑だった。

「知っての通り、祇園城は源三（北条氏照）の城だ。かの者のことだ。これで、その方らを許すことはあるまい」

謙信は満足げにうなずくと、盃《さかずき》を干した。

佐野勢の向かった祇園城は、佐野家と祖を同じくする小山秀綱の本拠だったが、天正三年（一五七五）に氏照に落とされて以来、北条家の番城《ばんじろ》となっていた。

この城を攻めるということは、氏照の怒りを買うことであり、佐野家に不退転《ふたいてん》の覚悟をさせることにつながると、謙信は思っているのだ。

「天徳寺、こちらに来て共に飲め」

その節くれ立った指で岩塩《がんえん》を嘗《な》めつつ、謙信が酒を勧めた。

謙信の酒に肴《さかな》はない。岩塩をちびちびと嘗めながら、次々と盃を上げるのが謙信の酒である。

命じられるままに盃を上げると、口中に酒の苦味が広がった。

「わしの酒は苦いぞ」

宝衍の渋面《しぶつら》を見て、謙信が笑みを浮かべた。

――不識庵様は、これほど強い酒を普段から水のように飲んでおられるのか。

慌てて岩塩の塊《かたまり》を口に入れた宝衍は、またしても顔をしかめた。

「越後の塩も甘くはない」

その言葉の意味を嚙み締めつつ、宝衍は岩塩をのみ下した。

「下野の騒乱を収めて後、わしは上方《かみがた》へ参るつもりだ」

唐突に謙信が言った。

「いったい何をなさりに――」

謙信の意外な言葉に、盃を持つ宝衍の手が止まった。

「尾張《おわり》の虚《うつ》けを成敗しに参るのよ」

「尾張の虚け——」

「知らぬのか、織田信長《おだのぶなが》と申す天をも恐れぬ虚け者のことよ」

宝衍とて、その名を耳にしたことは幾度かあった。しかし、佐野家をいかに延命させるかばかりを考える日々が続き、いつの間にか、巨視的な見地から物事を俯瞰《ふかん》することを忘れていた。

——そうか。この天地は、上杉と北条ばかりではないのだ。われらの父祖は目先の利益を求め、近隣諸豪との境目争いに明け暮れ、その間に巨大となった上杉や北条に、頭を下げねばならなくなった。先を見通すことを常に念頭に置くわしでさえ、同じ過《あやま》ちを犯すところだった。

宝衍は、突如として視野が開けた気がした。

「かの虚けに、目にもの見せてくれようぞ」

盃を干す謙信を見た宝衍が、媚《こ》びるように長い柄《え》の付いた諸口《もろくち》（銚子）を持った時である。

「うっ」

何かが胸につかえたのか、謙信が酒を吐いた。

「不識庵様、いかがなされましたか」

宝衍が介抱《かいほう》に立ち上がるよりも早く、次の間に控えていた小姓と近習《きんじゅう》が駆けつけてきた。

「心配要《い》らぬ！」

小姓の手を払った謙信は、口端《くちは》に付いた酒をぬぐうと、盃を差し出した。

呆気に取られつつも、宝衍は震える手で酒を満たした。

「近頃、癪《しゃく》の虫がよく騒ぐのだ。しかし、すぐ癒《い》えるので心配には及ばぬ」

謙信は苦笑いすると、再び盃を干した。

——これはもしや。

謙信の青白い顔を盗み見しつつ、佐野家がいかに身を処すべきか、宝衍は、また分からなくなった。

そもそも佐野家には、始祖《しそ》である藤原秀郷の遺訓と呼ばれる、ある逸話《いつわ》が伝えられていた。

その昔、朝廷に反逆し、旗揚げした平将門の噂を聞いた藤原秀郷は、戦うか与するか決めるため、将門に会ってみようと思った。聞こえてくる噂がすべて、将門を英雄のようにたたえるものばかりだからである。

秀郷の訪問を受けた将門は、秀郷が味方してくれるものと思い込み、肩を抱くように館《やかた》に迎え入れると、その理想をとうとうと語った。

その弁舌《べんぜつ》があまりにさわやかなため、秀郷にも、将門が英雄に見えてきた。しかし共に食事をとる段になり、膳が運ばれてきても、将門の舌鋒《ぜっぽう》は止まらない。しかも、口からこぼした飯粒が袴《はかま》の上に落ちても、それを手で払いのけて語り続けるという有様である。

それを目の当たりにした秀郷は、「将門は天下を覆《くつがえ》すべき人にあらず」と判断した。

爾来《じらい》、秀郷の残した「人の雑説《ぞうせつ》（噂）に惑わされず、己の目で見たものだけを信じよ」という遺訓を、佐野家の人々は子々孫々に伝えてきた。その遺訓を守ったからこそ、佐野家の命脈が、ここまで保たれてきたと言っても過言ではない。

それゆえ、謙信の病の兆候を目の当たりにした宝衍は、また迷うことになった。

一方、佐竹らの後詰《ごづめ》をすべく祇園城に向かった佐野勢だったが、現れたのが上杉勢でないことに不信感を抱いた佐竹義重《よししげ》が陣払いしたため、一戦も交えず戻ってきた。

それを聞き、佐竹らに激怒した謙信だったが、上洛戦を前にして、無理な城攻めで兵を失う愚を犯すわけにはいかず、文句を言いながら越後に引き上げていった。

そして、この年九月、謙信は「上洛戦を行う」という言葉を裏付けるかのように、加賀国《かがのくに》の手取川《てどりがわ》で、柴田勝家《しばたかついえ》率いる織田勢を完膚《かんぷ》なきまでに叩《たた》きのめすことになる。


謙信が越後に去っても、北条方は、すぐにやってこなかった。

佐野家が寝返ったことは、北条方にも知られているはずだが、四方に敵を抱える北条家は多忙で、佐野家同様、その傘下にありながら離反した結城晴朝への制裁を優先したからである。

そのため、佐野領は奇妙な静寂に包まれていた。

むろん、佐竹方からの参陣の呼びかけにも、宝衍は何のかのと言い訳して応じず、佐野家は中立のような立場を保っていた。

しかしそれも、翌天正六年（一五七八）三月の謙信の死によって一変する。

「謙信死す」の報に接した宝衍は、一も二もなく祇園城に赴《おもむ》き、膝を屈して北条家の傘下に入った。

鬼怒川《きぬがわ》で佐竹勢と対峙《たいじ》しつつ、謙信の後継者争いにも介入《かいにゅう》せざるを得ない北条家としては、猫の手も借りたい折であり、人質一人要求せず、佐野家の陣営復帰を認めた。

これも、相手を取り巻く状況を見越した上での宝衍の見事な駆け引きだった。

ところが事態は、宝衍の予測をはるかに上回る展開を見せる。

鬼怒川に滞陣する北条家主力勢は、越後で孤立する謙信の養子にして氏政末弟の三郎景虎《さぶろうかげとら》救援に赴けず、それを同盟国の武田家に託した。

越後では、三郎景虎と上田長尾氏出身の景勝《かげかつ》の間で、謙信の跡目争いが勃発《ぼっぱつ》していたのである。

武田家の当主・勝頼の正室は氏政の妹であり、両家は堅固な同盟関係にあったので、救援を依頼するのはおかしくない。しかし越後に出兵した勝頼は、景勝の買収に応じ、あろうことか北条家と手切れしてしまう。

一転して北条家が関東に孤立した。

佐竹義重とも通じた勝頼は、先手を打つがごとく北条領に攻め込み、北条傘下の上野国衆の土地を荒らしまくった。さらに悪いことに、謙信の後継者争いで、景勝が景虎を滅ぼすことにより、北条家は四面楚歌《しめんそか》の状況に陥《おちい》った。上州のほとんどは武田家のものとなり、下野でも佐竹方に転じる国人土豪が後を絶たない。

天正八年（一五八〇）八月、鹿沼《かぬま》城主の壬生義雄《みぶよしお》が佐竹方に転じるに及び、宝衍も肚《はら》を決め、九月、佐野家は武田・佐竹・上杉連合の傘下に転じた。

これにより、安んじて上野国東部に攻め込めるようになった勝頼は、十月初旬、膳、大胡、山上の北条方三城を攻略し、遂に、上野国の有力国人である由良国繁《ゆらくにしげ》と長尾顕長、下野国人の皆川広照《みながわひろてる》を傘下に引き入れた。

しかし北条家も、これらの動きに手をこまねいていたわけではない。三河《みかわ》の徳川《とくがわ》家康《いえやす》、さらに織田信長と通じた北条家は、敵陣営に対して逆包囲網を布きつつあった。

これを聞いた宝衍は、頭を抱えるしかなかった。

天正九年（一五八一）三月、遠江国《とおとうみのくに》に残る武田方の橋頭堡《きょうとうほ》・高天神城《たかてんじんじょう》が、徳川勢の攻撃により落城するに及び、再び潮目が変わった。

徳川・北条連合は一転して攻勢を取り始め、武田方は、じりじりと後退を始めた。その退勢を挽回《ばんかい》すべく、佐竹義重は祇園城攻撃に出陣し、佐野家にも同陣を求めてきた。

積極的な戦《いくさ》をしないよう、宗綱に言い含めて送り出した宝衍は、一方で北条家と接触を持とうとした。

同年八月、武田方の東駿河《するが》の要衝《ようしょう》・長久保城《ながくぼじょう》が北条方の手に帰したとの報に接した宝衍は、北条氏邦に唐沢山城への進駐《しんちゅう》を要請した。

六

――何とおせっかいなことを。

北条氏邦勢を引き入れ、「図らずも」という形で、北条家への傘下入りを果たそうとした宝衍だったが、佐竹義重からの書状を受け取り、天を仰いだ。

そこには「北条安房《あわ》（氏邦）の軍勢が、唐沢山をうかがっているとの報が届いた。唐沢山に奇襲を掛けるつもりらしい。すでにわれらは、結城・皆川両勢と共に佐野領に入った。北条方を渡良瀬川北岸で待ち伏せるゆえ、佐野勢も出張《でば》ってほしい」と書かれていた。

――われらが傘下入りすると伝えたことで、氏邦は油断しておるはずだ。そこに奇襲を掛けられればひとたまりもない。北条方は、われらがだまし討ちしたと思うだろう。もしも氏邦が討ち取られでもすれば、氏政と氏照は二度と再び佐野家を許すまい。佐竹らが去れば、北条の矢面《やおもて》に立つのはわれらだ。何としても、義重に奇襲を掛けさせてはならぬ。

勝手に佐野領に踏み入った佐竹勢は、すでに渡良瀬川北岸まで進出しているはずであり、その目を盗み、対岸にいる氏邦に佐竹勢の待ち伏せを知らせることは至難《しなん》の業《わざ》である。

頭をめぐらせようとすればするだけ、胸内《むなうち》から焦りがわいてくる。

——使者を立てても間に合わぬ。ほかに何かよき方策はないものか。

佐竹勢に覚られず、北条勢にだけ、これを伝達する手段がないか、宝衍は頭を絞った。

——そうだ、狼煙《のろし》を上げればいいのだ。

しかし次の瞬間、宝衍は上げかけた腰を下ろした。

——駄目だ。狼煙だと佐竹勢にも気づかれる。われらが北条方に通じていることを覚られれば、氏邦が去った後、佐竹勢に攻められる。

——このまま、武田・上杉・佐竹陣営のまま肚をくるか。

しかし宝衍は、畿内を掌握しつつある織田家こそ次代の担い手であり、その織田家に接近しておくことが、佐野家の命脈を保つ唯一の道であると気づいていた。

——ここは、何としても織田・徳川・北条陣営に転じねばならぬ。どうしたものか。

その時、宝衍は、はたと膝を打った。

――そうか、一つだけ策がある。

法衣を振り乱して駆け出した宝衍は、すれ違う小姓や近習に次々と指示を飛ばしながら、宝物蔵《ほうもつぐら》に向かった。


「清吉どん、いったいどうなっておるのだ」

「待て。しばらくすれば、また何らかの兆《きざ》しが現れるはずだ」

「東方の栃木方面から大きな炊煙《すいえん》が上がったのは一刻《いっとき》（二時間）前、しかしその軍勢が、われらの領内に入るとは限らぬ」

五助が東の空を見上げた。天狗岩の物見櫓からは、東方は死角になっており、空を見上げることになる。

「先ほど、扇に月丸の背旗を差した使者が城に入ったであろう」

「うむ。それがどうした」

「あれは佐竹からの使いだ。われらの領内に入ることを伝えてきたのだ」

「それなら納得がいく。佐竹は今、当家のお味方だからな」

「多分な」

「しかし、なぜ佐竹勢が、わが領内に入るのか」

その時、西南の方角に目をやっていた清吉の顔色が変わった。

「五助、あれを見ろ」

二人の視線が西南の方に張り付いた。

「また渡良瀬川か。しかし、もう春霞もかかっておらぬゆえ――」

「水鳥だ」

西南の空には、渡良瀬川河畔《かはん》を飛び立ったとおぼしき水鳥の群れが飛んでいた。それも、複数の群れが断続的に飛び立っているらしく、それらは、様々な高さに黒いしみのような塊となって浮かんでいる。

「清吉どん、どういうことだ」

「北条勢が、渡良瀬川南岸から川を渡ろうとしておるのだ」

「しかし北岸には、佐竹勢がおるのだろう」

「そのはずだ。佐竹勢は、北岸で北条勢を待ち伏せしておるに違いない」

「となると、大戦《おおいくさ》となるな」

五助が生唾《なまつば》をのみ込んだ時、にわかに城内が騒がしくなり、多くの人々が、こちらに向かってくるのが見えた。その先頭には、袈裟をたくし上げた宝衍がいる。

「清吉どん、天徳寺様だ」

「うむ。何用であろう」

二人が顔を見合わせているところに、息せき切って宝衍が登ってきた。

「天徳寺様、北条方が——」

「分かっておる」

天狗岩の周囲には、武士も小者も男女もなく、城内にいるほとんどの人々が集まり、手に手に兜の前立や抜き身の太刀を持ち、西南の空を睨めつけている。

「いったい何をしようと——」

「今に分かる」

「皆の者、よいか！」

そう叫ぶと、宝衍は空を仰いだ。その視線の先には、雲間に隠れた日があった。

「そうか」

清吉が何かに気づいた時である。宝衍の声が轟《とどろ》いた。

「今だ！」

天狗岩の周囲に集まった人々が、手にしている前立や太刀を掲げた。

その瞬間、雲間から日が差した。

「あっ」

その反射光が渡良瀬川まで届くのは、間近にいても十分に分かる。

「清吉どん、皆は何をしておるのだ」

その凄まじい反射光から目をそらせつつ、五助が問うた。

「天徳寺様は、唐沢山全体を黄金色《こがねいろ》に輝かせたのだ」

「えっ」

「北条方が川を渡ってしまっては、佐竹方の奇襲を受ける。それを防ぐために、異変を知らせようとしておるのだ」

「つまり、われらは北条方に転じるということか」

「そういうことになる」

物見櫓の欄干から半身を乗り出すようにしながら、宝衍は、佐野家重宝《ちようほう》の金《きん》鍍金《めつき》が施された三ツ鍬形《くわがた》の前立と宝刀を掲げていた。

「輝け、もっと輝け！」

鳶《とび》の遊ぶ秋空に、宝衍の叫びが響き渡った。

結局、北条氏邦勢は渡良瀬川河畔まで至ったものの、異変を察して川を渡らなかった。唐沢山が黄金色に輝いたためか、対岸の異常に気づいたためかは定かでないが、佐竹勢の待ち伏せは無駄に終わった。

しかし、「図らずも」という形で北条傘下に入ろうとした宝衍の意図は頓挫《とんざ》した。下野国では、いまだ反北条陣営の鼻息が荒く、時期尚早《しょうそう》だったのだ。しかし宝衍は先を見通し、何としても織田・徳川・北条陣営に転じようとした。

その矢先の翌天正十年（一五八二）三月、織田・徳川・北条連合軍の同時侵攻作戦により、武田家が滅亡した。

唖然《あぜん》とする暇もなく、織田家の東国奉行に指名された滝川一益《たきがわかずます》が、上州厩橋城《うまやばしじょう》に進駐してきた。

それを聞いた宝衍は、逡巡《しゅんじゅん》する上野・下野国衆たちを尻目に、いち早くその膝下《しっか》にひれ伏し、織田陣営への傘下入りを果たした。北条家を飛び越し、より有力な織田家と直接、手を結ぶことができたのだ。

ところが六月、信長が本能寺に斃《たお》れ、またしても情勢は一変する。

信長の仇を討つべく上洛戦を展開することになった滝川一益に、成り行きから加勢した佐野勢は、滝川勢に従い、上武国境・神流川《かんながわ》河畔まで進出した。

そこに陣を張る宗綱から使者が入り、北条勢が北上を始め、滝川勢と決戦するつもりであると告げてきた。

——慎重な北条家が強気に出ているということは、信長の死は真なのだ。

宝衍は、ただちに日和見《ひよりみ》を決めるよう宗綱に伝えた。

ここまで、信長横死の確報をつかめていなかった宝衍は、北条方の動きからそれを察知し、何があっても合戦に加わらぬよう、宗綱に言い含めた。

宝衍の指示通り、日和見を決め、滝川一益の後詰要請にも応えなかった佐野勢だったが、北条勢に蹴散らされた滝川勢が潰走《かいそう》するに及び、そのとばっちりを食らい、多くの兵を失いながら、ほうほうの体《てい》で唐沢山に逃げ戻ってきた。

それを迎え入れた宝衍だったが、しばらくして、下野国衆の中で追撃を受けたのは佐野勢だけだと分かり、激怒した。

宗綱を問いつめると、滝川一益を慮《おもんぱか》り、陣払いの判断が遅れたからだという。宗綱の優柔不断さから、佐野勢だけが不必要な犠牲を強いられたのだ。

重臣たちが居並ぶ中、宝衍は宗綱を強く叱責《しっせき》した。その様を見れば、誰が佐野家の舵取り《かじと》をしているかは明らかだった。

七

天正十二年（一五八四）十一月、軍議の召しを受けた宝衍が評定《ひょうじょう》の間に入ると、常とは異なる空気が漂《ただよ》っていた。招集のかかった刻限より前に、重臣たちは集まっていたらしく、宝衍が入室すると一斉に黙り、主座を占める宗綱の顔色をうかがっている。

——何かある。

宝衍の直感がそれを教えた。

「それがし、評定の刻限を聞き違いましたかな」

宝衍がとぼけたように問うと、このところ宗綱に取り入り、頭角《とうかく》を現してきた大《おお》貫越中守定行《ぬきえっちゅうのかみさだゆき》が即座に否定した。

「皆で裁決せねばならぬ些事《さじ》があり、われらだけ早く集まった次第です」

「そうでありましたか」

何も気づいていないふりをしつつ宝衍が座に着くと、宗綱がそわそわし始めた。

——やはり様子がおかしい。

宝衍の腹底から不安が突き上げてきた。

「さて天徳寺殿、関東の帰趨《きすう》も、いよいよ定まったように見受けられます。われらも、肚を決めねばならぬ時に至ったとは思いませぬか」

大貫が自信ありげに切り出した。

――ははあ、そういうことか。

この言葉だけで、宝衍はすべてを覚った。

「関東の帰趨が定まったとは、異なことを」

「武田滅び、上杉も往時の勢いを失った今、関東は北条の手に帰したも同然」

「そうですかな。この宝衍は、まだまだ二転三転すると見ております」

大貫が、小馬鹿にしたような笑みを浮かべた。

「上杉や佐竹が、西国を押さえる羽柴秀吉《はしばひでよし》といかに昵懇《じっこん》とはいえ、北条と同盟関係にある徳川ある限り、秀吉が関東に関与することはできませぬ。さすれば時を措かずして、佐竹、宇都宮、結城らは滅亡しましょう。われらが、それに付き合うこともありますまい」

「ほほう、それでは大貫殿は、北条傘下に転ずるべきとお考えか」

「申すまでもなきこと」

有無を言わさぬ口調で大貫が断じた。

「こいつはまいった。年を取るほど目が悪くなると思うておったが、若くとも、一《いっ》寸《すん》先さえ見通せぬ者がおろうとはな」

「無礼でござろう」

大貫が目を剝《む》いた。

「無礼なものか。天下統一に最も近きは羽柴秀吉。秀吉が信長の衣鉢《いはつ》を継ぎ、西国を平定すれば、家康や氏政など物の数ではない。わしは、このまま上杉や佐竹と共に、反北条を貫くべきと思うておる」

「何を馬鹿な」

「それが、佐野家の取るべき唯一の道だ！」

宝衍が板敷きを叩いて叫んだ時、主座の宗綱が初めて口を開いた。

「叔父上、もう手遅れなのだ」

「手遅れとは」

呆気に取られる宝衍を尻目に、大貫が得意げに答えた。

「北条家に不退転の覚悟を示すため、すでに姫様を小田原に送りました」

「まさか――」

姫様とは、宗綱の一粒種の幼女のことである。

あまりのことに、宝衍は愕然《がくぜん》とした。

「これにより、小田原から本領安堵をいただきました」

「何と愚かな」

二の句の継げない宝衍に、宗綱が追い討ちを掛けてきた。

「叔父上はもう四十と七だ。そろそろ身を引くべきとは思わぬか」

――そういうことであったか。

若手側近たちは宗綱をけしかけ、宝衍を隠退に追い込もうとしていたのだ。

「若は、それがしを邪魔者とお思いか」

宝衍の胸奥《きょうおう》からは、怒りよりも情けなさがこみ上げてきた。

「世の中は変わり行く。すでに叔父上の時代ではないのだ」

「わしの居場所が、すでにこの佐野家にはないと仰せか」

「すまぬが分かってくれ」

宝衍は、己を支えてきたものすべてが瓦解《がかい》していく音を胸内に聞いた。

若くして仏門に入り、妻帯もせず、佐野家のためだけを思って生きてきた宝衍にとって、隠居とは、すべてを失うことを意味している。

──わしは何のために生きてきたのだ。

「叔父上、長きにわたり世話になった。これからはゆるりと休まれよ」

茶坊主に左右から腕を取られ、宝衍は次の間に連れていかれた。

天正十二年（一五八四）十二月、北条家傘下入りを果たした佐野家に、小田原から早々に軍令書が届いた。その書状には、「長尾顕長が敵方に寝返ったので、足利に攻め寄せよ」と書かれていた。

関東の戦局は北条家有利に進みつつあり、目端《めはし》の利《き》く長尾顕長が、この状況下で敵方に通じるなど信じ難かったが、命に従い、宗綱は兵を出すことにした。

翌天正十三年正月朔日《さくじつ》、北方から足利城下に迫ろうとした佐野勢は、唐沢山から三里ほど北西の下彦間《しもひこま》の須花坂《すばなざか》まで来たところで、長尾勢の待ち伏せを受けた。山間《やまあい》での奇襲である。油断するなと言う方に無理がある。細い尾根道で急襲された佐野勢は、至る所で分断され、散々に討ち果たされた。

長尾方に佐野勢の動きが知られていたのは明らかである。しかも、悪い時には悪い事が重なるもので、この時、流れ弾《だま》が当たって、宗綱が絶命した。

享年は二十六である。

これにより佐野家嫡流《ちゃくりゅう》の血は絶えた。父祖代々、綱渡りのような外交を続け、掌《たなごころ》に抱くように命脈を保ってきた佐野家が、一瞬にして滅亡の淵《ふち》に立たされたのだ。

同月十一日、手際よく進駐してきた北条氏照と氏邦に、留守居役の大貫越中守は城を明け渡した。これにより佐野領は、事実上、北条領に併呑《へいどん》された。

しかも同月十四日付けで、北条家から長尾顕長あてに軍令書が出ており、顕長の北条家離反は、事実でないことが裏付けられた。

すなわち、北条家は表裏定まらぬ佐野家に対し、遂に鉄槌《てっつい》を下したのだ。

この謀略に、佐野家親北条派家老の大貫が、どこまで関与していたかは定かでない。しかし、すべてはそれを示唆《しさ》していた。

宗綱の死を知った宝衍は躊躇せず出奔《しゅっぽん》した。佐野家を取り戻すには、関東という枠から飛び出さねばならぬと思ったからである。しかも事ここに至れば、京にいる秀吉以外に頼るべき者はいない。大貫一派の執拗《しつよう》な追跡を振り切り、宝衍は京にいる秀吉の懐に飛び込んだ。

一方、小田原からは、氏政の弟・氏忠が佐野家に入り、佐野氏忠と名乗り、形ばかりに佐野家の名跡《みょうせき》を継承した。

八

北条家の手から佐野家を取り戻すべく、宝衍は奔走《ほんそう》した。秀吉に取り入り、すぐに気に入られた宝衍は、平身低頭《へいしんていとう》して助力を請うた。むろん秀吉の関心を関東に向けるべく、あらゆる手を使った。

とくに、宝衍が描いた関東の山脈、河川、街道、峠、さらに北条方の関東諸城の配置図と想定兵力を記した「北条家人数覚書」は、秀吉をいたく喜ばせた。

言うまでもなく宝衍は、秀吉に関東征伐の決断を促すべく、実際は十万余に上る北条方の想定兵力を三万二千へと、かなり低く見積もることも忘れなかった。

宝衍の描いた絵図を見た秀吉は、「その方には、すべてが見通せるのか」と言って呆れた。

この詳細な絵図と付随《ふずい》する情報こそ、佐野家存続のために、関東諸地域の情報収集を怠らなかった宝衍の努力の賜物《たまもの》だった。

そのかいあって天正十八年（一五九〇）、秀吉の小田原征伐が始まる。

前田利家《まえだとしいえ》率いる北国勢の先手を承った宝衍は、信州《しんしゅう》まで来たところで、ひそかに佐野家中に対し、馳せ参ずるよう書状を出した。

ところが、ここを先途《せんど》と集まってくると思っていた佐野勢は、いっこうにやって来ず、三々五々、集まったのは、百にも満たない数の老武者《おいむしゃ》だけである。

佐野領を取り戻すどころか、下野一国を得られるのではないかと意気込んでいた宝衍の野望は、もろくも潰《つい》え去った。

実は、佐野家主力勢は当主の氏忠と共に小田原に入城しており、唐沢山城に残るのは、老人を除けば、留守居の大貫越中守の与党ばかりだったのである。

百にも満たぬ兵力では先手を務められず、宝衍は道役（案内役）に格下げとなった。それでも佐野領を回復すべく、宝衍は関東平野を東奔西走《とうほんせいそう》した。とくに、北条家に忠実な両総《りようそう》（上総《かずさ》、下総《しもうさ》）の国人たちには、秀吉の安堵朱印状《じよう》に自らの添《そ》え状を付けて降伏開城を勧めた。

それが奏功《そうこう》したのか、秀吉を信じられずとも、宝衍を信じて降伏する国衆が後を絶たず、小金《こがね》、臼井《うすい》、土気《とけ》、東金《とうがね》、万喜《まんき》、大多喜《おおたき》、佐貫《さぬき》、勝浦《かつうら》など、房総主要十七城が戦わずして城を開けた。これも先を見据え、地道に人脈を広げておいたおかげである。

五月、いよいよ唐沢山城に迫った北国勢は、城方に降伏開城を迫った。

「城を開けて出てくれば、一切の罪に問わない」という秀吉の言質《げんち》を取っていた宝衍は、懸命に降伏を呼びかけた。

そのかいあり、交戦に至る前に城方は降伏する。

感涙《かんるい》に咽《むせ》びながら宝衍は入城を果たした。

本曲輪には、自害した大貫越中守の遺骸《いがい》が打ち捨てられていた。城内の人々は、宝衍が大貫の遺骸に罵声《ばせい》を浴びせ、蹴りつけるものと思っていた。ところが遺骸に駆け寄った宝衍は、自らの陣羽織をかぶせ、丁重に葬《ほうむ》るよう命じた。

政敵とはいえ、自らの意志を貫いた大貫の姿こそ、これからの佐野家に必要なものだと、宝衍は見通していたからである。

「その考えは間違っていたが、この者は佐野家に忠節を貫いたのだ」

それを聞いた家臣たちは、宝衍の慈悲深さに感激した。

しかし、そのまま唐沢山に腰を落ち着けるわけにもいかず、宝衍は北国勢に随行し、関東各地を転戦した。

六月、小田原で秀吉に拝謁《はいえつ》した宝衍は、驚くべき事実を知る。

秀吉の本陣である早雲寺《そううんじ》に伺候《しこう》した折、秀吉は上機嫌でこう語った。

「関東広しといえども、佐野の兵ほど強き者はおらぬ」

「えっ、今、何と」

「佐野勢は恐れも知らぬ輩ばかりだ。佐野の者どもは出城《でじろ》から何度も突撃し、われらの陣を襲った。備前宰相《びぜんさいしょう》（宇喜多秀家《うきたひでいえ》）など、二町も陣を後退させられた」

「それは真で」

「ああ。下野武士の精華《せいか》を存分に見せてもらったぞ」

宝衍は板敷きに突っ伏して涙した。

氏忠に率いられた佐野勢は、小田原城の北西に手を伸ばしたように延びる水之尾《みずのお》口《くち》（小峯御鐘ノ台《こみねおかねのだい》）を役所（持ち場）とし、寄手《よせて》の宇喜多勢と陣場の取り合いを演じた。水之尾口は箱根外輪山《はこねがいりんざん》と尾根続きになっており、小田原城の最も脆弱《ぜいじゃく》な部分とされていたが、出城（佐野天守）を宇喜多勢に取られた後も、佐野勢は水之尾口を守りきり、敵勢の侵入を許さなかった。

小田原城攻防戦において、蒲生氏郷《がもううじさと》の陣所に夜襲を掛けた岩付衆《いわつきしゅう》を除けば、唯一、戦らしい戦をしたのは佐野勢だけである。

――堪えてきた者は強いのだ。

これまで戦いたくとも戦えず、いつも屈辱を味わわされてきた佐野家の将兵に、心中、宝衍は詫びた。彼らは、初めて存分に戦える場を与えられたのだ。しかしそれは、〝かいなき戦〟でもあった。

「殿下、真に申し訳ありませぬ」

「何を申すか。これからは、佐野家の武勇を豊臣の天下のために生かせばよい」

「ありがたきお言葉」

宝衍は板敷きに額をすり付け、秀吉に礼を述べた。

「ただ、一つだけ解《げ》せぬことがある」

秀吉が、幾重にも皺《しわ》の寄った首をかしげた。

「備前宰相によると、佐野勢に幾度も夜襲を仕掛けたが、いかに慎重に兵を進めても、どういうわけか事前に動きを覚られてしまうというのだ。篝火一つない暗闇の中を、地面に這いつくばるようにして城近くまで迫るのだが、必ず待っていたかのように反撃されるという」

宝衍の脳裏に、二人の男の顔が浮かんだ。

「何か心当たりでもあるのか」

「いえ」

「それなら仕方ない。だが、夜襲を察知する秘伝でもあれば、ぜひ教えてくれ」

「はっ」

——佐野家の両の目だけは、取られてはならぬ。気に入ったものを何でも欲しがる秀吉の性癖を知る宝衍は、二人のことだけは伏せておこうと心に誓った。

天正十八年（一五九〇）七月、小田原城は降伏開城し、関東に覇《は》を唱えた北条家は滅亡した。

氏政と氏照も責を問われ、自刃《じじん》して果てた。

この三年後の文禄《ぶんろく》二年（一五九三）、佐野家を継いでいた氏忠も蟄居《ちっきょ》先の伊豆《いず》で病没する。四十半ばだった。

八月、宝衍は唐沢山城に戻った。しかも、佐野領三万二千四百石を秀吉から安堵された上、宝衍自身が当主に指名されたのだ。

これを機に宝衍は還俗《げんぞく》し、佐野房綱《ふさつな》と名乗る。

嫡流が絶えてしまった今となっては、それ以外に佐野家の血を守る術はなく、これまで黒子《くろこ》に徹してきた宝衍は、図らずも日のあたる道を歩むことになった。

しかしそこには、秀吉との密約があった。

文禄元年（一五九二）九月、丸二年にわたり佐野家当主を務め、佐野領の安定に尽くした宝衍は隠居した。宝衍の後継には、豊臣家の関東取次役として長らく奔走してきた豊臣家直臣《じきしん》・富田《とみた》信広《のぶひろ》（知信《とものぶ》）の五男信種《のぶたね》が就《つ》いた。

信吉《のぶよし》と名を変えた信種は、宗綱の忘れ形見の娘を娶《めと》り、佐野家を継承する。

これにより、佐野家は三万九千石に加増された。

何事にも先を見通すことに長《た》けた宝衍の見事な戦国遊泳術により、豊臣政権下での佐野家の将来は磐石《ばんじやく》となった。

慶長《けいちよう》二年（一五九七）二月、信吉の施政を後見しつつ、唐沢山城を西国風の石垣城に改築することに心血を注いだ宝衍は、その完成を機に完全に隠居する。

この時、宝衍は六十歳となっていた。

了伯《りようはく》という号を名乗った宝衍は、残る生涯を悠々自適《ゆうゆうじてき》に過ごした。

翌年九月には秀吉も亡くなり、宝衍の時代は瞬く間に過ぎていった。

ところが慶長五年（一六〇〇）、関ヶ原《せきがはら》の役が勃発《ぼつぱつ》する。隠居所から駆けつけた宝衍は、迷う信吉を説得し、東軍に味方させた。秀吉子飼いの武将たちが、こぞって家康の許に参じたとはいえ、豊臣官僚・富田家出身の信吉が東軍に属すとは、誰も予想しなかった。

西軍に与した上杉勢の押さえとして、下野小山に在陣した信吉は、戦うことなく勝者の側に属することができた。

翌慶長六年（一六〇一）七月、いよいよ宝衍にも最期の時が訪れる。佐野家の命脈を保つことだけに捧げられたその人生は、六十四年を数えた。

佐野家の安泰を確信した宝衍は、満面に笑みを浮かべて息を引き取った。すでに滅亡した北条家と共に、〝大きな魚〟だった上杉家の大幅な減封《げんぽう》を見届けた上での死だった。

九

「少しばかり疲れた。代わってくれぬか」

目をしばたたかせつつ、五助が泣き言を言った。

「まだ番に就いて小半刻《こはんとき》（三十分）と経っておらぬぞ」

白髪の多くなった鬢《びん》をかき上げつつ、清吉が大儀そうに腰を上げた。

「すまぬ。どうも近頃は、目が疲れやすくてな」

五助と番を代わった清吉は、手巾で目をこすると遠方を見やった。

その背に向かって五助が言った。

「世が静謐《せいひつ》となり、われらの飯《めし》の種《たね》もなくなると思うたが、天徳寺様のご遺言のお陰で、物見の役が続けられるな」

「ああ、われらには、これしか能がないからな」

「しかし、どれだけ眺め続けても、もう何も起こらぬぞ」

「馬鹿を申すな。われらは、これで禄を得ている。たとえ戦乱の世が去ったとはいえ、お勤めをおろそかにするわけにはまいらぬ」

「清吉どんは真面目《まじめ》すぎるのだ」

五助は大きく伸びをすると、枸杞の実に浸した手巾を目の上に載せようとして、手を止めた。

――もう、これも要らぬな。

横になって空を見上げると、雲一つない青空が広がっている。

五助は久方ぶりに青空に見入った。

「清吉どん、天徳寺様は、見事にそのお役目を全うしたな」

「ああ、とてつもないご苦労をなされたが、かの御仁《ごじん》は、この戦乱の世に佐野家の血脈を次代に伝えるという、大変な仕事をやりおおせた」

「われらも、それに倣《なら》わねばならぬな」

「そうだ。天徳寺様は『佐野家は先を見通すことで生き残った。それを次の代を担う者たちに伝えるためにも、そなたらは、ここで物見を続けるのだ』と仰せになられたであろう。われらは、そのご遺言を子々孫々まで伝えていくのだ」

「そうであったな。いかに陰で嘲られようとも、先を見通すことの大切さを、われらは体現していかねばならぬのだな」

そう五助が呟いた時である。

「あれは何だ」

十数年ぶりに、清吉の切迫した声を五助は聞いた。

「菩薩《ぼさつ》でも飛来いたしたか」

五助の戯れ言にも応じず、清吉は欄干に身を乗り出し、じっと何かを見つめている。

「おい、どうした」

ようやく異変に気づいた五助は、素早く立ち上がると、清吉の視線の先を見据えた。

「あれだ」

「わしには何も――、いや待て」

皺深くなった目尻に一層の皺を寄せ、二人は東南の方角を見つめた。

その先には、一筋の煙が立ち上っている。

「あれは辰巳《たつみ》（東南）の方角だな」

五助が、見えにくくなった目をしばたたかせながら問うた。

「とすると、江戸の町か」

「あっ」と言うや、清吉が膝を叩いた。

「これだったのだ」

「これとは」

「天徳寺様は、これを待っておいでだったのだ」

けたたましい半鐘の音が、十数年ぶりに唐沢山城に響き渡った。

「どうした！」

在番の下役が、物見櫓の下まで駆け寄ってきた。

「江戸が大火に包まれております！」

それを聞いた下役は飛ぶように本曲輪に走った。

それから半刻も経たないうちに、ありったけの兵を率いて、当主の信吉が江戸に向かった。兵は手に金梃子《かなてこ》などの毀《こわ》し道具を持ち、すでに股立《ももだち》を取っていた。

その後ろ姿を見送りながら、清吉と五助は、死してなお佐野家のために尽くそうとした宝衍の執念に舌を巻いた。


誰よりも早く江戸に駆けつけた信吉と佐野衆は、八面六臂《はちめんろっぴ》の活躍を見せる。

当時、江戸の町火《まちび》消《け》し制度は確立されておらず、大火の際には、関東各地から駆けつけてくる親藩《しんぱん》や譜代《ふだい》の兵だけが頼りだった。外様《とざま》であるにもかかわらず、いち早く駆けつけた佐野衆のおかげで、大火は未然に消し止められ、大事に至らずに済んだ。

衰えたとはいえ、いまだ豊臣家健在の慶長七年（一六〇二）、江戸全域が燃えてしまえば、徳川家の天下統一に暗雲が垂れ込める。

徳川家は、下野の一国衆にすぎない佐野家に救われた形になった。

火事の後始末も一段落した頃、信吉は、二代将軍の徳川秀忠《ひでただ》から呼び出しを受けた。多大な恩賞に与《あずか》れると信じ、胸を高鳴らせながら江戸城に伺候した信吉を待っていたのは、秀忠ではなく、厳しい面持《おもも》ちの奉行衆だった。

「修理大夫殿、そこもとのご活躍により江戸は救われた。感謝の申し上げようもない」

「ありがたきお言葉」

「ところで唐沢山城からは、江戸の町が一望の下《もと》に見渡せるのだな」

「はっ、わが城は、江戸どころか関東全域を眼下に収めております」

信吉が得意げに述べたこの一言が、源平の昔から艱難辛苦《かんなんしんく》に耐え抜き、命脈を保ってきた佐野家の運命を決定づけるとは、当の信吉は全く気づかなかった。

いかなる恩賞に与れるか、わくわくしながら次の言葉を待っていた信吉の耳に届いたのは、唐沢山の〝城割り〟を命じるという一言だった。

〝城割り〟とは城を破却することである。

江戸どころか関東の過半を眼下に収める唐沢山城は、江戸幕府にとって目障《めざわ》りこの上ない存在である。というよりも、豊臣恩顧の外様大名である佐野家の改易《かいえき》は既定路線であり、幕府は、その理由を探しているところだった。そのためには、まず佐野家を堅固な山城《やまじろ》から下ろす必要がある。

この後、唐沢山からほど近い春日岡《かすがおか》の地に新城を築いた信吉だったが、ほどなくして改易を申し渡される。

大久保長安《おおくぼながやす》事件に連座したことが、その表向きの理由だが、佐野家は無実を主張し、懸命に再審を嘆願したが、結局、事実は究明《きゅうめい》されず、うやむやのうちに佐野家はお取りつぶしとなった。

信州松本《まつもと》藩お預かりとなった信吉は、元和《げんな》八年（一六二二）、失意のうちに病没する。その子の久綱《ひさつな》は後に赦免されて幕府旗本となり、さらにその子孫は、四千石取りの旗本寄合上席《よりあいじょうせき》まで昇進するが、墳墓《ふんぼ》の地である佐野領三万二千四百石を取り戻すには至らなかった。

佐野家は、その見えすぎた目によって身を滅ぼした。

宝衍の遺言は、要らぬ蛇足《だそく》となってしまった。

戦国最後の物見となった清吉と五助が、その後、どうなったのかは定かでない。

鯨のくる城

一

冬のうねりは東北風《ならい》と共にやってくる。

夏の乱れ方が嘘《うそ》のように、つるりとした波面《なみづら》をそろえ、うねりは幾重にも連《つら》なり、陸岸《おか》に向かって押し寄せてくる。陸岸に着けば消えてしまうのに、律儀に足並みをそろえ、うねりは延々と列を成す。春一番が吹くまで飽きもせず、夜も昼も、その規則正しい行軍は続く。

しかしその色合いは、常に澄んだ薄藍《うすあい》とは限らない。遠目から、海中の鰯《いわし》の群れが見えるほどの冬の海でも、時折、少し狐色《きつねいろ》になることがある。オキアミが寄せてきているのだ。

――この毛氈《もうせん》が布《し》かれた時、やつらも来る。

「てんこ（山頂）に幟《のぼり》が揚がったぜ」

羽刺《はざし》の才蔵《さいぞう》の甲高《かんだか》い声で、ぼんやりと沖を見ていた寅松《とらまつ》は、われに返った。烏帽子岩《えぼしいわ》の上にある山見の番小屋を見上げると、三種ほどの幟が翻《ひるがえ》っている。慌《あわ》てて銛《もり》を摑《つか》んだ寅松が海面に目を凝《こ》らした時である。反対の海面を見つめていた水主《かこ》（漕手《こぎて》）の声が聞こえた。

「上がるで！」

寅松が振り返ると、一町半（約百六十メートル）ほど先の海面が泡立ち、海底から巨大な山がせり上がってきた。凄《すさ》まじいしぶきと共に海面を突き破ったその黒山は、白い水柱《みずばしら》を空に吹き上げながら大きく体をうねらせた。

——こいつはいかい（大きい）ぞ。

その黒山は存分に空気を吸い込むと、巨体を海面に打ちつけた。

「来るで！」

白波を蹴立てつつ、大きなうねりが押し寄せてくる。

寅松は衝撃に備えて舷側《げんそく》に摑まったが、水主たちは船の安定を保つため、海面を押さえるように櫓《ろ》を横たえた。

次の瞬間、船首が高々と空を指すと、続いて谷底に突き落とされた。

細身の勢子船《せこぶね》にとって、横波は大敵である。しかし寅松の乗る船は、艫押《ともおし》の咄嗟《とっさ》の操船により、船首をうねりに垂直にぶつけ、転覆《てんぷく》を免れた。

「行くで」

一ノ銛を手にした羽刺の才蔵が、艑先《へさき》の銛打ち台に登った。

羽刺とは、鯨船《くじらぶね》において銛打ちと船長を兼ねる最上位者のことである。

羽刺の補助役である刺水主《さしかこ》の寅松も立ち上がった。その背後で櫓を操《あやつ》る八人の水主が、「よおおいえい、よおおいえい」という独特の節を唱和《しょうわ》しながら漕ぐ手を速める。

一方、海面に着水した黒山、すなわち鯨は、大きく潮を吹くと、尾羽《おば》（尾鰭《おひれ》）を大きく振り上げ、潜水動作に入ろうとしていた。鯨の動きが止まるこの一瞬が、銛を放つ好機となる。

「まっと飛べ！」

水主たちを急《せ》かす才蔵の声は切迫《せっぱく》していた。大物を己《おのれ》の銛で仕留めたいという、羽刺であれば誰しもが持つ本能が、頭をもたげてきたのだ。

鋭い槍先《やりさき》のような勢子船が、波を切り裂いて進む。

その時である。死角から現れた黒塗りの勢子船から放たれた銛が、大きく弧を描いて中天を飛び、鯨の弱点である潮吹き孔《あな》の近くに突き刺さった。

「頭《かしら》の銛ずら」

千頭の馬が同時にいなないたかのような鯨の叫びが、耳朶《じだ》の中を駆けめぐる。

鯨は、恐慌《きようこう》を来《きた》したかのごとく海面をのた打ち回り、その巨大な尾羽を黒塗りの勢子船に振り下ろそうとした。

「危ない！」

しかし黒塗りの勢子船は、間一髪《かんいっぱつ》でそれを避《よ》け、暴れる鯨から急速に距離を置いたので、尾羽の一撃は空《むな》しく海面を叩《たた》くだけに終わった。さも口惜《くや》しげに、鯨がもう一度《ひとたび》、尾羽を振り上げようとした時である。突然、鯨が体を強張《こわば》らせると動きを止めた。

銛が、鯨の体を麻痺《まひ》させる急所に刺さったのだ。

「才蔵さあ、こりゃ大物で」

「槌《つち》の雄《おす》ずら。七間（約十二・六メートル）はあんど」

才蔵が喜びをあらわにした。

その槌鯨は海面に横たわり、死んだように波に揺られている。

「また、頭に先を越されまいたな」

「ああ、頭の伏せ場抜き（位置取り）には敵《かな》わんさ」

才蔵は残念そうに呟《つぶや》くと、気を取り直したように銛を放った。銛は美しい放物線を描き、最初の銛の近くに突き刺さった。続いて、三艘《そう》目の勢子船から投じられた銛も、鯨の背に突き立った。

鯨は、先ほどとは比べものにならないほど弱々しい鳴き声を上げた。そこには、一ノ銛が刺さった時のような驚きや怒りの色はなく、ただ、命を終えようとするものの哀しみだけが漂《ただよ》っていた。

中腰になった寅松は懸命に銛綱をたぐった。

その槌鯨は手羽《てば》（胸鰭《むなびれ》）を片方だけ動かし、海面であえいでいた。そのため、同じ場所をぐるぐると回っているかのように見える。勢子船の存在に気づくと、慌てたように動きを速めるが、それも束《つか》の間《ま》で、再び緩慢《かんまん》に手羽を掻《か》くだけになる。

そこに次々と銛が打ち込まれる。

少年時代から見慣れているとはいえ、多感な年齢の寅松にとり、一つの巨大な生き物が、その命を終えようとしている光景を見るのは、決して楽しいものではない。

——なんまだぶ。

口の中で念仏を唱えながら、寅松は才蔵に次々と銛を渡した。

十本を超える銛が、勢子船数艘から打ち込まれ、鯨はさしたる動きを見せなくなった。いよいよ弱ってきたのだ。その時、潮吹き孔から赤みがかった潮が高く吹き上がり、風下に位置取る寅松らの船を真っ赤に染めた。

「赤靄《あかもや》をかけよったな」

赤靄とは、断末魔《だんまつま》の鯨が吹き上げる血の混じった潮のことである。

平袖襦袢《ひらそでじゆばん》を朱《あけ》に染めた才蔵が苦笑いを漏らした。見回すと、先ほどまで純白だった水主たちの褌《まわし》にも、多くの赤い点が付いている。その顔や体にも血しぶきがかかり、まだら模様になっていた。

「そいでも、頭でぃがった」

才蔵がぽつりと呟いた。

たとえ頭であろうとも、ほかの船の羽刺に一番銛をつけられたことは、才蔵のような熟練の羽刺にとって口惜しいはずである。寅松も同じ気持ちだった。しかし、彼らの主《あるじ》である高橋丹波守政信《たかはしたんばのかみまさのぶ》は、なぜか憎めない男なのだ。

動かなくなった鯨にとどめが打たれると、続いて寄り集まった船から、次々と若い衆が海に飛び込んでいく。

刃渡り三尺（約九十センチメートル）ほどある長柄包丁《ながえぼうちよう》を手にすると、寅松も青藍《せいらん》の海に身を投じた。

鯨を挟み込んだ二艘の持双船《もつそうぶね》を曳航《えいこう》しつつ、橙色《とうしよく》の夕日を背にした八艘の勢子船が、「よおおいえい、よおおいえい」と櫓声を発しながら雲見湾《くもみわん》に入ると、郷人《さとびと》の歓声が聞こえてきた。

男たちが奇声を発し、鍋釜《なべかま》などの鉄製の道具を叩くと、女たちは招くように扇子をひらめかせる。鯨取りにとって最も誇らしい瞬間である。

鯨を解体する役目の納屋衆《なやしゆう》は、すでに魚切《うおぎり》の支度に入っているらしく、納屋の周辺を忙《せわ》しげに歩き回っている。鯨を引き上げる轆轤《ろくろ》の支度もできていた。

鯨の処置を納屋衆に任せ、船を浜に揚げた才蔵の組は手仕舞《てじま》い（片付け）に入った。

「飯にするずら」

「へい」

手仕舞いが一段落した頃、才蔵が寅松を促した。

炊《かしぎ》の少年に火を熾《おこ》すことを命じた寅松が、小さな荷車を押して納屋場に向かうと、入口の近くで、高橋丹波が白湯《さゆ》をすすっていた。

長年にわたり潮に晒《さら》された丹波の顔は、幾重もの皺《しわ》に覆《おお》われ、岩塊《がんかい》と区別がつかないほど起伏《きふく》に富んでいたが、それが逆に愛嬌《あいきょう》となっている。

「頭、今日も競《せ》り勝ちましたな」

「なあに、わいらの動きがしょろいて、いつもわしが仕留めねばならんさ」

「頭はいつもくすがるなー」

豆州《ずしゅう》方言で、〝しょろい〟とは遅い、〝くすがる〟とは厳しいという意である。

寅松が決まり悪そうに笑っていると、丹波が顎《あご》で納屋場の奥を示した。

「やくたいもない輩《やつばら》じゃが、飯は食うずら。わいらのにやい（分け前）はもう分けてある。尾の身も入れといた」

「そりゃ、真《まこと》ですか」

尾の身とは、尾鰭の付け根にある最も美味な部分である。

「仲よう食らえよ」

「すまんこってす」

皆の家族の分も含め、いくつもの肉片を載せた車を押しつつ、うれしそうに納屋場を後にしようとする寅松の背に、丹波の声がかかった。

「寅松、下田《しもだ》さ行ったことはあるら」

「まだです」

「そうか、いくつになった」

「十と六です」

「もう、いいあんばいだな」

丹波はそう呟くと、にこりともせずに言った。

「下田で寄合《よりあい》があるで、与一《よいち》と二人で、おいの供をするさ」

「寄合――」

「親方衆の談合ずら」

「ああ」

漁のことしか関心のない寅松にも、伊豆《いず》には、丹波と同格の親方が多くいて、皆、小田原《おだわら》というところの大親方の指図《さしず》で動いていることくらいは知っていた。

「いつですか」

思いもしなかった指名に、寅松は戸惑った。

「明日の夜明けに発つで、今宵《こよい》は、おいの館《やかた》に泊まるさ」

「へい」

皆が囲む焚火《たきび》に戻った寅松が、誇らしげにそのことを告げると、水主たちは喜んでくれた。しかし、才蔵だけは浮かぬ顔をしている。

「才蔵さあ、何かすいことでもあるんで」

〝すいこと〟とは酸《す》っぱいこと、転じて心配事の意である。

「ああ、わいが頭の供で下田さ行くのはめでたいことずら。しかしな、頭は軍評《いくさひょう》定《じょう》に行くんぜ」

「軍評定――」

「頭の主筋である小田原の大親方が、西国の大親方と仲違《なかたが》いしておる。下手《へた》をすると、わいらも戦《いくさ》に巻き込まれる」

「そいは真で」

寅松のみならず、焚火を囲む男たちの顔が沈鬱《ちんうつ》なものに変わった。戦に駆り出されるということは、命を失わないまでも、鯨が来ても漁ができず、家族にひもじい思いをさせてしまうからである。

「戦となれば、わいらも西国の大船と戦う羽目になるさ」

残照によって真紅に染まった才蔵の横顔が不安げに歪《ゆが》んだ。

二

そもそも伊豆は、その名の由来からして「出《い》ず」が語源で、文字通り、日本列島から黒潮に手を伸ばすように突き出された柄杓《ひしやく》の役割を果たしてきた。

この柄杓により、伊豆国のみならず駿河国《するがのくに》や相模国《さがみのくに》の人々までもが、黒潮の潤《うるお》いを享受してきたことになる。

その伊豆半島の南西端にある浦の一つが、雲見である。

雲見は一里ほど北にある松崎《まつざき》や、さらにその北の仁科《にしな》（堂ヶ島《どうがしま》）とは比べものにならないほど小さな村の上、その湾口が駿河湾に向けて大きく開いているため、天然の良港とは言い難い。それゆえ漁業も、それほど盛んではなかった。

雲見の人々は、沿岸まで来る小型の回遊魚を獲ったり、小巻貝、あわび、さざえ、もずく、天草《てんぐさ》などを採取したり、猫の額のような土地を耕したりしながら、細々と暮らしていた。しかし、そんな雲見の民を哀れんだ天によるものか、伊豆半島でも、この付近にだけ、鯨がよくやってきた。

そのため雲見の人々は、いつしか組織的な鯨漁をするようになった。

しかも彼らの主である北条《ほうじよう》家が、水軍力強化のため、梶原《かじわら》、安宅《あたけ》、愛洲《あいす》、橋本《はしもと》ら紀州《きしゆう》熊野《くまの》水軍を招聘《しようへい》するに及び、彼らの中にいた鯨取りの経験者から、その漁法も教えられた。

すでにこの時代、熊野の太地浦《たいじうら》では、銛突き漁法が行われており、紀州出身者たちは、よき指導者となってくれた。

空が白んできた。駿河湾に向けて口を開ける雲見からは、水平線に昇る朝日を見ることはできない。それゆえ雲見の人々は、空がぼんやりと明るくなることで夜明けを知り、床《とこ》を払って仕事に向かう。

相方《あいかた》の与一を起こし、高橋丹波の館を出た寅松は、眠い目をこすりながら下田に乗っていく小早船《こはやぶね》の支度を始めた。

寅松と共に丹波の供を命じられた与一は、「寒い、寒い」とぼやきながら焚火を熾している。南伊豆とはいえ、吹き晒しに近い雲見の地は意外に冷える。

「おい、わいらは軍評定のお供で、下田まで行くんろ」

船台《しら》の上に載った小早船を、共に汀《みぎわ》まで押しながら与一が問うてきた。

小早船とは小型の軍船《いくさぶね》のことである。ちなみに雲見は、北条家における小早船の造船基地でもあり、四板船《よついたぶね》と呼ばれる快速船の製造を得意としていた。

「そんようだな。才蔵さあが、そう言うておった」

力を込めて船を押しながら、寅松が応じる。

「おいの組でも、皆にそうおんどかされた」

与一は二番船の刺水主をしている。

「寅松、わいらも戦うことになるんか」

「分からんな。どうせ駆り出されても、大した戦とはなるまい」

何の根拠もなかったが、寅松はそう思いたかった。

「でもな、皆が申すには、此度《こたび》の敵はえろう強うて、水軍まであるとさ」

「浦があれば、船の二、三艘くらい誰でも持つさ」

「いんや、それが違うんじゃ。此度の敵は、いかい船を幾つも持っとるらしいで」

「いかい言うても五十挺櫓《ちょうろ》くらいろ」

「そいつはちがーど。中には百挺櫓を超すものもあると聞いた」

ちなみに安宅船は、両舷五十から百挺櫓が標準だが、小田原合戦に参加した長《ちょう》宗我部元親《そかべもとちか》の大黒丸《だいこくまる》は、十八端帆《たんほ》、二百挺櫓、大筒《おおづつ》二門という、この時代でも破格の大きさだった。

「えーかげん申すな。百挺櫓の船などあってたまるか」

寅松には、与一の言う「いかい船」が、どれほどの大きさなのか見当もつかない。

「だと、ええな」

「つべこべ言うても詮《せん》ないことだ。戦になるかならぬかは、頭に問うたらよい」

不安を押し隠すように、寅松はその話題を打ち切った。


「支度はできだら」

焚火で暖を取っていると、六人ほどの水主を引き連れ、丹波がやってきた。気づけば、山の端から朝日も顔を出している。

「万端《ばんたん》、相調《あいととの》いまして候」

与一がおどけて武家言葉を使ったので、丹波も口元をほころばせた。

「風もええようだな。さあ行かぜ」

上空を見上げ、風を読んだ丹波が出帆《しゅっぱん》を命じた。その瞳は、垂れた瞼《まぶた》の襞《ひだ》の奥に隠されたままだが、寅松らには見えない風を見ているに違いない。

――頭とは、そういうお方さ。

丹波の顔を見ていると、胸内《むなうち》に渦巻いていた不安が、雲散霧消《うんさんむしょう》していく気がした。

着替えの行李《こうり》と土産《みやげ》の鯨肉を満載した大竹籠《おおたけかご》を船に放り込ませると、丹波は、「よいしょ」とばかりに小早船に乗り込んだ。寅松と与一は、万が一に備えての〝すまし（飲料水）〟と食料を積み込むと、水主たちと共に、〝ころ〟の上に載せられた船を〝手こぎ〟で押しながら、海に送り出した。

腰まで水につかりながら、最後に寅松が飛び乗ると、水主たちが櫓を漕ぎ出し、船は滑るように沖に向かった。

その光景は、戦場に赴《おもむ》く折でも、さして変わらない。それゆえ丹波は、村の子らに独特の節回しの戯《ざ》れ歌《うた》を歌われ、送られていくのが常である。

丹波殿　女房質入れご出陣
丹波殿　質札ぶら下げご出陣

それを聞いても、丹波は笑みを浮かべるだけで、いっこうに気にかける風もなかった。

伊豆国雲見の領主・高橋氏は、関東管領《かんれい》にして伊豆国守護職《しゅごしょく》の山内上杉《やまのうちうえすぎ》氏の家臣だったが、伊勢宗瑞《いせそうずい》こと北条早雲《そううん》の伊豆侵攻の際、宗瑞の徳に感銘を受け、そのまま北条家の家臣となった。

それゆえ、北条家草創期《そうそうき》からの家臣ということで、伊豆二十一家の一つに名を連ねてはいたが、それ以後、目立った活躍はなく、四代目の丹波守政信に至っても、高橋家には雲見のほかに所領もなく、その所領役もわずか十貫文《かんもん》にすぎなかった。つまり、軍役にすると二名程度である。

しかし北条家領国内で唯一、組織的に鯨取りをする雲見から供給される鯨油《くじらあぶら》により、小田原城の灯りがまかなわれているという事情もあり、一概に小身《しょうしん》の地侍というのは当たらない。

丹波は、小田原やその支城である韮山《にらやま》や下田に鯨肉や鯨油を供給したり、四板船を献上したりすることにより、雲見の民を軍役や普請役《ふしんやく》から守ってきた。

石廊崎《いろうざき》が見えてきた。順風なので四板船は快調に帆走《はんそう》しており、水主たちはもちろん、寅松と与一も手持ち無沙汰になった。

談笑していると、居眠りをしていた丹波が、その猪首《いくび》を上げた。

「もう石廊崎ら」

「へい」

丹波が再び目を閉じる前に、舵柄《かじづか》を押さえる与一が、おずおずと切り出した。

「あのう、頭」

「ん、どしたら」

「いや、実は寅松と肝《きも》を煎《い》っとったんですがね」

〝肝を煎る〟とは、心配するという意である。

――与一の奴、人を巻き込みよって。

寅松は内心、舌打ちした。

「何でも西国と戦になるちゅう話を聞きましてな。しかも西国衆は、いかい船をたくさん持っとるとか」

「ああ、そんこつか」

丹波が傍らの打飼袋《うちかいぶくろ》から小さな筒を取り出し、寅松に手渡した。火床《ひどこ》で湯を沸かして薬湯を淹《い》れろというのである。

「親方どうしのもめごとは、わいにもよう分からん。ただ此度ばかりは、わいらもかかわりなしというわけにもいくまいさ」

「前ん時のように、重須《おもす》まで駆り出されますら」

天正《てんしょう》九年（一五八一）、駿河湾をめぐる武田《たけだ》水軍との戦いが激しくなり、雲見衆も、北伊豆の重須（江浦《えのうら》・内浦《うちうら》湾）まで出張《でば》ったことがあった。幸いにして雲見衆は湾内の留守居となったため、戦に加わることはなかったが、西伊豆衆の多くは沼津《ぬまづ》沖で武田水軍と戦い、多くの死傷者と破船《はせん》が出た。しかしそれも、翌年の武田家滅亡と同時に終息し、それから伊豆半島は平穏になった。

「あんばいが悪うなれば、わいらもどこかに駆り出されるずら」

他人事《ひとごと》のように丹波が答える。

「西国の衆と、戦になっても勝てますかの」

寅松がおずおずと問うたが、丹波の答えは素っ気ない。

「分からん」

寅松が渡した薬湯を一口飲むと、丹波が逆に問い返してきた。

「わいらは鯨を何で獲る」

「そりゃ、銛でさ」

与一が、さも当然のごとく答える。

「違うな、ここで獲るんさ」

丹波が、その分厚い胸を叩いた。

「鯨を獲るも敵と戦うも、ここ次第さ。ここががっしりしとりゃ、恐いものなど何《なん》もありゃせん」

釈然《しゃくぜん》としないかのごとく顔を見合わせる二人を尻目に、丹波が呟いた。

「石廊崎ら」

振り返ると、石廊崎が、その鋭い切っ先のような岩塊をこちらに向けていた。

石廊崎沖は、潮の流れが複雑な上に暗礁《あんしょう》が多く、操船には注意を要する。舵を操る与一に合わせるように、寅松は帆綱《ほづな》を握り、帆の具合を整えた。

二人が作業に入ったため、そこで話は打ち切りとなった。

石廊崎を回り、北に船首をめぐらせると、やがて下田湾が見えてきた。寅松と与一にとって初めて訪れる大きな宿町《しゅくまち》である。

与一から舵取りを代わった寅松は、胸を弾ませて舳先《へさき》を下田港に向けた。

「どこに山立《やまだ》てるら」

居眠りしているとばかり思っていた丹波が声をかけてきた。

〝山立てる〟とは舳先を向けるという意である。

「へっ、陸岸に上がるんで」

「このがらい（うっかり）者め。わいらの乗る船は軍船で。和歌ノ浦《わかのうら》の船溜《ふなだま》りに向かうさ」

「あっ」

うっかりして稲生沢《いのうざわ》河口にある商港に向かおうとした寅松は、頭をかきつつ船首を南西に向けた。

三

天正十七年（一五八九）十二月、伊豆半島南部における北条家の最大拠点・下田城では、重大な軍議が開かれようとしていた。

すでに伊豆各地から海将たちが集まっているらしく、下田湾内には、色とりどりの旗を掲げた大小の船が遊弋《ゆうよく》し、城内には、多くの人々が行き交っていた。

水主たちを船掛場《ふなかけば》に残し、寅松と与一の二人だけを従えた丹波は、わが家のように城内を進んだ。

炊事場《ほせりば》に土産の鯨肉を置き、早速、控えの間に入った三人は、行李の中から装束を取り出すと、着替えを始めた。

使い回しなので、ところどころすり切れてはいるが、いっぱしの供侍《ともざむらい》を思わせる麻の羽織に木綿の半袴《はんばかま》に着替えると、寅松は、とたんに誇らしくなった。行李から大小を引っ張り出した丹波が、二人の腰に差してくれた時は、思わず笑みがこぼれた。むろん、二人はすぐに刀を抜いてみた。

「あっ」

しかし、刀身《とうしん》が木でできていることを知ると、二人の顔から笑みが消えた。

「ただの飾りに金はかけんさ」

あっさりそう言うと、丹波は先に立って歩き出した。

延々と続く渡り廊下沿いに設けられた御主殿《ごしゅでん》の庭園は驚くほど広く、その終端は、霞《かすみ》がかかって見えるほどである。四季折々の花々が植えられている庭園には、この季節、藪椿《やぶつばき》の花が可憐な花弁をのぞかせ、梅の蕾《つぼみ》も、開花を待ちわびるかのように膨らんでいた。

しかし風流心と縁遠い丹波は、その短い足で、大広間に向かって、どんどん進んでいく。

「これは、丹波殿ではござらぬか」

「ああ、富永《とみなが》殿、お久しゅう」

しばらく行くと、豪奢《ごうしゃ》な辻《つじ》が花染めの胴服《どうふく》を着た肥満漢に呼び止められた。

西伊豆土肥《とい》を本拠とする富永山随軒《さんずいけん》こと政範《まさのり》である。

「丹波殿、今日は評定においでか」

「はあ、そのつもりですが」

「鯨の肉でも運んでこられたかと思うた」

山随軒の言葉に、背後に控える側近や従者が吹き出した。

「ようご存じで。昨日、たまたま槌が獲れましたので、たれ（赤身肉）を炊事場に置いてきました」

「ああ、それで鯨取りをお連れか」

山随軒とその従者たちは、派手に笑い声を上げながら三人を追い抜いていった。

はじめ寅松は、その笑いの意味が分からなかった。しかし与一の赤銅色《しゃくどういろ》の肌と、鯨取り独特の長い髷《まげ》を見て、ようやく気づいた。

「頭」

「あん」

「口惜しくはないですかの」

「何がさ」

丹波は常と変わらず平然としている。

「いや、何でもありゃしやせん」

口にしてしまった言葉を恥じるがごとく、寅松は黙ってうつむいた。

大広間に入ると、茶坊主に導かれ、丹波は決められた座に着いた。

一方、丹波と別れた二人は、広縁の端に座を与えられた。

常であれば、寅松や与一のような従者には、遠侍《とおざむらい》や中間《ちゅうげん》部屋のような控えの間が与えられ、そこで主を待つことになる。しかし此度の評定には、兄弟や家老など、一家の主立《おもだ》つ者を連れてきている国衆が多いため、二人にも陪席《ばいせき》が許された。

本来、そこにいるべき丹波の嫡男《ちゃくなん》・吉次《よしつぐ》は、丹波の弟・六郎左衛門《ろくろうざえもん》や家老の江上兵庫《えがみひょうご》らと共に、体《てい》のいい人質として小田原に出仕《しゅっし》しており、雲見に残る家臣といえば、鯨取りにかかわる者ばかりである。

それでも常の国人《こくじん》であれば、家臣にも序列があり、連れてくる側近や従者も固定化されるが、丹波はそうしたことを嫌い、供を持ち回りで決め、寅松や与一のような鯨を獲ることだけが取り柄《とりえ》の若者にも、様々な経験を積ませようとしていた。

慌《あわ》ただしい空気が漂い、走り来た茶坊主や小者《こもの》が広縁に控えると、多くの供回りを従えた下田城代《じょうだい》・清水上野介康英《しみずこうずけのすけやすひで》が入室してきた。すでに齢《よわい》五十八を数える康英だが、その引き締まった体軀《たいく》と鋭い眼光は、小田原一の切れ者とたたえられた、かつての鋭気《えいき》を失ってはいない。

清水氏は、早雲と共に西国から伊豆に下向《げこう》した家臣の一人で、三代目の康英は、北条家三代当主・氏康《うじやす》の側近として頭角を現し、四代氏政《うじまさ》、五代氏直《うじなお》の代になっても重用《ちょうよう》された。

天正十四年(一五八六)、康英は家督を嫡男の政勝《まさかつ》に譲って隠居し、上野入道と称していたが、この危機に際して、伊豆奥郡代・下田城代を任され、実質的な南伊豆の領主として、国衆の上に君臨していた。ちなみに、政勝も小田原に出仕させられており、南伊豆の軍事指揮権は康英に委《ゆだ》ねられていた。

「皆、急の呼び出しに応じていただき、真にあいすまぬ」

主座を占めた康英は、沈鬱な面持ちで居並ぶ国衆を見回した。

「さて、まず伝えておくが、西国衆との戦が不可避となった」

その言葉で、皆の顔色が変わる。

早速、北条家船手《ふなて》大将の梶原備前守景宗《びぜんのかみかげむね》が膝《ひざ》を進めた。

景宗の父祖は紀州熊野水軍の出身で、北条家に招かれて東国に下り、西伊豆の安良里《あらり》を本拠としていた。組織的には清水康英の指揮下に入っていたが、実際は北条水軍の船手大将として、臨機応変の動きを許されていた。

「お待ち下され。西国衆とは手切れ寸前となったものの、結句《けっく》、北条家は豊臣《とよとみ》家に臣従し、領国も安堵《あんど》されたと聞いておりますが」

「それが、とんでもないことになったのだ」

天正十年（一五八二）、本能寺《ほんのうじ》での信長《のぶなが》横死後、空白となった武田遺領を徳川家康《とくがわいえやす》と争った北条家は、一転して家康と同盟を締結、反豊臣勢力の一角として旗幟《きし》を鮮明にした。ところがその後、紆余曲折《うよきよくせつ》を経て、秀吉《ひでよし》に臣従した家康により梯子《はしご》を外された格好になり、北条家は孤立した。それでも家康の仲介により、豊臣家に臣従する話が進んでいた矢先、伊豆国から遠く離れた上野国で事件が起こった。

元を糺《ただ》せば、上野国沼田《ぬまた》領をめぐり、真田昌幸《さなだまさゆき》との間に行き違いが生じた北条家は、秀吉にその裁定を委ねることを条件に臣従を了承した。

これを受けた秀吉は、天正十七年（一五八九）十一月、真田家が墳墓《ふんぼ》の地と主張する名胡桃《なぐるみ》領を除く沼田領を北条家のものとする裁定を下すが、沼田城将の猪俣邦憲《いのまたくにのり》にまで、そうした複雑な事情が伝わっておらず、邦憲は真田家のものとされた名胡桃城を奪取してしまった。

これは、豊臣政権の私戦停止令である関東奥羽惣無事令《そうぶじれい》に違背《いはい》する行為であり、秀吉の顔に泥を塗るようなものだった。むろん秀吉は激怒し、北条家に宣戦布告状を送り付けた。

かくして双方の軍事衝突は不可避となる。

「――という次第なのだ」

身の丈六尺（約百八十センチメートル）に及ばんとする康英が、いかにも落ち着いた口調で話すと、それほどの危機が迫っているようには思えない。しかし実際には、北条家とその傘下《さんか》国衆に未曽有《みぞう》の危難が降りかかろうとしていることは、寅松にも察しがつく。

「いずれにしても、戦は必至ということですな」

雲見から二里ほど南の妻良《めら》を本拠とする村田新左衛門《むらたしんざえもん》が問うた。

「そうだ。三河殿（家康）も敵方である上、戦慣れした西国衆相手では、苦戦は免れ得まい」

大きなため息を漏《も》らすと、康英が肩を落とした。諸将も、そろって深刻な面持ちをしている。

「して、われら伊豆衆は、いかに戦うおつもりか」

景宗が挑むように問うた。

景宗は、康英、山随軒、丹波と同年輩の五十代である。そのため、康英の下風《かふう》に立たされることをよしとせず、何かと挑戦的な態度を取る。

「北伊豆衆は長浜《ながはま》・獅子浜《ししはま》両城に集結し、韮山城と連携しつつ戦うと聞く。われらもそれに倣《なら》い、一所《ひとところ》に船も兵も集《つど》め、戦うしかあるまい」

伊豆半島の付け根にあたる江浦湾の獅子浜城と、そのすぐ南の内浦湾の長浜城は、北条家北伊豆最大拠点・韮山城の西わずか一里の距離にある。そのため北伊豆水軍は、韮山城から後詰《ごづめ》を得られやすい両城に、兵力を集中して戦うつもりでいた。

「それで、われらの集《つど》う一所とは、いずことお考えか」

「ここ下田では、どうかと思うておる」

大広間に再びどよめきが起こった。康英麾下《きか》の全軍が相模湾に面している下田に集結するということは、それぞれが本拠としている西伊豆の水軍城は、放棄同然となる。すなわち、駿河湾に面している地域一帯が敵の蹂躙《じゅうりん》に任されるのだ。

「西伊豆の守りは、どうなされるおつもりか」

眼光鋭く迫る景宗に、瞑目《めいもく》したまま康英が答えた。

「無念ではあるが、皆の城を焼尽《しょうじん》した上、下田にお集まりいただきたい」

「何と無体《むたい》な」

富永山随軒が、その黒々とした顎鬚《あごひげ》を震わせた。

「西伊豆のいずこかに集まるならまだしも、伊豆東南端の下田では、敵にみすみす西伊豆をくれてやるも同然。大瀬崎《おせざき》から石廊崎に至るまで、密に張りめぐらせた城構え（防衛網）を放棄するなど言語道断。しかも土肥の八木沢丸山城《やぎさわまるやまじょう》は、北条家直轄の水軍拠点として、多大な費《つい》え（経費）を投じて普請作事《ふしんさくじ》に当たってきたはず」

山随軒に呼応するがごとく、西伊豆の水軍諸将が騒ぎ出し、大広間は騒然となった。

その反応に勇を得た山随軒が追い討ちを掛けてきた。

「城を焼いて所領を捨てれば、われらは領民の恨《うら》みを買う。それこそ北条家の唱える〝祿壽應穩《ろくじゅおういん》〟の存念《ぞんねん》に反することではないか」

〝祿壽應穩〟とは「領民の禄（財産）と寿（生命）は、応《まさ》に穏やかなるべし」という北条家の家訓である。この家訓こそ、北条早雲の建国以来、北条家が関東に覇《は》を唱える大義となってきた。

己の言葉に酔うがごとく唇を嚙《か》みしめる山随軒に続いて、景宗も異議を唱えた。

「この城に籠《こも》ったところで何ができましょう。海賊は陸《おか》に上がればただの人。ましてや、西国の船手衆に下田湾を封鎖《ふうさ》されれば、沖に出ることもできず、われらは無為に逼塞《ひっそく》するしか手はなくなります」

景宗の意見に、松崎以北を拠点とする西伊豆の水軍諸将が、そろってうなずいた。

「待たれよ」

その時、それまで瞑目して皆の話を聞いていた康英が、ゆっくりと目を開いた。

「皆の気持ちも分からぬでもないが、考えてもみよ。それぞれが勝手に己の城に籠れば、個々に討ち果たされるだけではないか。ここは合力《ごうりき》して粘り強く戦い、小田原や関東諸城の戦いの帰趨《きすう》を見守るべきであろう」

「それはおかしい」

しかし、それで引き下がる山随軒ではない。

「本来の調儀《ちょうぎ》（作戦）通り、攻められている浦に別の浦から船を出し、敵の側背《そくはい》を突けば、敵を崩すのは容易」

康英が言下《げんか》にその策を否定した。

「それは今川《いまがわ》や武田相手の調儀だ。豊臣方が、それぞれの浦に一時《いちどき》に攻め入れば、後詰を出せる浦はなくなる」

ちなみに、西伊豆から南伊豆にかけての北条家の水軍拠点は、江梨《えなし》（大瀬崎）、戸田《へた》、土肥、安良里、田子《たご》、仁科、松崎、雲見、子浦《こうら》、妻良、長津呂《ながつろ》白水《はくすい》（石廊崎）と連なっており、その間隔は、平均すると一里（約四キロメートル）を切るほど密である。北条家としては、この緻密《ちみつ》な防衛網を駆使した海からの相互援護により、伊豆全域を外敵から守るという策を取ってきた。

しかしそれは、一所《ひとところ》を攻めるだけで精一杯の今川・武田両水軍を仮想敵とした防衛構想であり、西国の船の大半を傘下に置く豊臣水軍相手では、全く意味をなさない。

土肥には、富永氏の本拠の高谷城《たかやじょう》のほかに、天正年間に入って築城を始めた最新鋭の水軍拠点・八木沢丸山城もあったが、この巨大城も、当初の防衛構想を強化するためのものであり、西伊豆全域に対して同時攻撃が可能な豊臣水軍を前にしては、無力に等しかった。

「わしもそう思う」

妻良の領主・村田新左衛門が康英に同意した。

「わしとて、皆の気持ちはよう分かる。城や所領は命よりも大事だ。だが上野介様の仰《おお》せになられる通り、それぞれが浦の小砦《しょうさい》に籠ってみたところで、個々に討ち果たされるだけではないか」

「このづない者め」

山随軒が舌打ちした。

〝づない者〟とは要領のいい利口者の意である。

「いずれにせよ、この地の差配は、それがしに任されておる。皆、従ってもらいたい」

康英の言葉尻を捉《とら》えた景宗が、即座に反発した。

「それはおかしい。わしは、進退勝手のお墨付きを小田原からもらっております」

水軍戦は天候に左右されやすく、臨機応変な動きが求められる。それゆえ進退は、個々の武将に任されることが多い。

「梶原殿は、わが策を、どうあってもお聞き入れいただけぬか」

「申すまでもありませぬ」

二人の視線が火花を散らした。

しばらく黙した後、「致し方ない」と呟きつつ、康英が匙《さじ》を投げるように言った。

「それならば結構、梶原殿はお好きになされよ」

康英とて景宗の助力はほしい。しかし籠城《ろうじょう》戦の常として、不満を抱えて一つ城に籠ったところで、心を一《いっ》にして戦えるわけがないのだ。

「わしも船手衆を江戸に回すよう、山城守《やましろのかみ》より申し付けられておる」

山随軒が景宗に追随《ついずい》した。

富永山随軒の甥《おい》にあたる富永家当主・山城守政家《まさいえ》は、西伊豆の本領と水軍を山随軒に預け、江戸城に詰めていた。というのも先祖の武功により、富永家は海将の域を脱し、北条家中七番目の役高を課せられるほどの大身《たいしん》となっていたからである。そのため、伊豆における山随軒の発言力は、康英や景宗を凌駕《りょうが》するものがあった。

「待たれよ。梶原殿と異なり、貴殿は進退勝手のお墨付きなど得ていないはずだ」

「いや、山城守が大殿《おおとの》に申し入れ、富永水軍の江戸回航が認められたのだ」

山随軒が、政家の物とおぼしき書状を差し出した。それを一読した康英は眉間《みけん》に皺を寄せた。

代替わり期にあたる北条家では、大殿と呼ばれる隠居氏政と、当主氏直という二つの命令系統が錯綜《さくそう》し、前線部隊は混乱していた。

「分かった。好きになされよ」

それを聞いた景宗が膝を進めた。

「清水殿、この存亡の危機にあっては、それぞれが悔いなき戦をいたすべきだ。われらだけでなく、諸将にも進退を問うたらいかが」

景宗とて、周囲の浦に傍輩《ほうばい》がいなければ戦いようがない。それゆえ諸将を、それそれの城に籠らせようとしているのだ。

「それでは、おのおの方の存念をお聞かせいただこう」

「致し方なし」といった様子で康英が問うと、松崎以北を本拠とする水軍諸将が競うように手を挙げ、発言を求めた。それぞれの言は微妙に違っていても、どれも本拠に戻って戦うというものばかりである。

「これで皆の存念は分かった。ここで戦いたくない者は去るがよい」

「しばし待たれい。いまだ鯨取りの親方の存念を聞いておらぬが」

山随軒が皮肉混じりに言った。

居並ぶ諸将の視線は、末席に近いところに座を占める一人の男に注がれた。

さすがの寅松にも、その言葉が、丹波を揶揄《やゆ》していることぐらいは分かった。

「そうであったな。この座で最年長の丹波殿のお考えを、いまだ伺っておらぬ。丹波殿、すまぬが、ご存念をお聞かせいただけぬか」

康英が敬意を払いつつ水を向けた。

「はあ、存念と申されてもな——」

丹波が、その小さな目をしばたたかせつつ居並ぶ諸将を見回した。

「そもそも海賊とは気ままなもの。与えられた舞台でどのように舞うかは、それぞれが決めればええんではないかの」

皆をいさめる言葉を期待していた康英は肩を落とし、山随軒は薄ら笑いを浮かべた。


勇壮な言葉の一つも期待していた寅松も、とたんに情けなくなった。

「なるほど、鯨取りの親方らしいお言葉、この山随軒、感じ入った」

「親方の舞がいかなものか、ぜひ見たいものだな」などと戯れ言《ざごと》を呟きつつ、山随軒が座を払うと、景宗らもそれに続く。

二人に同心する国衆と、その側近や従者も退席したので、寅松の周囲は瞬く間に閑散とした。

大広間には、康英の弟の淡路守英吉《あわじのかみひでよし》、叔父《おじ》の能登守吉政《のとのかみよしまさ》、妻良の村田新左衛門、子浦の八木和泉守《やぎいずみのかみ》、そして高橋丹波守だけとなった。

ちなみに八木和泉守は、土着海賊ではなく清水家の被官《ひかん》であるため、残った国衆は、わずか二人にすぎない。

「これだけか」

康英の落胆は目を覆うばかりである。

「兄上、これでは、兵は三百五十、船は五十余り。戦など、できようはずもありませぬ」

英吉が悲しげに首を横に振った。

「分かっておる。しかしそれでも、やり遂げねばならぬのだ」

康英が威儀《いぎ》を正した。

その姿には、かつて河越《かわごえ》で、国府台《こうのだい》で、さらに謙信《けんしん》や信玄《しんげん》との戦いで勇名を馳《は》せた康英の誇りが漂っていた。

「皆、残ってくれて真にあいすまぬ。わしは取り急ぎ大殿に書状を書き、相模湾か江戸湾か、いずこかの水軍を回してもらう。皆はいったん己の城に戻り、戦支度をしておいてくれ」

そこまで言うと、居たたまれなくなったのか、康英が座を立った。英吉や新左衛門らもそれに従う。それを見届けた丹波も、ゆっくりと立ち上がった。

「さーらば、雲見にけーるべ」

「しからば雲見に帰ろう」という口癖を残し、丹波は、常と変わらぬ顔つきで大広間を後にした。

その小さな背を見つめつつ、寅松は失望を隠しきれなかった。

四

年が明け、いよいよ西国から大軍勢が押し寄せようとしていた。

小田原をはじめとした北条領国内の各拠点や村々は、戦支度に狂奔《きょうほん》しており、正月どころではなかった。

伊豆半島でも、松崎や仁科では領民の欠落逃散《ちょうさん》が相次ぎ、とても戦うどころではない。松崎を本拠とする渡辺《わたなべ》一族に至っては、戦うことを放棄して伊豆の深山に逃げ込んだ。そのほかの津々浦々でも、さして状況は変わらない。

一方、雲見だけは、常と変わらぬのんびりした正月を迎えていた。丹波が、何事にも「なるようにしかならんさ」という考え方なので、それが、家中や領民にも広がっていたのである。

寅松らが戦に備えて小早船の艤装《ぎそう》をしていると、烏帽子岩の上の山見番小屋に旗が揚がり、続いて鉦《かね》の音が、かすかに聞こえてきた。

「抹香《まっこう》が来た《ぎ》」

才蔵の声に応じ、水主たちの顔が一斉に烏帽子岩を向いた。

——こんだ折さ。沖立ちはすまい。

寅松が、小早船の舷側に垣立《かきたつ》を取り付ける作業に戻ろうとした時である。

「抹香の夫婦《めおと》が、挟み子抱えてござっしゃられたようさな」

黒一色の襦袢に同じく黒の半纏《はんてん》をまとった丹波が、悠然と浜に下りてきた。

ちなみに〝挟み子〟とは、夫婦《めおと》鯨《くじら》に挟まれて泳ぐ子鯨のことをいう。

「とば外しますかの」

「船の苫《とま》を外しますか」転じて「船を出しますか」という才蔵の問いに、「そら、出すさ」と答えた丹波は、束ねた銛を勢子船に投げ入れた。

その瞬間、浜に活気が戻った。

雲一つない晴天の下、駿河湾を隔てた〝向かい地（駿遠《すんえん》地方沿岸）〟に屹立《きつりつ》する霊峰富士を望みつつ、八艘の勢子船が漕ぎ出していった。

船首に立つ羽刺だけが平袖半襦袢を着ているが、刺水主以下は褌《ふんどし》を締めただけの半裸である。

水主たちが勇壮な櫓声を上げながら櫓を漕ぐと、やがて、落穂《おちぼ》がなびくように斜めに吹き上がる潮が見えてきた。

「間違いねえ。抹香だ。皆、たくるぞ！」

才蔵が水主たちに気合を入れた。

船が近づくと、その濃い体色や大きな頭部から、抹香鯨であることがはっきりしてきた。しかも、二匹の親鯨の間で懸命に泳いでいるのは、生まれて三月《みつき》ほどの子鯨である。

「よし、うんならかせ！」

才蔵が全力櫓走を命じた。

丹波の乗る一番船が、鯨たちの逃げ道をふさぐべく西に向かった。続いて二番船が南をふさぐ。その動きから、自らが〝伏せ役〟であることを覚った才蔵は、三番船を東に向かわせた。

鯨の親子は、一番船と二番船の作った海上の見えない壁を潜《くぐ》り抜けようとするが、海中に深く潜《もぐ》れない子鯨を伴っているため、それもままならない。しかも一番船と二番船の刺水主が、さかんに木槌《きづち》や狩棒《かりぼう》で船縁《ふなべり》の貫抜《かんぬき》（舷側に張られた鉄板）を叩くため、その音に恐慌を来し始めた。

やがて思惑通り、親子が東に向かって追い立てられてきた。子供の頃から見慣れた光景とはいえ、波を蹴立てて迫り来る鯨ほど恐ろしいものはない。

鯨がこちらの存在に気づかなければ、船はひっくり返されるが、よほど大きな群れでない限り、鯨は海上の船の位置を察知し、本能的に身を避ける。

母鯨は、子鯨を守るように寄り添っている。何が起こったのか、にわかに分からないのか、子鯨は尾羽を無我夢中で打っている。一方の父鯨は、二人を見捨てるかのごとく北に向かおうとしていた。

三番船を中心にして、父鯨と母子鯨は、それぞれ放物線を描きながら北と南に分かれていった。せっかく〝伏せ役〟をもらいながら、双方共、銛の射程には入らず、才蔵が舌打ちした。

「ほいなら、どっちを追うら」

――頭は、きっと雄を追いこくる。

〝挟み子〟がいる場合、捕まえやすい母子鯨を狙うのが常道《じょうどう》だが、丹波は雄を狙うと、寅松は思った。

その理由《わけ》を寅松は知っていた。

「子《こんぼ》を亡くした母親《おっか》や母親を亡くした子ほど、哀れなものはねえ」と、かつて丹波が村の子らに語っていたからである。

案の定、一番船の舳《おもて》は北を指した。

むろん雄を狙うとなると、相応の覚悟が必要だが、漁がうまくいった時に得るものは大きい。

「頭は波勝《はがち》に追い込む気さ。波勝に山立てろ！」

才蔵が北に向かうことを命じた。

その滑らかな背を弓弦《ゆづる》のようにしならせ、逃走を図る雄鯨を挟んで、西に一、二番船、東に三番船が並走していく。四番船は執刀役《しっとう》と呼ばれ、とどめを刺す任にあるため、三番船のやや後方を追ってくる。そのほかの船も同様である。

やがて、波勝崎の赤黒い断崖《だんがい》が見えてきた。鯨も陸岸《おか》が近づいたことを察知し、泡を食ったように西に逃れようとするが、丹波の一番船が行く手を阻むので、致し方なく再び北に頭を向ける。

そうしたことを幾度か繰り返した後、遂に進退窮《きわ》まり、鯨は覚悟を決めて潜ろうとした。しかしそれも叶《かな》わず、困ったように海面に浮き上がってくる。この辺りの海底は、凹凸《おうとつ》が激しく、鯨にとって、潜るに十分な深さを得るのが困難なのだ。

次第に船と鯨の距離が縮まってくる。その躍動する茶褐色の背が近づくにしたがい、寅松に武者震いが走った。

船首の銛打ち台に立つ才蔵の赤銅色の腕にも、太い筋がはっきりと浮き出ている。羽刺の血がたぎっているのだ。

波勝崎に近づき、いよいよ追い詰められた鯨が、尾羽を高く上げて潜水に入ろうとした時である。丹波の船に裾黒《すそぐろ》の旗が揚がった。銛打ちを許可する旗だ。それを待っていたかのように、三方から一ノ銛が放たれた。

銛は放物線を描きながら中天に舞い上がり、鯨の背に次々と突き刺さった。鯨は戸惑ったような雄叫《おたけ》びを上げると、銛を引きずったまま潜水しようとする。しかし銛の柄が外れ、鯨と船が銛綱一本で結ばれると、鯨は三艘の船を曳航する形になり、潜水できない。

寅松ら刺水主は銛綱を手繰《たぐ》り、さらに鯨に接近を試みる。

確実に仕留められる距離まで迫った時、裾赤の旗が揚がった。「二ノ銛放て」の合図である。

才蔵ら羽刺は二ノ銛を空高く投げ上げた。それが鯨の背に落下すると、鯨は再び恐慌を来したかのごとく暴れ回る。しかし、それもいつまでも続かず、やがて鯨の動きが緩慢《かんまん》になってきた。

――そろそろ、いいあんばいだな。

最近、寅松にも鯨取りの呼吸が摑めてきた。

案の定、丹波の船に真紅の旗が揚がった。〝剣切〟の合図である。別名〝殺し船〟

と呼ばれる四番船が、この合図を待っていたかのように鯨に近づくと、長い柄の付いた両刃の〝剣〟を咥《くわ》えた羽刺が、海に飛び込んだ。

固唾《かたず》をのんで皆が見守る中、しばらくして海面が朱に染まった。四番船の羽刺が海中で心臓に一刺し入れたのだ。

期せずして歓声が上がる。

それでも鯨は死ねず、断末魔の苦痛にあえぐように体をくねらせ、尾羽や手羽をしきりに海面に叩きつける。その修羅場の中へと、各船の刺水主や銛打ちを目指す水主たちが、長柄包丁を咥えて飛び込んでいく。

とどめのとどめとも言うべき〝鼻切《はなぎり》〟を行うためだ。これは、鯨の顔に取り付いて左右の鼻弁《びべん》を切り裂き、窒息死《ちっそくし》させるために行われる。

「はしはし（手早く）やでごい」

才蔵が寅松の肩をポンと叩く。

「任せてくんさ」

躊躇《ちゆうちよ》なく海に飛び込んだ寅松は、抜き手を切って鯨に近づいた。鯨の血で海面も海中も真っ赤に染まり、生臭いにおいが漂っている。それでも構わず突き進むと、鯨の横腹が見えてきた。

寅松は、必死に尾羽の近くに取り付いた。背はぬめぬめしている鯨の体だが、腹には、瘤状《こぶじょう》の隆起《りゅうき》が多くあり、それが手がかりとなる。刺水主たちは、まず鯨の横腹に取り付き、そこを足場として鯨の鼻を目指す。

羽刺や水主の世襲《せしゅう》身分が固定されていないこの時代、彼ら十代の刺水主たちは〝鼻切〟を競い合い、その中から次代の羽刺が選ばれるのだ。

寅松が鯨に取り付いた時、すでに二人が背に上っていた。

――いつまでも、処女《おぼこ》ではいられんさ。

寅松が己に言い聞かせた時、鯨が大きく体を振った。今にも鼻に手を掛けようとしていた一人が、絶叫と共に振り落とされた。それを見た寅松は、振り落とされまいと懸命に瘤に爪を立てたが、なおも鯨は、身をくねらせて刺水主たちを振り落とそうとする。

海面に落とされれば、尾羽か手羽の一撃を見舞われ、命を失う恐れさえある。

そのため刺水主たちは、鯨の体に必死に食らいつく。

次の瞬間、鯨が大きく尾羽を叩きつけた拍子に、もう一人も振り落とされた。

――負けっか！

あまりに強く押し付けていたため、瘤を掴む手先が、傷つき出血していた。それでも寅松は、にじるように瘤を伝い、柄が外れずに突き刺さっていた銛の一本を摑んだ。それを手掛かりに何とか鯨の背の上にたどり着くと、足首を銛先に引っ掛け、上体を鯨の顔の方に伸ばす。

その時、鯨と目が合った。

哀れみを請うがごとく、鯨は、その小さな瞳を潤ませていた。

――そんな目せんね。

四肢を蜘蛛《くも》のように伸ばし、ようやく鼻の上までたどり着いた寅松は、咥えていた長柄包丁を手に取ると、躊躇せず鯨の鼻弁を切り裂いた。

「シュー」という音がすると、血しぶきが吹き上がる。

潜水時、鯨は鼻弁を閉じて、肺に海水が入らないようにする。この鼻弁を切り裂かれることで、鯨は二度と海中に潜れないことを覚《さと》り、ようやく観念する。

鯨の背に乗ったまま、寅松は長柄包丁を持つ右手を高く差し上げた。〝鼻切〟に成功した合図である。それを認めた各船からは、やんやの喝采《かっさい》が起こった。

鯨取りの青年たちは、〝鼻切〟という一種の通過儀礼を経て、初めて男として認められる。

寅松に、喜びがこみ上げてきた。

いよいよ鯨が動きを止めると、遅れてやってきていた二艘の持双船が近づき、鯨を挟み込んだ。寅松をはじめとした数名の刺水主が背に上り、持双船から投げられた苧綱《おづな》を受け取り、それを鼻や背鰭に通していく。

続いて持双船の間に丸太が渡され、鯨を挟み込むと、最後に鯨と丸太を胴縄できつく結び、鯨が持双船に固定された。

気づくと、すでに日は中天にあり、船はかなり南に流されていた。黒潮から分かれた沿岸流は、伊豆半島の西岸を北上して行くのが常だが、波勝崎が駿河湾に大きく張り出しているため、そこに衝突した沿岸流の一部は反流を起こす。その流れに乗ってしまうと、石廊崎沖まで流されてしまうことがある。

「二十六夜山《にじゆうろくやさん》ずら」

いつの間にか傍らに来ていた与一が呟いた。二十六夜山は、石廊崎の北西二里にある独立峰である。

勢子船を寄せ、羽刺たちと何事か話し合っていた丹波は、ようやく肚《はら》を決めたらしく、持双船に乗り換えてきた。才蔵ら羽刺は勢子船をめぐらし、持双船を曳航しようとしている。

「頭、どーすべえ」

鯨の背から寅松が問うと、丹波は、さも当然のごとく答えた。

「雲見さけーるにゃ潮がわりいで、このまま小田原に行くさ」

緊張漂う小田原を元気づける意味で、丹波は、鯨を丸ごと献上するつもりらしい。

――いつもながら頭は、とーづき（いたずら好き）なきまい（気質）の方さ。

下田湾で一泊した一行は、翌朝、小田原に向かった。

五

突如として沖から現れた鯨船に、小田原の人々は度肝《どぎも》を抜かれた。

天正十七年（一五八九）十二月二十五日付け書状で、北条氏政は「鯨到来、賞《しょう》翫《がん》いたし候（鯨が届き、賞味しました）」で始まる礼状を、海産物関係の担当奉行・幸田《こうだ》大蔵丞《おおくらのじょう》あてに出している。この中で、「我々の代已来《いらい》、四、五カ度か」とあり、丹波が鯨を丸ごと献上したのは、これが初めてではなく、氏政の代で四、五回あったことがうかがわれる。むろん雲見のほかに組織的に鯨を獲る浦はなく、どれも丹波の仕事であったに違いない。

鯨の到来により小田原の町は一時的に活気づいたものの、垂れ込めつつある暗雲はぬぐいようもなく、いよいよ北条家は、秀吉率いる大軍を一手に引き受けることになった。

天正十八年（一五九〇）三月一日、豊臣勢七万が東下《とうか》を始めた。水軍衆一万四千も、伊勢国大湊《いせのくにおおみなと》から集結地点の駿河国清水に向かった。北方から攻め入る前田《まえだ》勢や上杉勢などを合わせると、豊臣方は総勢二十二万に上る大軍である。

三月二十九日、陸上では、箱根山西麓《はこねやませいろく》の山中城をめぐる攻防戦を皮切りに、小田原合戦の火蓋《ひぶた》が切られた。一方、海上では、これより一足先に豊臣水軍の侵攻が始まっていた。

三月上旬、加藤嘉明《かとうよしあき》、脇坂安治《わきさかやすはる》、九鬼嘉隆《くきよしたか》、長宗我部元親、本多重次《ほんだしげつぐ》らに率いられた豊臣水軍は、あらかじめ決められた分担に従い、北条方西伊豆諸城に打ち掛かっていった。康英の案じた通り、兵力潤沢な豊臣水軍は、諸浦諸城への同時攻撃を敢行《かんこう》してきた。

富永山随軒の高谷・八木沢丸山両城はもちろん、梶原景宗の守る安良里城も「不戦開城」を余儀なくされた。

彼らは、晴れの舞台で己の舞を披露することなく海賊旗を畳んだ。

山随軒は所領を取り上げられ、二年後、蟄居《ちっきょ》先で病死した。景宗は父祖の地である紀州熊野に戻り、商人になった。そのほかの水軍諸将も、ほとんどが戦わずして城を明け渡した。いかに練達《れんたつ》の海将たちでも、雲霞《うんか》のごとき豊臣水軍相手では、戦いようがなかったのだ。

しかし、籠城戦を貫徹するつもりの清水康英に呼応した丹波は、鯨取りを引き連れて下田城に向かった。

雲見には、女子供だけが残された。しかし雲見の地は、敵からの攻撃を受けるどころか、上陸されることさえなかった。城らしい城もない小さな浦であるためか、敵方から無視されたのだ。

三月下旬、豊臣水軍は海陸両面から下田城に迫っていた。

早くも二十五日には、下田城の西方二里にある岩殿砦《がんでんとりで》で陸上戦闘があった。

一方、敵水軍の物見船も、下田沖にちらほらと姿を見せ始めており、いよいよ下田城をめぐる攻防が始まろうとしていた。

すでに丹波は、五艘の小早船と数艘の鯨船を従えて入城を果たしていた。

明るい話としては、清水康英の嘆願《たんがん》が実り、江戸摂津守朝忠《せっつのかみともただ》率いる江戸水軍が、下田に回航されてきたことくらいである。

しかし、関東各地に兵を割かねばならない北条家としては、それが精一杯だった。

結果的に下田城の総兵力は、わずか六百にとどまる。むろん、これでは攻勢に出られるはずもなく、城のある鵜島《うじま》一帯に逼塞《ひっそく》を余儀なくされた。


これまでの成り行きから寅松と与一は、その後も丹波の従者として、軍議などの公《おおやけ》の場に付き従うことになった。そのため寅松も、彼我《ひが》の戦力差から来る圧倒的に不利な状況を知りつつあった。

この日も大広間は、重苦しい空気に包まれていた。

いったんは敵を弾き返した岩殿砦や、清水一族の本拠・加納矢崎城《かのうやざきじょう》を落城させた敵の陸上部隊が内陸部を通り、下田に押し寄せつつあるという一報が届いたからである。

「敵は海陸より迫り、明日にも下田を囲むであろう。その船は一千を超え、兵は一万四千を数えるという」

康英が最新情報を伝えると、諸将はそろって悄然《しょうぜん》とした。しかし、江戸朝忠だけは恬淡《てんたん》として言った。

「事ここに至らば、沖に出で《い》て華々しく戦い、敵の心胆《しんたん》を寒からしめるほかありますまい」

皆に覚悟を促すかのごとき朝忠の発言に、康英は首を横に振った。

「われらの戦いの眼目《がんもく》は、勝つことにない。敵水軍を引き付け、小田原の船留《ふなどめ》（海上封鎖）を少しでも手薄にさせることにある」

「しかし、いったん和歌ノ浦に逼塞してしまえば、湾外に出ることは容易でありませぬ。われら海賊は海を戦場としており、同じ死ぬなら海の上でと、常々、思うております」

「それでは、江戸殿はいかに戦われるつもりか」

「いかに戦うも何も、湾外に出て敵に打ち掛かるだけ。それが海賊というものです」

康英が呆《あき》れたように嘆息《たんそく》した。山随軒や景宗のように、怯懦《きようだ》の心や個人的感情から康英に造反する者もいれば、将来に悲観して死に急ぐがゆえに、康英の方針に従わない者もいるのだ。

「その策に、いかな勝算がおありなのか」

康英に代わり、弟の英吉が問うた。

「そもそも万余の大軍を前にして、勝算などありませぬ。せめて、敵の先手衆《さきてしゅう》に痛手を負わせ、容易には、この城に近づけぬことを知らしめるのみ」

緒戦で敵に痛手を負わせ、敵に恐れを抱かせることが、朝忠の策らしき策だった。

「いずれにしても江戸殿は、籠城ではなく出戦《でいくさ》を望まれるのだな」

「いかにも。たとえ後に籠城になろうとも、緒戦で敵に痛手を負わせられるか否《いな》かは重大。われらが手強《てごわ》いと知れれば、敵も容易には付け込めませぬ」

「それも一理あるが――」

康英が腕を組んで考え込んだ。

その時、丹波が発言を求めた。

「あの、もし」

「おお、丹波殿、何か策がおありか」

康英が、藁《わら》にもすがりたいといった面持ちで丹波に先を促した。

「ここで無理して戦《たたこ》うても、到底、勝てますまい。この苦境を打開できるのは、この城ではなく小田原でござろう。敵が小田原を攻めあぐむことがあれば、敵水軍にも厭戦《えんせん》気分が漂い、勝機を見出せます。船を出すのは、それからでも遅くはないと」

「ははあ」

朝忠が蔑《さげす》むように言った。

「鯨取りの親方は、怖気《おじけ》づきましたかな」

一瞬、大広間の空気が凍り付いた。

「何の、それがしは、敵どころか鯨を前にしても怖気づきます」

「さすが親方だ」

朝忠は哄笑《こうしょう》したが、康英らは、そろって苦虫《にがむし》を嚙みつぶしたような顔をしている。

「さて」と言いつつ、朝忠が威儀を正した。

「清水殿、われらはわれらの流儀で戦わせていただく。それでよろしいな」

「ご随意《ずいい》に」

江戸朝忠とその配下の者は、一礼すると大広間を後にした。

清水一族は専業水軍ではないので、船をあまり持たない。そのため江戸一族が出陣してしまえば、下田城の軍船は五十艘にも満たぬ数となり、さらに窮地に追い込まれる。

「致し方ない。無念やる方ないが、これが戦というものだ」

康英の言葉に、残る諸将は声もなくうなだれた。しかし丹波だけは、常と変わらぬ顔で鼻毛を抜いていた。

六

四月七日早朝、沖に姿を見せ始めた敵船に向かって、江戸水軍が果敢《かかん》に仕掛けていった。しかし江戸水軍がその力を発揮したのは、ほんの半刻《はんとき》（一時間）ばかりで、続々と現れる雲霞のごとき敵船には抗しようもなく、周囲を取り巻かれると、大筒を撃ち込まれ、火箭《かせん》を射掛けられ、次々と海底に姿を消していった。

この乱戦の中で、朝忠も討ち死にを遂げた。

この様子を下田城本曲輪《ほんくるわ》から眺めていた康英らは、予想を上回る敵船団の数と戦意の高さに、あらためて瞠目《どうもく》した。

翌日、下田城のある鵜島の対岸にあたる柿崎《かきざき》の浜に上陸した敵方は、寝姿山《ねすがたやま》の山麓にある出城の武峰砦《ぶほうとりで》を占拠すると、そこを本陣として下田城下の制圧に掛かった。下田籠城衆は、城を出て懸命の防戦に努めたが、敵の火力の前には為す術《すべ》もなく、遂に稲生沢河口まで占拠された。

これにより、下田城は完全に孤立した。

下田城の抵抗力が衰えたと見た敵方は、脇坂安治と安国寺恵瓊《あんこくじえけい》の水軍のみを残し、九鬼、長宗我部、本多らは小田原の封鎖に向かった。

康英の目指した敵水軍戦力の分散を図るという戦略は、これにより破綻《はたん》し、小田原は、陸だけでなく海からも完全に封鎖されることになる。

『関八州古戦録』によると、この時、相模湾は「波の上にわかに陸地となるかに見渡せ候」という有様だったという。

康英と英吉が苦い顔を見合わせた。

「かくなる上は、われら兄弟が腹を切り、城兵の助命を嘆願するほかあるまい」

「それを矢留《やどめ》の条目《じょうもく》として、早速、使者を送ります」

四月九日、下田城より脇坂安治に使者が送られた。しかしその返書には、驚くべきことが書かれていた。

「降伏を認めずと」

康英が絶句する。その返書を読む英吉の手も震えた。

脇坂安治と安国寺恵瓊の二人は、秀吉から降伏を認めぬよう、きつく命じられており、その命に反することはできないというのだ。

ご丁寧にもその書状は、後詰の毛利水軍が清水湊から来着次第、惣懸《そうがか》りを掛けるので、覚悟しておいてほしいという文言《もんごん》で締めくくられていた。

「何ということだ」

くずおれそうになる康英を英吉が支えた。

その姿には、かつて氏康と共に関東の戦野《せんや》を駆け回った猛将の面影はない。

「兄者、気をしっかりとお持ち下され」

「分かっておる。分かっておるが、ここまで付き従ってくれた国衆や家臣の命さえも、わしは救えぬのか」

常は冷静な康英が、板敷きを叩いて口惜しがった。

「事ここに至らば致し方なし。華々しく籠城戦を行い、寄子《よりこ》国衆や重代相恩《じゅうだいそうおん》の家臣と共に、坂東《ばんどう》武者の誉《ほま》れを満天下に示すまで」

英吉が、己の言葉に酔うがごとく天を仰いだ。

広縁でやりとりを聞いていた寅松にも、いよいよ終わりが近づいてきたことくらいは分かる。

――おいも、その誉れとやらのために死ぬのだな。

寅松は死を恐れてはいない。ただ、せっかく極めかけた鯨取りの仕事を続けられないことだけが心残りだった。ふと傍らを見ると、与一の膝が震えている。

「与一、死にてーないか」

「当たり前だ。誰でも死ぬのはおとましい（恐ろしい）ずら」

与一は涙声になっていた。

「泣くな」

寅松の厳しい声音《こわね》に、与一は懸命に涙を堪《こら》えた。

――何とかならぬものか。

丹波を見ても、ただ黙然《もくぜん》と腕を組んでいるだけである。

――頭にも目処《めど》が立たぬずら。

寅松が、がっくりと肩を落とした時である。

「もし」

聞き慣れたくぐもった声が、重い沈黙の広がる大広間に響いた。

声の主《ぬし》が丹波であることを知った康英は、一筋の光明を見出したかのごとく顔を上げたが、英吉は迷惑そうに言った。

「今更《いまさら》、何か仰せになりたいことがおありか」

周囲の冷たい視線を気にするでもなく、丹波が口を開いた。

「敵に一矢報《いっしむく》いれば、敵はわれらの手強さを知ると、江戸殿は仰せでありましたな」

「いかにも」

「清水殿も、そう思われるか」

返答しかけた英吉を制し、康英が答えた。

「丹波殿、われらには兵もなく船もなく、すでに陸戦《おかいくさ》で矢玉《やだま》も尽きた。戦いたくとも戦いようがないのだ」

「ははあ」

今更、それに気づいたと言わんばかりの丹波の反応に、諸将は失望し、再び視線を落とした。

「丹波殿、もう万策尽きたのです」

英吉が、うんざりしたように言った。

「それでは、われらはわれらの戦をしてもよろしいか」

これまで、この場から去っていった将たちと同じことを、丹波にまで言われた康英は、悲しげに首肯《しゅこう》した。

「まさか貴殿まで、そう言うとは思わなんだ。しかし、それを押しとどめることなど、もはやそれがしにはできぬ」

康英は、すでに引き止める気力さえも失っていた。

「丹波殿、わしも海賊の端くれだ。死出の旅路の供をさせてくれぬか」

村田新左衛門の言葉に、丹波は首を横に振った。

「いや、ここは、わいらだけで掛かるさ」

肩を落とす新左衛門に、丹波が笑いかけた。

「新さあには、われらの小早船を置いていく。それを使って、たんまり尻抜け（後始末）するさ」

何のことか分からず、新左衛門は唖然《あぜん》としている。

「長きにわたり、お世話になりました」

一座の中央に膝を進めた丹波が、傍輩一人ひとりに挨拶《あいさつ》した。

「ここまでお付き合いいただき、礼の申しようもない」

康英も威儀を正して頭を下げた。

それを機に座を払った丹波は、寅松と与一を促して大広間を後にした。

「頭――」

「分《わ》がでる。これから死にに行くのか知りたいずら」

「へい」

「そげえ、ちんやりすな（しょげるな）。わいらを無駄に死なせはせんさ」

丹波は歩度《ほど》を緩《ゆる》めず、いずこかに向かってどんどん歩んでいく。

「てことは、戦ばやめて、ここから逐電《ちくでん》いたすので」

与一が目を輝かせた。

「いや、おいはおいの舞を舞うんさ」

丹波が人懐《ひとなつ》っこい笑みを浮かべた。

七

「さてっと」

下田城東端の物見櫓《ものみやぐら》に登った丹波は、懐《ふところ》からゆっくりと遠眼鏡《とおめがね》を取り出すと、沖合を眺め回した。

「確かに、ちゃか（小船）ばかりになっとる。こいじゃたわいもないが、こればかりはどうでえせんさ」

丹波は独り言《ひとごと》のように呟くと、思い立ったように命じた。

「与一、羽刺さ集めて来い」

「羽刺──、ですかい」

思わず与一が問い返した。

「あん」

「羽刺集めて、鯨でも獲りなさるか」

「ああ、昨日のなぶら（群れ）は、この時分に沖を通りよったが、今日はどうかの」

寅松に向かって肩をすくめた与一は、半ば不貞腐《ふてくさ》れて物見櫓を降りていった。

下田湾を封鎖した脇坂・安国寺両水軍の間には、弛緩《しかん》した空気が漂っていた。惣懸りは、毛利水軍が来着してからと聞いているので、それまで水主や兵は手持ち無沙汰である。とは言っても酒を飲んだり、賭け事に興じたりするわけにもいかず、ぶらぶらと胴の間（甲板《かんぱん》）を行き来しつつ、漫然《まんぜん》と海を眺めているしかない。

「おい、鯨やで」

一人が沖を行く鯨の群れを見つけた。その声に応じ、皆、片舷《かたげん》に集まり、鯨の潮が吹き上がる様を眺めつつ、「あれは脊美《せみ》だ」「いや抹香だ」と楽しげに言い合っている。

「敵だ！」

その時、たまたま陸岸《おか》を見ていた一人が叫んだ。沖側の舷に群がっていた水主や兵が、先を争うように陸側の舷に集まる。

「おんしには、あれが敵に見えるのか」

「ただの勢子船でねえか」

和歌ノ浦から漕ぎ出してきたのが鯨取りの船団と知り、船上にいた水主や兵は高笑いした。むろん、弓矢や鉄砲を向ける者はいない。

秀吉から船手衆に対し、攻撃対象は軍船と限り、漁民の生活を妨げてはならないという触れが出ていたからである。

八艘の勢子船を先頭に、持双船などを従えた船団が沖を目指して漕ぎ出していく。

「おーい、鯨に食われるなよ」

「銛と槍を間違えるなよ」

口々に戯《ざ》れ言《ごと》を言いながら、脇坂・安国寺両水軍の水主や兵は、のんびりと鯨漁を見物しようとしていた。

勢子船は澪《みお》を切って進んだ。敵船の間を通り抜ける時は、冷や汗が背を伝ったが、各船からは冷やかしや哄笑が聞こえるだけで、攻撃してくる気配はない。

敵船団の間を縫い、ようやく沖に出た寅松は、安堵のため息をついた。

「こいつは、たまげた抹香のなぶらだ」

羽刺の才蔵が舌なめずりした。この季節、餌《えさ》の豊富な北の海に向かう〝下り鯨〟の群れは次第に寄り集まり、ときには百を超える大集団となる。それが連日、北を指して石廊崎沖を通過していく。

「才蔵さあ、ほんに頭は、このまま逃げずに鯨を獲りなさるか」

沖まで漕ぎ出してみたものの、こうした差し迫った状況下で鯨を獲るという神経が、寅松には、どうにも理解できない。

「景気づけに鯨を獲るのが頭の流儀さ。味方にたれをたらふく食わせ、今生《こんじょう》の思い出とさせたいずら」

才蔵が当たり前のように言った。そう話している間も、丹波の乗る一番船からは、しきりと旗が揚がり、指示を与えてくる。

「持双も含め、すべて南東に山立てろと」

才蔵が意外な顔をした。

「なぶらが逃れられんように、外をふさぐんかな」

寅松が丹波の意図を汲《く》み取ろうとしたが、才蔵は、それでも納得いかないようである。

「じゃらけな（ふざけるな）。それでは誰が仕留める」

才蔵の言うことは尤もである。〝伏せ役〟を置かず、すべての船が追い立て役に回るなど聞いたこともない。

「頭には、何か思案《しわい》があるずら」

「しょうねえ、沖からたらい回せ（回り込め）」

才蔵の指示に従い、一、二番船に続き、群れの後尾をなめるように横断して三番船も沖に漕ぎ出した。その後ろに四番船以下と持双船が続く。

抹香鯨の遊泳速度は、平時で人が全力疾走する程度だが、危機を察した時は、馬が走るほどの速さとなる。しかし子を連れた群れであれば、さほど速くはない。

そのため群れの後尾をすり抜け、沖側から先頭に出るのは容易である。

鯨船は、南西から北東にかけて直線的に連なり、鯨の群れの沖側を並走する形になった。

「頭が北に山立てたで」

一番船が北に針路を変えた。二番船もそれに続く。

「やれやれ」といった顔をして、才蔵も取舵を切るよう指示を出した。

続いて一番船の刺水主が、木槌で船縁を叩き始めた。常であれば典型的な追い込み漁の開始だが、〝伏せ役〟の勢子船がおらず、その意図は図りかねた。

一方、鯨たちは突然の異音に驚き、逃げ足を速めた。それを見て、さらに群れに近づいた一番船は、北西に針路を変えた。それに応じて鯨たちも北西に向かう。

「頭は何やっと。銛打ちの機《しお》を逃しおった」

才蔵が舌打ちした。群れの中の一頭が恐慌を来し、過度に一番船に近づいたにもかかわらず、丹波は銛を持つ気配さえない。

鯨たちを左手に見つつ、鯨船は一直線となって下田湾を目指す格好になった。

――まさか。

その考えに行き着いた時、寅松の背筋が凍りついた。

「才蔵さあ、分がたぞ」

「何が分がたら」

「頭の肚さ」

その間にも、下田湾はどんどん近づいてくる。湾に停泊する敵船団も、下田城の各曲輪に林立する櫓《やぐら》群も、はっきりと見えるようになってきた。

恐怖に駆られた鯨たちは、さらに速度を上げた。一、二番船の刺水主たちは、木槌で船縁を叩き続け、さらに鯨たちを慌てさせようとしている。その中には与一の姿も見える。

「寅松、わいも叩け」

「へい」と答えるや、寅松は、腕も折れよとばかりに船縁を叩いた。

水中では、空気中より音が伝わりやすい上、増幅される。そのため鯨たちは、狂ったように音のする方角から逃れようとする。

やがて、敵船団が間近に見えてきた。船上では、唖然とした顔が鈴なりになっている。むろん、どの顔にもすでに笑みはない。

「旗が揚がった。なぶらと離れぞ！」

一番船が東に舵を切ると同時に旗を掲げた。各船もそれに続く。しかし鯨たちは、構わず湾内に向かっていく。

鯨の群れが湾内に近づくにしたがい、散発的な鉄砲の音が聞こえてきた。次第にその数は増えていったが、空気中の音は、水中にいる鯨には聞こえにくい。

次の瞬間、敵船団の中で最も沖に停泊していた一艘が、大きく揺らぐと次第に傾いていった。続いて船上から、水主や兵が、ばらばらと飛び込む姿が見えた。やがて、その船は軋《きし》み音を上げつつ船尾から姿を消していく。

すでに丹波の意図に気づいていない者はいなかった。寅松らは歓声を上げ、腕を幾度も突き上げた。

その間も、鯨たちは狂ったように湾内をめぐっていた。その茶褐色の背が、重畳《ちょうじょう》と連なる山脈のように見えたかと思うと、山頂から潮が吹き上がる。

どの船も、いかに対処していいか分からず、水主や兵は右往左往するばかりである。中には鯨めがけて矢《や》を射たり、槍を投げたりする者もいるが、銛と違って重力を利用した武器ではない弓矢や槍では、鯨の分厚い脂肪を貫くことはできず、すべて弾き返されるだけである。

鯨たちは浅瀬にまで押し寄せ、敵船もろとも座礁《ざしょう》するものまでいる。

敵の恐慌は頂点に達し、遂には大筒の音まで聞こえてきた。しかし、水平より下に俯仰《ふぎょう》できない大筒では何の役にも立たない。

「やったで！」

大筒から放たれた弾が、鯨ではなく敵の僚船を直撃した。弾を食らった船は、船体を真っ二つに引き裂かれて沈んでいく。

遂には、湾から脱出しようとした敵船同士がぶつかり合い、大船の舳先が小船に乗り上げているものまで見られた。

まさに湾内は、上を下への大混乱に陥っていた。

――船も兵も矢玉もなく、頭は、これだけのことをやりおおせた。

湾内の惨状を眺めつつ、寅松は潮で乾いた唇を幾度も舐《な》めた。

「才蔵どん、わしらの頭はひどろしお方だな」

「ああ、肝がいもになるほど、ひどろしお方さ」

〝肝がいもになる〟とは肝をつぶす、〝ひどろし〟とは、眩《まぶ》しいという意から転じた、この地方で最上の褒《ほ》め言葉である。

放心したごとく湾内を見つめる二人の許に近づいてきた一番船から、丹波の嗄《しわが》れ声が聞こえてきた。

「さーらば、雲見にけーるべ」

「応！」

漁を終えた後の丹波の決まり文句に、各船の羽刺や水主たちが腕を突き上げた。

「あれ見い」

才蔵の声に応じ、何事かと湾内に顔を向けると、敵船の間を敏捷《びんしょう》に動き回る北条方の小早船が見えた。

「新左衛門さあが剣切に入ったな」

「此度は大漁でさ」

鯨取りたちは、天にも届けとばかりに笑い合った。

この奇妙な戦いにより、脇坂・安国寺両水軍は船の半数ほどを失い、戦意を著しく阻喪《そそう》させた。

この季節は、〝下り鯨〟が頻繁《ひんぱん》に伊豆半島沖を通過する。鯨の群れが沖に見える度に、両水軍の水主や兵は、「鯨取りが来るぞ」と言って恐慌状態に陥った。

四月十八日、この事態を憂慮《ゆうりょ》した安国寺恵瓊は、小田原に赴き秀吉に拝謁《はいえつ》、下田城に降伏開城を促すことを了解させた。これにより、清水湊に待機していた毛利水軍の下田行きも取りやめになった。尤も、そのほかの地域の予想以上の戦果に気をよくした秀吉にとって、下田城など、もはやどうでもいい城になっていたのである。

二十日、降伏受諾《じゅだく》の矢文《やぶみ》が城内に射込まれた。

二十三日、下田城は遂に開城した。わずか六百の兵で五十余日の籠城戦を戦い抜いた康英の武名は、天下に鳴り響き、城兵はもとより、指揮を執《と》った康英でさえ助命された。

城を明け渡した康英は、河津《かわづ》の林際寺《りんさいじ》で謹慎後、同じく河津の三養院《さんよういん》に移り、天正十九年（一五九一）に死去した。結城秀康《ゆうきひでやす》に仕えた嫡男の政勝は、康英の武名によって一千石を賜《たまわ》り、結城家の家臣に名を連ねた。


雲見に帰った高橋丹波は戦支度をするでもなく、常の生活を続けながら使者を待った。

四月末日、康英の使者が到着し、丹波に降伏を勧めた。むろん丹波に徹底抗戦する意志など微塵《みじん》もなく、おとなしく康英の指示に従った。

これにより、雲見は敵の攻撃を免れた。

屋敷地を明け渡した高橋一族は、恭順《きょうじゅん》の意を示すため、親類の三河国《みかわのくに》・高塚《たかつか》高橋家の許に身を寄せ、奥浜名《おくはまな》の水窪《みずくぼ》で謹慎《きんしん》生活に入った。しかし、ほどなくして赦免《しゃめん》され、雲見に戻ることを許された。領主としての地位は失ったものの、丹波は代官として、これまで通りに〝雲見のお頭〟であり続けた。

天下が豊臣から徳川に代わっても、高橋一族の地位は変わらず、雲見は世間と隔《かく》絶《ぜっ》した時間の中を生き続けた。

「山見の番小屋に旗が揚がったで！」

袴《はかま》をからげて、与一が道具小屋に駆け込んできた。

「抹香か」

すっかり白髪頭《しらが》になった才蔵が、銛先を研《と》ぎながら問い返す。

「いいや、槌鯨の雄だ。八間（約十四・四メートル）はある」

「寅松、槌がござっしゃられたようだ。どの銛で突く」

蓆《むしろ》の上で櫓を漕いでいた（居眠りしていた）寅松が、ゆっくりと起き上がった。

「才蔵さあの選ぶものでええ」

「伊豆一の羽刺が己で銛も選べぬか」

才蔵が、その皺深い口端《くちは》に笑みを浮かべた。

「鯨は銛で突くものではねえ」

「それでは何で突く」

「ここで突くんさ」

寅松が分厚い胸を叩いた。

「さすが寅松だ。しっかり仕留めてこいよ」

昔のように肩をポンと叩いて、才蔵が送り出してくれた。

二番船の羽刺となった与一と共に、足早に浜に向かった寅松は、烏帽子岩の麓《ふもと》にある浅間《せんげん》神社の石段に腰掛ける丹波を見つけた。

――あんなに小さくなりおって。

すでに齢八十を超えているはずの丹波は、小さな体をさらに小さく丸めるようにして、子供たちが遊ぶ姿を見るでもなく見ていた。

「頭」

「あっ、ああ――」

すでに寅松と与一の名さえ思い出せないらしく、丹波は虚ろな目を向けてきた。

「鯨を獲りに行きますで」

「あん」

「鯨でさあ、鯨」

手に持つ銛を指し示した寅松は、耳元まで口を近づけて怒鳴った。

「あっ――、ああ、行でこい。気いつけるさ」

丹波が歯の抜けた口を開けて笑った。

軽く丹波に一礼した二人は、そろって船に向かった。

海は油凪《あぶらな》ぎで絶好の漁日和《びより》である。

その時、子供たちの丹波をはやす戯れ歌が流れてきた。叱ってやろうと足を止めた寅松の耳に、その歌がはっきりと聞こえた。

丹波殿、鯨に乗ってご出陣

戯れ歌が、かつてのように丹波を揶揄したものから、少しばかり憧憬《しょうけい》を込めたものに変わっていることに気づいた寅松は、苦笑いを浮かべると、与一の後を追った。


——人は生涯で一度だけ舞台を与えられる。そこでうまく舞いおおせるかどうかが、人の価値を決める。頭は、その舞台で誰よりも見事に舞いおおせた。そして、あっさりと舞台を降りなさった。

鯨取りの親方と馬鹿にされながら、伊豆侍の意地を貫き、下田城に籠る兵の命を救った上、雲見の地を守り抜いた丹波という男が、寅松には誰よりも〝ひどろしく〟見えた。

かつてと変わらず、雲見の海は、まばゆいばかりに輝いていた。その豊饒《ほうじょう》の海に、威勢のいい〝櫓声〟を響かせつつ、勢子船が漕ぎ出していった。

城を噛ませた男

一

北信《ほくしん》の秋は足早にやってくる。とくに野分《のわけ》の翌日は、それまでの蒸し暑さが嘘《うそ》のように空気は澄み、朝晩の冷え込みが厳しくなる。鰯雲《いわしぐも》が空いっぱいに広がり、蜻蛉《とんぼ》が飛び始めると、厳しい冬は、すぐそこまで迫っている。こうした季節の変わり目を鋭敏に感じ取り、北信の人々は次の季節に備え始める。

そうした中、季節の変わり目どころか、時節の変わり目を誰よりも早く感じ取り、先手《せんて》を打つことで生き延びてきた男がいた。

——何ということだ。

男は舌打ちすると、扇子《せんす》を脇息《きょうそく》に打ちつけた。

「奥州《おうしゅう》の鄙人《ひなびと》め、人の思惑を踏みにじりおって。こともあろうに蘆名《あしな》領に攻め入り、大戦《おおいくさ》に及ぶとは。阿呆《あほう》にもほどがある」

対座する白髪《はくはつ》の老人も、呆《あき》れたように首を横に振った。

「猿めが関東に討ち入ろうとしている矢先に、わざわざ己《おのれ》に目を向けさせるとは――。この伊達《だて》の小僧は、よほどの虚《うつ》けか、よほどの太肝《たいかん》か」

「いずれにせよ、これで、わしの策配《さくばい》は水の泡だ」

男は苛立《いらだ》たしげに立ち上がると、連子窓《れんじまど》の隙間《すきま》から眼下の千曲川《ちくまがわ》を見下ろした。

千曲川は、雨の多かった夏の間にたまった水を一気に吐き出そうとするかのごとく狂奔《きょうほん》していた。

――まさに水に流されたわ。

ため息をついた男は、彼方《かなた》に見える連山に目を向けた。

北信の山々は、人に気づかれぬよう徐々に色づき始めていた。そこから吹き降ろす今年最初の北風が、連子窓を通して吹き込んできた。

――もう秋か。そして、すぐに次の冬がめぐってくる。

男は身震いすると、小袖の襟《えり》をかき合わせた。

「爺《じい》よ、このままわしは、信州《しんしゅう》の一国人《くにうど》として生涯を終えるのであろうか」

その男、真田《さなだ》安房守《あわのかみ》昌幸《まさゆき》が寂しそうに問うた。

「若は、おいくつになられた」

その老人、矢沢薩摩守頼綱《やざわさつまのかみよりつな》は、いまだ昌幸を若と呼ぶ。

「四十と二だ。それほど先は長くない」

「いかにも人は、五十年も生きれば十分と申しますからな。しかし――」

農家の好々爺《こうこうや》然としていた老人の声音《こわね》が、険《けわ》しいものに変わった。

「この日本国《やまとのくに》に二人とおらぬ奇謀の士が、これしきのことで音《ね》を上げるとは思いもよりませなんだ」

「爺は、いつも手厳しいの」

昌幸の父・幸綱《ゆきつな》（幸隆《ゆきたか》）の弟である頼綱は、厳密に言えば昌幸の叔父《おじ》にあたるが、三十近く年が離れているため、昌幸は爺と呼ぶ。

「この老骨《ろう》をご覧じろ。すでに齢《よわい》七十を数えながら、いまだ意気軒昂《いきけんこう》としておりますぞ」

「爺には敵《かな》わぬ」

苦笑いを浮かべつつ昌幸が座に戻った。

「やはり秀吉《ひでよし》は、伊達の小僧を許すはずあるまいな」

「申すまでもなきこと」

頼綱が、その二重《ふたえ》となった下顎《したあご》を上下させた。

「秀吉は、その出自《しゅつじ》の卑しさや、これまでの生涯で味わってきた屈辱から、いたく己の体面を気にするそうな。それゆえ、豊臣《とよとみ》政権の発布《はっぷ》した関東奥羽惣無事令《そうぶじれい》への違背《いはい》は許し難いはず。小僧による摺上原《すりあげはら》合戦は弁明の余地もないほどの行為。よほどの手を打たねば、関東征伐は奥州征伐の後になります」

天正《てんしょう》十七年（一五八九）七月十七日、伊達政宗《まさむね》と蘆名盛重《あしなもりしげ》との間で戦われた摺上原合戦は、伊達方の圧勝に終わり、事実上、蘆名家は滅亡した。しかし重大なことは、政宗が秀吉の私戦停止令である惣無事令を無視し、積極的に蘆名領に攻め入ったことにある。

「北条《ほうじょう》のことだ。伊達が滅ぶのを目の当たりにすれば、震え上がって秀吉の前にひれ伏すはずだ。さすれば関東征伐はなくなる。つまりわしは、信州の一国人として生涯を終えることになる」

昌幸は、秀吉の力を借りて目の上のこぶである北条家を滅ぼし、あわよくば、信濃《しなの》か上野《こうずけ》一国の主《あるじ》になることを夢見ていた。しかし奥州征伐が優先されてしまえば、秀吉の実力を知った北条家は、秀吉に臣従するに違いなく、これまで昌幸が打ってきた関東への誘引策《ゆういんさく》も、すべて水泡に帰す。

「秀吉の耳目を再び関東に向けさせるには、よほどの謀《ぼう》をめぐらせねばならぬ。爺に何か考えはあるか」

「それを考えるのが、若の仕事でありましょう」

頼綱が素っ気なく突き放した。確かに、局地戦や籠城戦《ろうじようせん》の駆け引きにかけては、無類《むるい》の巧者ぶりを発揮する頼綱だが、謀略や調略《ちようりやく》は不得手《ふえて》で、常に昌幸に一任してきた。

「そうであったな」

苦虫《にがむし》を嚙《か》みつぶしたような顔をして、昌幸が脇息を抱え込んだ。

――秀吉とて、関東を通らずに十万以上の兵を米沢《よねざわ》に運ぶのは至難《しなん》の業《わざ》。下手《へた》をすると、伊達の同盟国である北条に腹背《ふくはい》を突かれて豊臣勢は四散する。だからといって伊達を野放しにすれば、豊臣政権の威信は失墜《しつつい》する。やはり秀吉は、先に関東を平定したいはずだ。

二つの指先で脇息を叩《たた》きつつ、昌幸が考えに沈んだ。

脇息を指で叩くのは、将棋数寄《ずき》の昌幸の癖である。

一方の頼綱は、その布袋《ほてい》のように垂れた頰肉《ほお》に手を当て、何事かを考え込んでいた。否《いな》、昌幸から、新たな策がこぼれ落ちるのを待っているのだ。

「臆病な熊は、せせり動いて（挑発して）も穴からは出てこない。猿の威嚇《いかく》にすっかり萎縮《いしゅく》し、まさに頭《こうべ》を垂れんとしている。その熊を奮起させるには――」

「ははあ、いい考えが浮かびましたな」

頼綱の顔がほころぶ。昌幸の指先が脇息の上で止まったからである。

「熊に餌《えさ》を投げればよいのだ」

「餌を投げれば、熊は穴から出ると――」

「ああ、ただし、いかな餌を投げても、肥え太った熊は穴からは出まい」

「相州《そうしゅう》（氏政《うじまさ》）のことですな」

氏政の顔を思い出したのか、頼綱が相好《そうごう》を崩した。

神流川《かんながわ》合戦の直後、真田家が北条家に臣従《しんじゅう》した折、頼綱は、一度だけ氏政の許に挨拶《あいさつ》に行っている。

「しかし爺、熊の仲間には貪欲《どんよく》な輩《やつばら》もおるはずだ」

「其奴《そやつ》に餌を投げればよいと仰《おお》せか」

「そういうことだ」

「その餌とは――」

昌幸がにやりとした。

「城よ。城を取らせる」

「ははあ、甘言《かんげん》をもって其奴をこちらに寝返らせ、北条の城をいただくのでござるな。さすれば北条は、怒って取り返しにまいりましょう。しかしそれでは、惣無事令違背は相州でなく、先に仕掛けたわれらとなりますぞ」

「いや、取らせるのは北条の城ではない」

「それでは誰の城を――」

「申すまでもなきこと」

昌幸の人差し指が、王手を指すように脇息の上を叩いた。

「わが城よ」

天正十七年（一五八九）八月、上田城《うえだじょう》の一室で、希代《きたい》の謀略家がほくそ笑んだ。

初秋の爽風《そうふう》がよく実った早稲《わせ》の上を吹き渡り、澄み切った空に、気の早い蜻蛉の舞う姿が、ちらほらと見え始める季節だった。

二

同じ頃、信州上田城から二十里（約八十キロメートル）ほど北東に行った上州《じょうしゅう》沼田城《ぬまたじょう》で、男が一人、盃《さかずき》をあおっていた。

——このままでは戦乱は収まり、わしの出頭《しゅっとう》も止まる。このわしが、名もなき男として生涯を終えるのだ。

その男、猪俣能登守邦憲《いのまたのとのかみくにのり》は慨嘆《がいたん》した。

北条家中きっての切れ者として、領国統治から外交・軍事に至るまで、その才をいかんなく発揮し、北条家の関東制圧に貢献してきたという思いのある邦憲は、焼け付くような焦燥感《しょうそうかん》に駆られていた。

——時代は潮目に差し掛かっておる。このまま戦国の世は終わるやもしれぬ。豊臣秀吉という出自さえ定かならざる者により、群雄割拠《ぐんゆうかっきょ》の時代は終焉《しゅうえん》を迎えつつあり、秀吉にひれ伏してでも家名存続を願う者たちに、北条家の実権も握られようとしていた。

野心家の邦憲にとり、それは耐え難いことである。

——北条家が豊臣政権に臣従してしまえば、家中の身分は固定され、さらなる出頭は望めぬ。

「あまさるな」

ふざけるなという意の豆州《ずしゅう》方言を呟《つぶや》いた邦憲は、うまくもない酒を再びあおった。

江戸城を預かる北条家五家老家の一つ、富永《とみなが》一族の一人として、天文《てんぶん》十八年（一五四九）、邦憲は西伊豆土肥《とい》に生まれた。当初、富永与六助盛《よろくすけもり》と名乗ったが、後に由緒《ゆいしょ》ある武蔵《むさし》七党の一つ、猪俣家に養子入りし、猪俣能登守邦憲と名を変えた。

小田原で吏僚《りりょう》としての修業を積んだ邦憲が、その才を発揮するのは、北条氏康《うじやす》の三男・氏邦《うじくに》が北条家の北部戦線を任され、上野国まで勢力を伸ばし始めた頃である。

その統治能力を買われて氏邦の側近となった邦憲は、軍事面でもその才をいかんなく発揮、天正八年（一五八〇）の不動山城《ふどうさんじょう》攻略を皮切りに、氏邦の軍事作戦のほとんどに参加し、北条家の北部戦線を支えてきた。

直情で表裏なき戦い方を好む氏邦の手綱《たづな》を握り、上杉景勝《うえすぎかげかつ》や真田昌幸に対して引けを取らない駆け引きができたのは、邦憲の力によるところが大だった。

――わしがいなければ、上杉、真田らに領国を侵食された北条家は、上野や下野《しもつけ》どころか、武蔵の大半まで失うことになったはずだ。

しかしそう思ったところで、邦憲は氏邦の一家老にすぎず、小田原から見れば陪《また》臣《もの》である。

——小田原は、わしの功に見合った知行《ちぎょう》を与えず、その扱いは、小田原城内で無駄飯を食らう連中の足元にも及ばぬ。

邦憲が見るでもなく盃の酒を見つめていると、障子越しに使番《つかいばん》の声が聞こえた。

「客人が参っておりますが、いかがいたしますか」

「この夜更けに客人だと。いったい誰だ」

「中山九郎兵衛《なかやまくろべえ》と名乗っております」

「中山九郎兵衛だと——。敵方ではないか」

その名を聞き、邦憲の頭脳が活発に動き始めた。

——内通の打診か。中山城が北条方となれば、真田の領国に大きな楔《くさび》を打ち込める。しかし、こちらから調略を仕掛けたとされれば、惣無事令違背の罪を問われる。これは、対応が難しいところだ。いずれにしても会ってみるか。

盃を飲み干すと、邦憲は立ち上がった。

「佩刀《はいとう》は取り上げたか」

「はい」

白の絹服《めんぷく》の上に肩衣《かたぎぬ》を羽織り、半袴《はんばかま》から長袴にはき替えた邦憲は、足早に会所《かいしょ》に向かった。

中山九郎兵衛は狡猾《こうかつ》そうな目を左右に配りつつ、型通りの挨拶を終えた。

「ということは、貴殿は中山城主・中山右衛門尉《うえもんのじょう》光貞《みつさだ》殿の庶弟《しょてい》ということですな」

「いかにも」

「しかし、いくら一族に愛想が尽きたとはいえ、敵方に寝返るのは、よほどの覚悟が要《い》りましょう。しかも惣無事令が発布され、もはや戦乱の世は去ったかもしれませぬぞ。となれば、わが方に転じても、出頭の機会は少ないかと思われますが」

内通の使者ではなく、中山九郎兵衛が単身で転がり込んできただけだと知った邦憲は、とたんに関心を失った。

「兄の下で働かされるくらいなら、馬にでもなって他家に仕えた方がましでござろう」

「ははは」

あまり愉快な戯《ざ》れ言《ごと》ではなかったが、懐《ふところ》の大きさを見せるために、邦憲は高笑いして見せた。

「しかし中山殿、貴殿は単身でここに来られた。独《ひと》り身で妻子もおらぬと聞く。それでは、貴殿の赤心《せきしん》をいかに明かすつもりか」

邦憲は、人質の代わりに身の証《あかし》を立てるものを要求した。

「ご尤《もっと》も」

もったいぶった仕草で懐から書状を取り出した九郎兵衛は、膝《ひざ》をにじって上座を占める邦憲に手渡そうとした。

「お待ちあれ」

「構わぬ」

近習《きんじゅう》が九郎兵衛を制そうとしたが、邦憲は身を乗り出して直接、それを受け取った。その時、九郎兵衛と目が合った。

――この男。

何か含むものがあると感じつつ、邦憲が書状を開いた。

――あっ。

その花押《かおう》をちらりと見た邦憲は、思わず声を上げそうになった。

「中山殿は、真田方の大変な秘事をお持ちいただいたようだ。すまぬが皆、下がっていてくれぬか」

この会見が、ただならぬものになると気づいた邦憲は、即座に人払いを命じた。周囲に人気《ひとけ》がなくなったのを確かめた後、あばたの残る九郎兵衛の顔を一瞥《いちべつ》した邦憲は、再び書状に目を落とした。

「これは、いかなることですかな」

書状を読み終わった邦憲は、動揺を隠すかのように落ち着いた声音で問うた。

「寝返るのはそれがしでなく、猪俣様であるのが、お分かりいただけましたかな」

「それは分かりました。しかし、それがしは富永家の出でありますぞ」

早雲《そううん》の伊豆侵攻以来、富永家は五家老家の一つとして、北条家に忠節を尽くしてきた。嫡流《ちゃくりゅう》でないにしても、その一族を代表する一人である邦憲が寝返るなど、地縁血縁の複雑に絡み合った北条家中では考え難いことである。

「むろん存じ上げております。しかし、猪俣様のご本心もよく知っております。確かあれは、天徳寺《てんとくじ》様が京に参られた折のことでございましたな」

——此奴《こやつ》、なぜそれを知っておる。

天正十三年（一五八五）二月、北条派の家臣に実権を奪われた下野国唐沢山《からさわやま》城主・佐野宗綱《さのむねつな》の叔父である天徳寺宝衍《ほうえん》が、秀吉を頼って京に落ちる折、懇意《こんい》にしていた猪俣邦憲の許に立ち寄ったことを、真田方は知っていた。その時、邦憲は、個人的に秀吉に誼《よしみ》を通じたい旨を宝衍に依頼した。

「それであれば、話は早い」

不快感を隠しつつ、一つ咳払いすると、邦憲が話を続けた。

「この書状によると、真田安房殿は名胡桃《なぐるみ》の城を、それがしに取れと仰せになられるのですな」

「いかにも」

伊達政宗が摺上原合戦を起こす直前、上州沼田領の領土問題でもめていた北条家と真田家の仲裁に入った秀吉は、沼田領を分割し、利根川《とねがわ》以西の三分の一を真田領とし、残る利根川以東の地を北条領とした。この時、真田領となった地の最前線に名胡桃城がある。

「しかし、ここに書かれておるように、関白殿下が先々、北条家を取りつぶすつもりでいるというのは真《まこと》ですかな。このところ小田原が従順なので、殿下の機嫌がよいという風説まで流れてきておりますが」

「とんでもない。関白殿下は相州（氏政）を許すつもりなどありませぬ。戦《いくさ》を始める口実《こうじつ》を探しておるのでございます」

確かに北条家を赦免《しゃめん》してしまえば、北条家が自力で獲得した関東の大半を、秀吉は安堵《あんど》せねばならなくなる。そんなことをすれば、早くから忠節を尽くしてきた家臣や与党に分け与える土地がなくなる。

――やはり、見切りをつけるか。

邦憲の脳裏に、けたたましい半鐘《はんしょう》が鳴った。

「つまり、あえてそれがしに城を取らせ、惣無事令に違背させるということですな」

「ご明察」

「それでは、違背者の身を保証する証文《しょうもん》はございますか」

「ははあ」

呆れたようにため息をつくと、九郎兵衛が座を払おうとした。

「待て、いずこに参られる」

「むろん帰らせていただく。天下を統《す》べる関白殿下が、そのような証文を出すはずがないのは、聡明な猪俣様であれば、先刻、ご承知かと」

「いかにも。しかし、それがしとて命運を懸けた決断。慎重には慎重を期したい」

「それでは、即答できかねると仰せか」

「申すまでもなきこと」

その返答を聞いた九郎兵衛の瞳に、憐《あわれ》みの色が浮かんだ。それこそは、これからも生き続ける者が、死に行く者に対して投げかける同情心の表れだった。

「それでは致し方ありませぬな。惣無事令違背の功は、大道寺駿河守《だいどうじするがのかみ》殿か、誰《たれ》ぞ、ほかの北条家中のものとなりましょう」

「えっ」

大道寺駿河守とは、上州松井田城《まついだじょう》を守る大道寺駿河守政繁《まさしげ》のことである。大道寺家も北条早雲の東下《とうか》以来、家老職を任ずる家柄であり、五家老家の中でも松田家に次ぐ家格を有している。

「まさか貴殿らは、それがしのほかにも声をかけておられるのか」

「申すまでもなきこと」

邦憲と同じ言葉を返しつつ、九郎兵衛が、そのあばた面《づら》を歪《ゆが》めて笑った。

「それでは、即断した者の勝ちと——」

「いかにも。惣無事令違背の名目に要るのは一人だけ。まさか猪俣様は、二人目でも同じ褒美《ほうび》が得られるとお思いか」

九郎兵衛が、珍しい生き物でも見つけたかのように目を見開いた。

確かに武田家滅亡の折、端緒《たんしょ》を切って寝返った木曾義昌《きそよしまさ》が、信長から十万石を超える所領を下賜《かし》されたのに対し、劣勢が明らかとなった後に寝返った者たちは、一族郎党ことごとく撫《な》で斬りにされた。

――いかにも、大道寺駿河ごときの後塵《こうじん》を拝すようでは駄目だ。

邦憲の脳裏に、大道寺政繁の末成《うらな》り瓢簞《ひょうたん》のような顔が浮かんだ。

「しかし、それがしが真田の城である名胡桃を奪い、その後、真田の麾下《きか》に転じてしまえば、そこに策配があるのは、誰でも気づくはず」

「ご尤も。それゆえ猪俣様には、名胡桃城を占拠したまま北条家中にとどまってほしいのです」

「世迷言《よまいごと》を申されるな」

邦憲は失笑を漏《も》らした。そんなことをすれば、いかに寛容な北条家でも、邦憲を小田原に召還《しょうかん》し、詰腹《つめばら》を切らせるのは明らかである。

「そこは考えようでござろう。例えば、突如として上杉方の侵攻があり、名胡桃城代の主水《もんど》から後詰《ごづめ》を求められた。そこで城に行ってみたが、もぬけの殻だった。てっきり主水が迎撃《げいげき》に向かったものと思い、そのまま城に居座っていたとでも申せばよいでしょう」

主水とは、名胡桃城代の鈴木《すずき》主水重則《しげのり》のことである。

――いかさま、な。

邦憲は、すべてが周到に仕組まれていることを覚《さと》った。

名胡桃城は、越後に通じる三国《みくに》峠と清水《しみず》峠から行程半日の距離にあり、越後勢が南下してきた場合、その最初の攻略目標となる。

「いずれにせよ猪俣様には、しばしの間、ご謹慎《きんしん》いただき、北条家が滅び、ほとぼりが冷めた頃を見計らい、功に見合ったものを下されると、関白殿下は申されております」

「功に見合ったものと仰せになられても――」

迷惑そうに苦笑いする邦憲を制し、九郎兵衛が言った。

「西武蔵六郡ではいかが」

「ほほう」

平然としたふりをしつつも、邦憲の胸底《むなそこ》に眠っていた野心の焔《ほむら》が、めらめらと燃え始めた。

「北条滅んだ後、殿下は、わが主である真田安房に関東の仕置を任せるつもりです。その寄子《よりこ》国衆の頭《かしら》として猪俣様にお立ちいただくことで、北条旧臣の不満を収めさせようという魂胆《こんたん》なのです」

――この機を逃せば、わしは北条家と心中だ。しかしこの話に乗れば、一国一城の主も夢ではない。

確かに、どの角度から見ても死角のない策配に思える。

――わしもいよいよ四十路《よそじ》だ。ここは勝負を懸けてみるか。

「ここが、生きるか死ぬかの切所《せっしょ》ということですな」

「申すまでもなきこと」

――やるか。

邦憲が大きく息を吐くのを、九郎兵衛は見逃さなかった。

「ご同意なされたということでよろしいですな」

うなずく邦憲を見た九郎兵衛は、蔑《さげす》むような笑みを浮かべた。

「決行の段取りは、追ってお知らせいたします」

「承知仕《つかまつ》った」

邦憲は、体の芯《しん》から湧《わ》き上がってくる震えを懸命に抑えた。

――わしは一国一城の主となるのだ。

武蔵国は山地が少なく、耕作地の面積は二国分に相当する。それゆえ西武蔵六郡でも、一国一城と呼ぶに値する価値がある。

三

名胡桃城は、利根川とその支流の赤谷川《あかやがわ》の造り出す河岸段丘《かがんだんきゅう》上に築かれた崖端城《がいたんじろ》である。その縄張りは、曲輪《くるわ》が一列に並ぶ単純な連郭式《れんかくしき》であり、築城当初は、さほど広い城でもなかった。しかしこの城は、越後《えちご》、信濃、武蔵、下野四国の交通結節点に築かれているため、永禄《えいろく》元年（一五五八）から天正十八年（一五九〇）まで、諸大名の角逐《かくちく》の場として、しばしば激しい争奪戦が繰り返されてきた。

天正期の上野国は、利根川を境にして、東に上杉、西に武田、そして南から迫る北条の三者鼎立《ていりつ》時代を迎えていた。この勢力図が塗り替えられるのが、天正六年（一五七八）の上杉謙信《けんしん》の死である。跡目争いで混乱する上杉家を尻目に、上野国を舞台に武田・北条両家がぶつかり合うが、真田昌幸を方面軍司令とした武田家の躍進がめざましく、北条家は押されに押された。

しかし天正十年（一五八二）、織田信長《のぶなが》によって武田家が滅ぼされ、上野国は織田家の直轄地《ちょっかつち》となる。しかしそれも束の間《つかのま》、本能寺の変に伴って勃発《ぼっぱつ》した神流川合戦により、上野国全土が北条家の手に帰した。ところが北条家に属していた真田昌幸が突然、反旗《はんき》を翻《ひるがえ》し、徳川傘下《さんか》に転じたことで、上野国は再び混乱する。

同年、徳川・北条間で争われた武田遺領争奪戦・天正壬午《じんご》の乱における国分け協定により、いったん上野国全土が北条家のものとなるが、それを不服とした真田昌幸は徳川傘下を脱し、謙信の後継者となった上杉景勝の庇護《ひご》を受ける。

これにより天正十三年（一五八五）、上田城をめぐる攻防戦（第一次上田合戦）が起こるが、徳川勢は真田勢の前に手痛い敗北を喫した。

徳川家に代わり、北条家が失地回復に乗り出すも、はかばかしい成果は挙げられず、天正十七年（一五八九）を迎え、秀吉の裁定を仰ぐことになる。


昌幸が名胡桃城代を任せていたのは、在地土豪の鈴木主水重則である。

天正七年（一五七九）、名胡桃城から二里ほど南西にある中山城主・中山光貞の説得に応じ、真田傘下入りを果たした主水は、以後、最も忠実な寄子国衆の一人として、度重なる北条方の攻撃を凌《しの》ぎ、昌幸から絶大な信頼を勝ち得ていた。

その主水と共に、名胡桃城笹曲輪の物見櫓《ものみやぐら》に登った昌幸は、すっかり色づいた利根川両岸の紅葉に目をやりつつ、話をいかに切り出すべきか迷っていた。

「あそこを見て下され。あの山裾《やますそ》から、わずかにのぞくのが沼田の城でござる」

昌幸の胸中を知ってか知らずか、主水が、身を乗り出すようにして南東の方角を指し示した。

「ああ、分かっておる」

利根川は名胡桃の地で赤谷川と合流し、水量を増やしつつ上野国中心部に向かう。上州北部の、のどかな田園地帯を蛇行《だこう》しながら進む利根川が、白糸のように細くなり、ちょうど視界から消える辺りに沼田城がある。距離にして一里半ほどである。

「ときに主水は、いくつになった」

昌幸が、明るい声音で話題を転じた。

「殿と同じ四十と二です。すでに女《むすめ》もすべて嫁ぎ、初孫の顔も見ました。右近《うこん》めも元服を済ませ、もう思い残すことはありませぬ」

突然の話題の転換に、何かを察したがごとく、主水は問われぬことまで答えた。

「右近は実によく気がつく。近頃は源三郎《げんざぶろう》の側近として重用《ちょうよう》されておる」

主水唯一の男子である右近忠重《ただしげ》は、体《てい》のいい人質として、上田城にいる昌幸嫡男・信之《のぶゆき》の許に出仕《しゅっし》していた。

「ありがたきお言葉」

感涙《かんるい》に咽《むせ》ぶがごとく、主水が咳き込んだ。

「いかがいたした」

「それがし生まれつき蒲柳《ほりゅう》の質《たち》の上、この年ゆえ、持病の数も両の指で数えられぬほど増えました。それほど先は長くありませぬ」

四十二にしては、主水の身のこなしは重く、黄土色を帯びた顔色からも、生気が感じられない。

――とても、わしと同い年には見えぬ。しかし主水の姿が、明日のわが身とならぬ保証はどこにもない。

己に残された時間もあまりないことを、昌幸は思い出した。

「殿は、この主水に大事な話がありますな」

今回の昌幸の来訪が常の巡見《じゅんけん》でないことを、主水は察したようである。

「どうして分かる」

「地に這《は》いつくばって生きる国人が、寄親《よりおや》の顔色一つ読めぬでは家を保てませぬ」

「尤もだ」

利根川の上を悠揚《ゆうよう》として飛ぶ熊鷹《くまたか》に目をやりつつ、おもむろに昌幸が切り出した。

「実は、この城を敵にくれてやろうかと思うておる」

「ははあ」

昌幸は、脳裏にある謀略を包み隠さず語った。

「よくぞこまで、お考えなされた」

主水が感嘆のため息を漏らした。

「敵の攻撃を幾度となく弾き返し、この城を守り抜いてきた主水には無念であろうが、大局に立てば、敵に明け渡すことで、この城は捨て城でなく生きた城となる」

「しかし、この主水、敵にわざと負けるような器用なまねはできませぬ」

「分かっておる。この城を容易に取られたとあっては、主水の面目《めんもく》も丸つぶれだ。それゆえ、城を留守にしてほしいのだ」

「留守と」

「そうだ。主水は、わしに呼ばれたことにして上田に向かう。その隙に、九郎兵衛の手引きにより猪俣めを城に招き入れる。留守居を右衛門（中山光貞）に任せておけば、万事、うまくいくはずだ」

一抹《いちまつ》の不安を抱きつつも、昌幸は得意げに己の策を語った。

「どうだ。城を敵に渡し、主水の面目もつぶれぬ。これほどの策はあるまい」

昌幸が胸を張ったが、主水は頭《かぶり》を振った。

「それがしのことまでお考えいただき、真にありがたきこととは思いますが、それだけではこの策、万全とは申せませぬ」

「何――」

一地侍にすぎない主水に、己の策の欠点を指摘され、さすがの昌幸も鼻白《はなじろ》んだ。

「北条も、虚けばかりではありませぬ。その策のままでは、『真田と猪俣に謀《たばか》られた』と上方に訴え出るに違いありませぬ」

「それは算用の内だ。秀吉とて、北条を滅ぼす口実がほしいのだ。しらを切り通せば何とかなる」

「殿にしては詰めの甘い策でござるな。口実がほしいとはいえ、秀吉とその奉行衆は、天下の信望を得るため、正義の裁きを下さねばなりませぬ」

――主水の申す通りやもしれぬ。いまや秀吉は、ただの出来星《できぼし》大名ではなく天下《てんか》人《びと》なのだ。

「それでは、いかがいたすべきか」

「いずれにせよ、政権の威信にかけて、豊臣の奉行どもは事の真偽《しんぎ》を究明しようとするはず。それをする暇《いとま》を与えず、天下に北条の非を認めさせるには――」

主水の瞳が、初めて会った頃のような精気《せいき》を取り戻した。

「それがしが死なねばなりますまい」

──やはり、そこに気づいたか。

実は、この策をめぐらしている最中、昌幸は一瞬だけ「主水が死んでくれれば」と思った。

「すでに殿は気づいておるはず。それがしが死ねば、この策が磐石《ばんじゃく》になると」

「よくぞ見抜いた」

主水の筋書きは、名胡桃城を奪われ、それを恥じた己が自刃《じじん》することで、真田方の潔白《けっぱく》を証明しようというものである。すなわちその一事により、北条方が何と申し開こうと、秀吉は聞く耳を持たず、天下も、それを認めることになるというのだ。

「しかし落城自刃となると、わが家も少なからず痛手をこうむります。ましてや、今まで弾き返してきた猪俣ごときに、小競り合いだけで城を取られたとあっては、秀吉奉行衆にも疑念を抱かれましょう」

「尤もだ」

「やはり殿が仰せの通り、それがしはいったん上田に向かい、その途次、名胡桃城が奪われたとの報を聞き、腹を切るのが無難でありましょう」

他人事《ひとごと》のように主水が言った。

「しかしそなたは、それで構わぬのか」

「先の見えたこの体、何かの役に立てれば、これほどの喜びはありませぬ。それこそ名胡桃同様、それがしも生きた城になるがごとし。むろん――」

主水の瞳が媚《こ》びるように光った。

「右近のこと、くれぐれもお願いいたします」

「分かっておる。必ずや引き立てると約束しよう」

いかにも地侍らしい主水のしたたかさに、昌幸は、かつての真田一族の姿を思い起こした。

――わが兄二人が武田家の捨て石となったおかげで、今の真田家がある。誰かが捨て石となって主家に忠節を尽くさねば、国人の家は立ち行かぬのだ。

長兄信綱《のぶつな》と次兄昌輝《まさてる》が、長篠《ながしの》合戦で壮絶な討ち死にを遂《と》げたおかげで、三男の昌幸は主の武田勝頼から絶大な信頼を勝ち得、武田家中で宿老の地位まで上り詰めた。

「これで、もう思い残すことはありませぬ」

主水が満足げな笑みを浮かべたその時、悠然《ゆうぜん》と飛んでいた熊鷹が突如として滑空《かっくう》し、木々の上に少しだけ姿を現した田雲雀《たひばり》を捕らえた。

その優れた狩人《かりゅうど》ぶりに、期せずして二人からため息が漏れた。

「見事なものよ」

「殿、あの鷹は、田雲雀のけなげな姿に一片の情も差し挟まなかった。謀《ぼう》を打つ時には、情けは禁物。天下を目指すなら、敵味方すべてを踏み石としても、我《が》を通されよ」

主水の言葉に、昌幸は、たじろぎつつも大きくうなずいた。

四

十一月一日、沼田城を出陣した猪俣邦憲は、名胡桃城から一里ほど南の権現山《ごんげんやま》城《じょう》に入り、鳴りを潜《ひそ》めていたが、三日、鈴木主水が城を出たとの報に接するや、突如として名胡桃城に押し寄せた。

形ばかりに防戦した中山光貞が、あっさり城を捨てて逃走したので、邦憲は、やすやすと名胡桃城を奪取した。

邦憲は、この一件を後詰要請による入城という話にし、越後勢の動静が摑《つか》めるまで名胡桃城にとどまることを、鉢形城《はちがたじょう》にいる主の北条氏邦に伝えた。

この一報を受けた氏邦は、小田原に使者を飛ばして指示を仰いだが、そうこうしている間に、昌幸の急使は秀吉の許に駆け込んでいた。

秀吉側の記録によると、使者が入ったのは十月二十九日とされている。これは、邦憲が名胡桃城を奪った日付より、なぜか早い。

実は、上方近くで待機していた使者は、従前に示し合わせた通り、二十九日に秀吉に一報を告げたものの、主水が健康を害し、城を出るのが五日ほど遅れたため、手違いが生じたのだ。この手違いは、邦憲の出陣日と権現山城での待機にも如実《にょじつ》に現れている。

些細《ささい》な手違いから、危うく露見しそうになったものの、昌幸の謀略の幕は切って落とされた。

名胡桃の南西五里にある岩櫃《いわびつじょう》城で、この知らせを聞いた主水は、矢沢頼綱と祝盃を交わした後、城下の正覚寺《しょうかくじ》に入り、悠揚《ゆうよう》迫らざる態度で腹を切った。

ちなみにこの後、主水の息子・右近忠重は真田信之の側近として活躍し、万治《まんじ》元年（一六五八）の信之の死に際して殉死《じゅんし》した。すなわち、主水の忠義に報いた真田一族に対し、忠重は殉死という形で、さらに報いたことになる。

親子二代にわたり真田家に命を献上した鈴木家は、真田家が松代《まつしろ》に移って後も、その家臣として、泰平《たいへい》の世を生き延びることになる。

一方、この報に接した秀吉は狂喜した。早速、奥州征伐を延期し、関東征伐の計画立案を石田三成《いしだみつなり》や長束正家《なつかまさいえ》に命じると、諸将に関東出陣を宣言、北条家には宣戦布告状を送り付けた。

摺上原合戦と名胡桃城奪取事件では、同じ惣無事令違背でも、その規模に大きな差がある。東北未曽有《みぞう》の大合戦と北関東の一支城の争奪戦では、比較にならないはずだが、喉《のど》から手が出るほど関東征伐の口実がほしい秀吉にとって、そんなことはどうでもよかった。

これに対して北条家当主の氏直は、「上杉景勝が攻め入ったと聞き——」と、必死の弁明を試みるも、主水自刃という厳然《げんぜん》たる事実の前では、何を言っても悪あがきにしかならない。

天正十八年（一五九〇）三月一日、秀吉率いる豊臣勢七万が東下を始めた。諸大名の軍勢を加えると、豊臣勢は総勢二十二万から成る大軍である。

当初、前田利家《まえだとしいえ》率いる北国勢の攻勢正面に立たされると思われた沼田・名胡桃地域は、北国勢が碓氷《うすい》峠を越えたところにある松井田城《まついだじょう》を最初の攻略目標としたため、捨て置かれた格好になった。

むろんこれも、謀略を気づかれたくない昌幸の献言《けんげん》に、利家らが丸め込まれた結果である。

三月二十日、松井田城への攻撃を開始した北国勢は、四月二十二日、ようやくこれを落とした。

北条家の上野国統治拠点の厩橋城《まやばしじょう》もすでに落ちているため、北上野の沼田・名胡桃地域は、武蔵国の北条勢力と分断された。これにより、邦憲に率いられた沼田・名胡桃在番衆は、城を開けて降伏した。

二十四日、箕輪城《みのわじょう》を接収した真田昌幸は、沼田城に謹慎させられていた猪俣邦憲をひそかに呼び寄せた。


二十五日夕刻、箕輪城に着いた邦憲は供の者たちと離され、人気ない一室に案内された。

大小を取り上げられ、入室を許された邦憲は、有明行灯《ありあけあんどん》一つが灯る小さな部屋に一人、ぽつんと座す小柄な男を認めた。

――真田安房だな。

総髪《そうはつ》を背後でまとめ、白い小袖の上に褐色《かちん》の胴服《どうふく》を着けたその男は、歌人か茶人のように背を丸めて白湯《さゆ》を喫していた。

「よくぞ参られました」

型通りの挨拶が済むと、昌幸は相好を崩した。

「事は上首尾のうちに終わりました。これも猪俣殿のおかげです」

——雑説《ぞうせつ》ほどには、大した男ではなさそうだ。

どれほど怪異な人物が現れるかと緊張していた邦憲だったが、眼前に現れた男が極めて平凡であるのを見て、警戒心を緩《ゆる》めた。

「此度《こたび》の事、真に重畳《ちようじよう》でございました」

それでも上目づかいの視線を外さず、邦憲が平伏する。

「これで猪俣殿も、われらの傍輩《ほうばい》でござるな」

「こうした機会を与えていただき、お礼の申しようもございませぬ」

邦憲は、安堵感から全身の力が抜けていくのを感じた。

「それはそれとして——」

行灯に照らされた昌幸の顔が険《けわ》しいものに変わった。

「ちと不都合が生じましてな」

「不都合と——」

邦憲の心に、たちまち不安が広がる。

「いやいや、大したことではありませぬ。実は、それがしのような田舎《いなか》国人《くにうど》は、殿下と直接、書状のやりとりを行うことを許されておらず、奏者《そうじゃ》（取次役）を通します。当家の奏者は縁戚にあたる大谷刑部《おおたにぎょうぶ》殿でありますが、刑部殿は持病を患《わずら》っておりまして、それがにわかに発症し、病臥《びょうが》してしまったのです」

昌幸の次男信繁《のぶしげ》（幸村《ゆきむら》）の正室は、豊臣家奉行・大谷刑部少輔吉継《しょうゆうよしつぐ》の女《むすめ》である。

「ということは――」

「此度の猪俣殿の功が、殿下に伝わっておらぬようなのです」

「何と」

背骨に焼き串を刺されたような衝撃が走った。

「突然、殿下から書状が届き、名胡桃の一件の下手人《げしゅにん》である猪俣殿を見つけ出し、小田原の陣中に連れてこいというのです。その様子から、猪俣殿に何らかの処罰を下すつもりらしく、それにより、殿下にそれがしの策が伝わっていないと気づいた次第」

「お待ち下され、此度の策配は、事前に殿下と示し合わせた上でのことと、それがし、九郎兵衛殿から聞き及んでおりますぞ」

「はて、どこでそんな話になったものか。この策は、それがしの一存から出たものでござる」

邦憲の背筋に冷や汗が伝った。

「九郎兵衛殿は、いずこにおられるか」

「中山兄弟には、上田城の留守居を命じております」

「それでは、この始末、いかがつけなさるおつもりか」

「はて、困りましたな」

昌幸が腕を組み、いかにも考え込むふりをした。

「安房殿、戯《ざ》れ言《ごと》もほどほどになされよ！」

邦憲が立ち上がりかけると、襖《ふすま》を隔てた左右の部屋から、複数の者の衣擦《きぬず》れの音が聞こえた。

昌幸の家臣が、あえて邦憲に気配を知らせているのだ。

――謀《たばか》られたか！

額から汗が噴き出してきた。言葉を発しようにも胸が詰《つ》まり、次の言葉が出てこない。

「ああ、そうでありました」

その時、名案が浮かんだかのように昌幸が膝を打った。

「北条方には、猪俣殿の離反は伝わっておらぬはず。今なら、何食わぬ顔で帰参《きさん》も叶《かな》いましょう」

「何を今更――」

確かにこの状況であれば、軽率《けいそつ》をなじられようとも、罪は問われないはずである。

「まあ、それが叶ったところで、小田原が落ちれば同じことでしょうな」

「当然でござろう。ついては共に殿下の許に出頭し、それがしの潔白を明かしていただきたい」

昌幸の口端《くちは》に皮肉な笑みが浮かんだ。

潔白という言葉が可笑《おか》しかったに違いないが、それに頓着《とんじゃく》している暇はない。

「それは、ちと難しいかと」

「なぜに」

「それがしは前田筑前《ちくぜん》殿（利家）の差配下にあり、勝手に動き回るわけにはまいりませぬ。そんなことをすれば、それがしが軍令違背で首を打たれまする」

昌幸が、おどけた仕草で首筋に手を当てた。

――此奴、わしをなめておるか！

怒りは沸点《ふってん》に達したが、昌幸にすべてを委《ゆだ》ねてしまった今となっては、そうした感情を抑えねばならない。

「安房殿、せめて添《そ》え状《じょう》を書き、それがしと共に殿下の陣中に送り届けていただけませぬか」

「それは、おやめいただいた方がよろしいかと」

いかにも同情していると言わんばかりに、悲しげな顔で昌幸が首を横に振った。

「実は、殿下の怒りは生半《なまなか》なものではありませぬ。それがしのような田舎国人の添え状一つでは、弁明さえ許されず、ころりと首を落とされましょう」

「それでは、いかがなされるおつもりか！」

感情を抑えられなくなった邦憲が声を荒《あら》らげたので、またしても隣室から、複数の者が身構える気配がした。

「この窮地を脱する方策が一つだけございます」

田舎芝居のように、昌幸が、その節《ふし》くれだった指を一つ立てた。

「鉢形城に入られることです」

邦憲は唖然《あぜん》とした。鉢形城は邦憲の主である北条氏邦の居城であり、これから激しい攻防が繰り広げられるのは必至である。

――そんなところに入っては、討ち死にするだけではないか。

あまりのことに唖然としつつも、邦憲は問うた。

「いかなる理由《わけ》から、それがしに鉢形に入れと仰せになられるか」

「本音を申し上げれば、これも幸いと思い直し、もう一働きしてほしいのです」

「もう一働きとは」

「この安房に功を取らせていただきたいのです。さすれば、この安房、一身をなげうって猪俣殿をお守りし、殿下の面前で弁明に及びましょう」

——そういうことか。

確かに、この謀略を秀吉に知らせても、昌幸は表立って恩賞に与《あずか》れるはずがない。公的機関としての豊臣政権が、謀略を称揚《しょうよう》するわけにいかないからである。

——となれば、軍功を挙げるしかないということか。

たとえそれが些細なものでも、軍功を挙げれば、それに謀略の功績を上乗せする形で、昌幸には、大きな恩賞が下されるはずである。

いずれにせよ事ここに至らば、昌幸の言葉を信じるしか、邦憲に道はない。

「つまり、それがしがわざと安房殿に敗れ、それにより、鉢形を落城に追い込めということですな」

「ご明察」

「ということは北国勢の軍議の座で、安房殿は、それがしの守る曲輪に仕寄《しよ》る役を望まれるのですな」

「いえいえ、当初は別の陣所《じんしょ》を望みまする」

さも当然と言わんかのごとく、昌幸が首を横に振った。

「緒戦で容易に崩れてもらっては、わが功も目立ちませぬ。猪俣殿には、前田・上杉両勢相手に奮戦いただき、豊臣家中に、鉢形の城の堅固さを嫌というほど知らしめていただきたいのです」

——何という男だ。

昌幸の謀略の周到さに、邦憲は舌を巻いた。

「さすれば、それがしの武名と猪俣殿の武名が共に騰《あ》がりましょう。これぞ一挙両得。関白殿下は武辺者《ぶへんもの》を好みます。ここで猪俣殿の武辺ぶりを見せつけておけば、たとえ敗れたといえども、後々、殿下の覚えもめでたいはず」

——いかにも、此奴の申す通りだ。

生まれて初めて、己より知恵の回る男と対峙《たいじ》していることに、邦憲は気づいた。

「安房殿、そのお言葉に偽りはありませぬな」

「申すまでもなきこと。ただし、もしも猪俣殿が、それがしと戦う前に前田勢か上杉勢に敗れれば、それがしは救いの手を差し伸べませせぬぞ」

昌幸の瞳が厳しい色を放った。

五

邦憲が鉢形城に逃げ込んだのは、四月も押し迫った頃である。

邦憲の帰還を知った氏邦は満面に笑みを浮かべ、その肩を抱かんばかりに館《やかた》に招き入れた。

「能登、よくぞ戻った」

——わしのことを、そこまで案じていて下されたか。

実際に帰参が叶ったかのごとく、邦憲は感極まった。この表裏なき正直者の主を陰で馬鹿にしながらも、邦憲は、その竹を割ったような武辺気質《かたぎ》に惚《ほ》れ込んでもいたからだ。

天文十五年（一五四六）、河越《かわごえ》合戦の勝利により北武蔵に進出した北条家三代当主・氏康は、この地を治める有力国衆・藤田康邦《ふじたやすくに》の許に、婿《むこ》養子として氏邦を送り込んだ。以来、藤田氏の地盤とその家臣団を手に入れた氏邦は、北条家中でも結束では他に劣らない鉢形衆を作り上げ、北条家の北部戦線を支えてきた。

「此度は、敵の策に物の見事にはめられたな。そなたの判断は致し方なきことだ。大途《たいと》（当主の氏直）は秀吉に対して平身低頭し、許しを請おうと仰せになられたが、かような策を弄《ろう》する相手だ。それが叶うはずもない。最後は、わしが大途の背を押して戦に踏み切らせた。むろん勝つ見込みは少ないが、坂東《ばんどう》武者の意地を満天下に知らしめるだけでも十分と思うてな」

氏邦は、名胡桃城の一件が秀吉による謀略と信じきっていた。

「殿、真に申し訳ありませぬ」

邦憲は本心から頭を下げた。

すでに氏邦は、小田原にいる大殿・氏政にも邦憲の真意を伝えており、氏政から邦憲に対して、「そこもとの仕置、油断なく致すこと専一《せんいつ》に候」という事実上の赦免状をもらってくれていた。

この頃の北条氏は、徹底抗戦を主張する隠居氏政と、秀吉への臣従を唱える当主氏直の二頭体制であり、指揮系統が二元化し、方針が徹底しきれていなかった。

「そなたは、われらと共に死ぬために戻った。その覚悟こそ武士の誉《ほま》れというものだ」

「それがしは、殿の面前で腹を切る覚悟で戻りました。にもかかわらず、それほどのお言葉を賜《たまわ》れるとは思いもよりませなんだ」

「腹など切らずともよい。豊臣の犬を一匹でも多く道連れにし、ともに屍《かばね》を晒《さら》そうぞ」

己の言葉に酔うがごとく氏邦が言った。

氏邦の心遣《こころづか》いに感無量となった邦憲だったが、すでに後には引けないことを思い出した。

――わしは生き残らねばならぬ。そして出頭せねばならぬのだ。

それが天命であるとさえ、邦憲は思おうとした。

「分かりました。この能登、鉢形衆の魁《さきがけ》として討ち死にいたす所存《しょぞん》。それゆえ、ぜひ外曲輪を役所（持ち場）とさせていただきたいと思うております」

外曲輪の守備を受け持つことは、死を覚悟していると言うに等しい。

「そこまでの覚悟をして戻ったか」

涙を見せまいと氏邦が天を仰いだ。

「それがしが討ち死にすることで、家中は結束し、退勢を挽回《ばんかい》するやも知れませぬ。その捨て石となれば本望でございます」

「分かった。外曲輪は能登に任せよう。存分に働いてくれ」

氏邦の瞳から一筋の涙がこぼれた。

「その城壁《じょうへき》は地軸《ちじく》から万尺《ばんじゃく》もそびえ立ち、鳥ものぞくことが難しい」と、歌人の万里集九《ばんりしゅうく》に歌われた鉢形城は、古くは太田道灌《おおたどうかん》、新しくは武田信玄や上杉謙信らの猛攻を前にしても落ちることなく、武蔵国屈指の名城として、北条家の北部戦線を支える〝つなぎの城（拠点城）〟の役割を担ってきた。

文明《ぶんめい》年間、山内《やまのうち》上杉家の被官・長尾景春《ながおかげはる》が創築した当初、鉢形城は荒川《あらかわ》とその支流である深沢川《ふかざわがわ》の突端部分を中心とした小砦《しょうさい》にすぎなかったが、永禄年間、氏邦が入城して以後、北条流築城術の粋《すい》を尽くした最新型の平山城《ひらやまじょう》へと変貌を遂げていた。その二十四万平米にも及ぶ城域は、北条家の北、東、西の要《かなめ》である〝境目（国境）の城〟松井田、逆井《さかさい》、山中城に匹敵する広さである。

その広大な鉢形城の東端に築かれた細長い曲輪が外曲輪である。外曲輪は、西に流れる荒川と東に流れる深沢川に挟まれた中核部分のさらに東側に位置し、東西一町、南北六町という、兵法上、最も守り難いと言われる細長い形状の曲輪だった。

城外とは、築地塀《ついじべい》をめぐらした高土居《たかどい》と水堀を隔てているだけで、敵の攻撃を真っ先に受ける宿命にある。

実はこの曲輪は、城の中核部分が直接、敵の鉄砲攻撃に晒されないための緩衝地帯として、天正年間に入って築かれたばかりだった。

四月から五月初旬にかけて、上州の北条方諸城を屠《ほふ》った豊臣方北国勢は南下を開始、河越、松山《まつやま》等の武蔵国諸城を落とした後、鉢形城に迫った。

その軍容は、前田利家勢一万八千、上杉景勝勢一万、真田昌幸勢三千、依田康勝《よだやすかつ》勢四千という、総勢三万五千の大軍である。

前田勢の中には、北条家重臣でありながら、松井田開城後に敵方に寝返り、北国勢の先手《さきて》となった大道寺政繁もいる。

数日後、北国勢の後詰として、徳川家中の本多忠勝《ほんだただかつ》、鳥居元忠《とりいもとただ》、平岩親吉《ひらいわちかよし》ら八千二百も鉢形城近郊に到着した。

五月十三日、いよいよ筒合わせ（鉄砲戦）が始まった。堀を隔てて互いに鉄砲を撃ち合い、敵の火力や戦意を探るのである。この筒合わせで、北条方が不退転《ふたいてん》の覚悟を示したため、前田利家らは腰を据えて攻城の支度に掛かった。

六月五日、鉢形城攻囲陣に浅野弾正長吉《あさのだんじょうながよし》、木村常陸介重茲《きむらひたちのすけしげこれ》ら秀吉直臣四千八百が加わった。この後、毛利河内守秀頼《もうりかわちのかみひでより》、片桐東市正且元《かたぎりいちのかみかつもと》らも相次いで参陣し、最終的に攻城軍は、五万九千にまで膨《ふく》れ上がった。

しかも秀吉は、これまで降伏開城を促す手ぬるい戦い方をしてきた北国勢と、同様に戦意の乏しい浅野や木村ら直臣団を叱責《しっせき》しており、鉢形城をめぐり激戦が展開されるのは、必至の情勢となっていた。

豊臣方の陣配置は、城を中心として、荒川を隔てた北に真田勢、外曲輪に対面する東に前田勢と浅野勢、その隣にあたる東南に鳥居勢と平岩勢、南に上杉勢、西南の車山《くるまやま》山麓に本多勢と残る豊臣直臣団という布陣である。

西側の秩父方面を開けているのは、あえて逃走路を設けることにより、籠城衆の戦意を挫《くじ》く狙いがある。

一方、城方の総勢は約三千五百余にすぎず、初めから勝負にならないことは明らかだった。

「六連銭《ろくれんせん》の旗が西に向かったと申すか！」

物見の報告を聞いた邦憲は、わざと驚いたふりをした。

「長年の宿敵であり、此度の戦のきっかけを作った真田安房に一泡吹かせようと思うておったのだが、真に無念だ」

外曲輪守備隊で行われている軍議の主座を占めた邦憲は、大げさに肩を落とした。

「おそらく真田めは、花園《はなぞの》、虎ヶ岡《とらがおか》、天神山などの支城攻撃に向かったのでしょう」

氏邦家老の一人・瀬下豊後守《せしもぶんごのかみ》が言った。

豊後は、長久院《ちょうきゅういん》曲輪という鉢形城北端の守備を任されている。

——安房め、まずは確実に功を挙げられる支城攻略を望んだのだな。

昌幸の狡猾さに、邦憲は舌を巻いた。

「ということは、われらの敵は、東の前田勢と南の上杉勢となりますな」

軍師役の老将・浅見伊賀守慶延《あさみいがのかみよしのぶ》が言った。

浅見伊賀は永禄十三年（一五七〇）三月、秩父に侵入してきた上杉勢を根小屋《ねごや》城《じょう》近郊で破り、氏邦より「当地（根小屋城）三里四方」を賜ったほか、武田勢を秩父から一掃した実績を持つ鉢形衆きっての猛将である。さらに、秩父地方に絹織物を普及させ、殖産興業にも熱意を注いだ地方巧者《じかたこうしゃ》（民政家）でもあった。

「いずれにせよ、これで北から攻められることはなくなりましたな」

氏邦股肱《ここう》の臣・町田土佐守秀房《まちだとさのかみひでふさ》である。秀房は氏邦三男・光福丸《こうふくまる》の養育係として、文武に秀で、氏邦から絶大な信頼を得ていた。

激戦が予想される外曲輪には、氏邦の配慮により、鉢形衆の中でも精鋭中の精鋭が配置されていた。その総大将となるのが邦憲である。

――此奴らの戦意が高いうちに、前田・上杉両勢に当たらせ、真田勢がこちらに回されてくるまで、外曲輪を死守せねばならぬ。

「前田勢の中には大道寺駿河、上杉勢の中には藤田能登《のと》がおる。これらの表裏者《ひょうりもの》に目にもの見せてくれようぞ」

浅見伊賀の言葉に、諸将はこぞって賛意を示した。

藤田能登守信吉《のぶよし》は、藤田家に養子入りした氏邦の義兄にあたり、かつて沼田城代を任されていた。しかし天正八年（一五八〇）六月、真田昌幸の誘いに応じて武田方に転じ、沼田城を明け渡した。武田家滅亡後は織田方に転じ、本能寺《ほんのうじ》の変後は上杉方に転じ、後の関ヶ原《せきがはら》合戦前には徳川方に転じるという、戦国期にも類《たぐい》まれな表裏者として名を馳《は》せることになる。

「それでは根小屋（城下町）が焼き払われる前に、こちらから仕掛けるか」

邦憲が武辺者を気取り、傲然《ごうぜん》と言い放った。

「それがよろしかろう。となれば、どちらの陣に仕掛けなさるか」

瀬下豊後の問いに浅見伊賀が答える。

「敵に挟撃《きょうげき》されぬためには、二手に分かれ、期を一《いつ》にして仕掛けるが上策かと」

「よし、それでいこう」

「して、いつ仕掛けなさるか」

「今宵《こよい》だ」

邦憲が断じた時である。末座から白髪の老人が転がり出た。

「上杉勢への先手は、ぜひそれがしに！」

老人は、松村豊前守《まつむらぶぜんのかみ》という氏邦幕僚の末座に連《つら》なる者である。

「敵の先手は、この地をよく知る藤田能登に相違なし。それがしに息子の仇を取らせて下され」

豊前の息子は、かつて藤田信吉に付けられて沼田城に在番していたが、武田方から誘降《ゆうこう》があった際、最後まで反対したため、信吉によって武田方に突き出された。その後の消息は不明だが、処刑されたに違いない。豊前は、その恨《うら》みを晴らしたいというのだ。

「分かった。存分に働け」

「ありがたきお言葉」

豊前が少年のように目を輝かせた。

「前田勢への〝せせり（陽動）〟は中村内左衛門《なかむらないざえもん》殿、殿原小路《とのはらこうじ》の〝伏《ふせり》〟は瀬下殿、後詰は浅見殿とする。上杉勢への〝せせり〟は松村殿、連雀《れんじゃく》小路の〝伏〟は町田殿にお任せいたす。後詰は、それがしが承る」

「よろしき御陣立!」

皆の覚悟を促すがごとき伊賀の言葉に、一同は大きくうなずいた。

六

六月九日、丑《うし》の下刻《げこく》(午前二時半頃)、東と南から同時に喊声《かんせい》がわき上がった。湿気を含んだ生温かい風に乗り、馬のいななきや刀槍のぶつかり合う音も聞こえてくる。それぞれの先手衆が敵陣に仕掛けたのだ。

——いよいよだな。

邦憲は複雑な心境だった。己の心は、すでに敵方にあるにもかかわらず、この戦いを勝ち抜き、真田勢がこの戦線に回されてくるまで、外曲輪を持ちこたえねばならないのだ。

——奇妙な戦よ。

自嘲《じちょう》してみたが、その胸中は誰にも明かせない。

「殿、松村殿が敵陣に仕掛け、こちらに引いてきます」

外曲輪の本陣に使番が駆け込んできた。

「敵の旗印は」

「下《さが》り藤《ふじ》」

――やはり藤田か。これで老人も本望であろう。

「出陣！」

邦憲の持つ采配《さいはい》が振り下ろされた。

鎌倉《かまくら》街道と秩父道の交錯点に近い鉢形の地は、武蔵国西部最大の物資集積地であり、北条家の北進策を支える兵站《へいたん》拠点でもある。そのため鉢形城の外曲輪の外縁部には、商人や職人が集住し、北条領国内では、岩付《いわつき》、八王子《はちおうじ》、玉縄《たまなわ》（鎌倉）等に匹敵する大きな根小屋が広がっていた。

根小屋は、外曲輪と並行して南北を貫く殿原小路を軸に、東西に走る連雀小路、鍛冶《かじ》小路などから成り、江戸期の城下町の原型とも言える街並みを形成していた。

西ノ入と呼ばれる微高地《びこうち》に、上杉勢の前衛《ぜんえい》を成すように陣を布《し》いているのは藤田信吉である。その信吉の陣前で、突然の喊声がわき上がると、鉄砲が釣瓶《つるべ》撃ちされ、北条勢が斬り込んできた。

信吉は驚愕《きょうがく》した。というのも北条家の籠城戦の常として、城方から先に仕掛けた例《ためし》はないからである。

それでも警戒を怠らなかったことが幸いし、すぐに反撃態勢を整えた藤田勢は、逃げる敵を北に追い立てた。途中、二の手衆の甘粕備後守景継《あまかすびんごのかみかげつぐ》から、深追いを戒《いまし》める使者が来たが、かつて寄子だった松村豊前の馬標《うまじるし》を認めた信吉の頭には、すでに血が上っていた。

西ノ入から鉄砲小路を攻め上った藤田勢は、急速に拡大しつつあった鉢形城の根小屋に入った。信吉もその配下も、かつて田畑にすぎなかった辺りまで根小屋が広がっているとは知らず、つい深入りした。そこを連雀小路から現れた町田土佐勢に横撃《おうげき》される。

明確な攻撃方針を持たず、ここまで勢いだけで攻め上ってきた藤田勢は当惑した。すぐさま退き陣《の》(撤退)に移ったものの、背後の鍛冶小路からも敵勢が現れ、押されるままに鉄砲小路を北進する形になった。

こうした場合、味方勢が後詰に入り、深追いした者たちは救われるのが常だが、藤田勢は越後衆に地縁血縁もない外様の上、主家を裏切った者として、傍輩であるはずの越後衆からも、よく思われていなかった。自然、甘粕勢などの行き足も鈍る。

味方と分断された藤田勢は、鉄砲小路から殿原小路を北進し、前田勢に合流を図ろうとしたが、その途上には、猪俣勢が立ちはだかっていた。

互いに顔見知りも多い両勢は、鉄砲小路と殿原小路を結ぶ真小路《しんこうじ》で衝突した。

この辺りは、鉢形城下でも商家や長屋が複雑に入り組む中心地域である。そこを舞台に、熾烈《しれつ》な市街戦が展開された。

両軍に多少の篝火《かがりび》があるとはいえ、咫尺《しせき》を弁ぜぬ闇の中での白兵戦である。眼前の敵を斃《たお》さねば生き残れないことを知る兵たちは、敵味方の屍を踏み越え乗り越えつつ、槍を突き、白刃《はくじん》を叩き合った。

とくに、陽動役を買って出た松村豊前の戦いぶりは凄《すさ》まじく、幾度も藤田勢に斬り込みを掛け、満身創痍《まんしんそうい》となりながら、望み通りの討ち死にを遂げた。

陣頭に立った邦憲も必死の形相《ぎょうそう》で馬を駆けさせ、槍を振り回した。ここで負けては上杉勢に功を取らせることになり、昌幸の機嫌を損ねるからである。

鬼神《きしん》のごとき邦憲の戦いぶりに北条方全軍が奮起し、藤田勢を押しまくる。

遂に、利あらずと見た信吉は、夜陰に紛れて町屋の間を縫って上杉陣に逃げ戻った。

北条方の完勝だった。

ちなみに、この戦いで上杉方が獲得した首級《しゆきゆう》は二十一と伝わる（『三河後風土記《みかわごふどき》』）。

北条方の記録はないが、その後の戦況からして、それを大幅に上回っていたことは確かである。


――つまり、わしは勝ったというわけか。

複雑な気持ちで味方の勝鬨《かちどき》を聞きつつ、邦憲は帰途に就《つ》いた。

今まで懸命に戦ってきても、明白な勝ちは、なかなか収められなかった。ところが、皮肉にも敵に寝返ろうという段になって、これだけの完勝を収めたのだ。

外曲輪に帰り着くと、前田勢に向かった別働隊が、すでに戻っていた。

満面に笑みを浮かべ、邦憲を迎えた浅見伊賀を見れば、夜討ちの首尾を聞くまでもなかった。

ちなみにこの戦いでは、北条方が前田勢の首を五十余挙げたという（『三河後風土記』）。

――やりすぎたか。

邦憲がそう思うほどの完勝である。

本曲輪から入った氏邦の使番も、邦憲らの武功をたたえ、それぞれに恩賞を約束した。

六月十日、前夜の敗戦に激怒した前田利家により、全軍惣懸《そうがか》りが命じられた。

根小屋を焼き払った前田・上杉両勢は、じわじわと前進し、昼過ぎには外曲輪の外堀付近まで到達した。

日が中天に達する頃、敵勢の釣瓶撃ちが始まった。鉄砲だけでなく、大筒《おおづつ》も引き出され、凄まじい筒音が堀を隔てて響きわたる。

傍らの者との会話さえままならない中、邦憲は次々と防戦の指示を飛ばした。

「堀際まで敵を引き付け、竹束《たけたば》を狙って鉄砲を放て。竹束の一部が粉砕《ふんさい》されると、敵の中には動揺し、背を見せて逃げようとする者もおる。そこを狙うのだ」

「押されるふりをして敵を長久院曲輪に引き入れ、馬出《うまだし》の伏勢《ふくぜい》に反撃させろ」

「敵の攻撃が弱まった。町田勢と浅見勢は陣前逆襲を掛けろ」

邦憲の飛ばす指示は、ことごとく的を射ており、氏邦らの後詰を仰がずとも、外曲輪は、いっこうに落ちる気配はなかった。

――今までのわしは功を焦り、痛い目に遭《あ》ってきた。しかし、こうした澄みきった気持ちで指揮を執れば、戦とは何と容易なものか。

邦憲はこの時、戦の極意《ごくい》を摑んだ気がした。

夕闇迫る頃、外曲輪を攻めあぐんだ前田・上杉両勢は、無念の臍《ほぞ》を噬《か》みつつ兵を引いていった。放棄された敵陣には、多くの死骸が打ち捨てられている。

築地塀に開けられた鉄砲狭間《ざま》から射撃する城方と、竹束など急造の遮蔽物《しやへいぶつ》の隙間から鉄砲を放つ寄手《よせて》では、被害に差が出るのは当然である。

外曲輪には歓喜が渦巻き、幾度も勝鬨が巻き起こった。

花園城の本曲輪から鉢形方面を遠望《えんぼう》すると、いくつもの黒煙が上がっていた。

——猪俣め、派手にやりおったな。

遠眼鏡《とおめがね》の焦点を合わせつつ、昌幸がにんまりしていると、「若」と呼びかけつつ、頼綱がやってきた。山麓から急峻《きゆうしゆん》な道を登ってきたにもかかわらず、息の一つも切らしていない。

「首尾はどうであった」

「猪俣は、人変わりしたように戦上手《いくさじようず》となりました」

「それは重畳」

昌幸が竹筒を差し出すと、頼綱は軽く会釈して受け取り、若者のように喉を鳴らして飲み干した。

「不思議なものですな」

「何がだ」

頼綱から突き返された竹筒の水を飲もうとした昌幸は、それが空であることに気づき、あきらめて再び遠眼鏡をのぞいた。

「人の野心でござる」

「ああ」

二人の間に、それ以上の言葉は要らない。

有り余る野心ゆえに戦下手だった邦憲は、野心という衣を脱ぎ去ることで戦上手になった。しかし、それはまた別の野心に囚《とら》われてのことなのだ。

――猪俣は生涯、野心から逃れられぬのだ。

「爺、前田と上杉は、こっぴどくやられたか」

「それはもう」

二人の哄笑《こうしょう》が蒼天《そうてん》に響きわたる。

「こんなことが太閤《たいこう》殿下に知れたら、ただでは済まされぬな」

「はい、殿は、お味方まで踏み石とされているのですからな」

「爺は、いつも手厳しいの」

上機嫌で遠眼鏡を頼綱に渡すと、昌幸は小姓《こしょう》に合図し、甲冑《かっちゅう》を持ってこさせた。

「さて、そろそろ陣替えを申し出に行ってくるか」

「まあ、頃合でしょうな」

利家や景勝が意地になる前に、昌幸は、うまく言いくるめて前線を替わるつもりでいた。

翌払暁《ふつぎょう》、興奮から眠れない夜を過ごした邦憲の許に、浅見伊賀がやってきた。

「敵が陣替えした模様」

「真か」

邦憲の顔色が変わる。

「われらの正面は六連銭となりました」

――いよいよ来たか。

昌幸が利家らと前線を替わったのだ。

「いくら痛手を負わせても、敵は無尽蔵《むじんぞう》に新手《あらて》を繰り出してまいります。われらも陣替えすべく、それがしが殿（氏邦）の許に願い出てきます」

「いや待て」

「と、申されると」

「ここはわれらだけで凌ぐのだ。殿の馬廻《うままわり》や秩父衆には、ここぞという折に出馬してもらう」

「しかし、わが手勢にも疲れが見え始めており、それは猪俣殿も同然かと――」

「伊賀殿、わしは名胡桃の失態を取り返したいのだ。貴殿らに付き合わせるのは真に心苦しいが、ここは我を通させてくれ」

伊賀が感極まったようにうなずいた。

「分かりました。そこまでのお覚悟がおありなら、この伊賀、猪俣殿と共に討ち死に覚悟で戦いましょう」

「すまぬ」

一抹の後ろめたさを感じつつも、邦憲は礼を言った。

「敵は東に真田勢、南に徳川旗本衆が居並んでおります。同じ策が二度と使えぬ今、いかな策を取るべきか」

「実は、わしに考えがあるのだ」

絵図面を広げると、邦憲が心中に秘めていた策を語った。

七

六月十一日、猪俣勢以外の味方を深沢川西岸の御殿下《ごてんした》曲輪に引かせた邦憲は、閑《かん》散《さん》とした外曲輪で敵勢を待っていた。

浅見伊賀に語った邦憲の策とは、敵を外曲輪に引き入れて白兵戦を挑む。そして頃合を見計らい、邦憲の合図により、御殿下曲輪に待機する味方勢が後詰に駆けつけて敵を殲滅《せんめつ》するという、まさに肉を切らせて骨を断つがごとき戦術である。

むろん、兵力や士気の高さに絶対の自信があれば、十分に有効な策だが、たとえそうだとしても、配下の多くを失う危険の高い、こうした戦い方を好む武将はいない。しかも敵は戦慣れした真田勢であり、猪俣勢の十倍近い兵力を擁《よう》している。

当初、この策を聞いた諸将は耳を疑った。伊賀は「真田ほどの老練の兵《つわもの》であれば、われらの策を見破り、容易には外曲輪に入らない」と断言した。しかし邦憲は、外曲輪から外に通じる三つの虎口《こぐち》でうまく戦い、敵を中に引き入れると力説した。

最終的には氏邦の判断を仰ぎ、邦憲の策が採用されることになった。

氏邦は邦憲の忠節をたたえ、敵を弾き返したあかつきには、武蔵一郡を与える旨の朱印状を送ってきた。

――武蔵一郡とは驚いた。事ここに至っても北条家は吝《しわ》いの。わしが西武蔵の主となるのも知らぬのだ。

邦憲が内心、苦笑した時、北、東、南の三方向から喊声が聞こえてきた。日はまだ明けやらぬ寅《とら》の上刻《じょうこく》（午前三時半頃）である。

――調儀《ちょうぎ》（作戦）通りだ。

邦憲の射させた矢文を、すでに昌幸が読んでいることが、これで分かった。

――あとは敵方に身を投じるだけだ。

薄明《はくめい》の中、喊声が徐々に近づいてきた。その時、邦憲の本陣に、使番が相次いで駆け込んできた。

「申し上げます。長久院曲輪が落ち、馬出も奪取されました」

鉢形城北辺の要《かなめ》である長久院曲輪が落ちたという知らせが入るや、相前後して、東と南の虎口が破られたとの一報も届いた。

すでに敵は外曲輪内に押し寄せてきているらしく、邦憲のいる本陣に逃げ込んでくる味方兵が目立ってきた。

「そろそろ合図旗を揚げ、浅見殿らに後詰を促しましょう」

近習頭が真紅の合図旗を指し示す。

「ああ、これか」

近習頭の手から合図旗を奪った邦憲は、躊躇《ちゅうちょ》なく、それを篝火に放り込んだ。

その意を解《げ》しかねた近習や小姓は、顔を見合わせて押し黙っている。

「よし、引き太鼓を叩け。これにて手仕舞《てじま》いとする」

邦憲の命により、引き太鼓が叩かれようとした時である。背後から怒濤《どとう》のような喊声が上がると、本曲輪から後詰衆が殺到してきた。

「いったい、どうしたのだ！」

慌《あわ》てて陣幕を飛び出すと、馬上、采配を振るう浅見伊賀の姿が見えた。

——おのれ伊賀！

浅見伊賀が、邦憲の合図を待たずに後詰してきたのだ。

敵味方入り乱れての白兵戦が展開されるのを、邦憲はただ茫然《ぼうぜん》と見つめていた。

しかも、虚を突かれた真田勢は押され気味である。

——これでは真田安房の怒りを買う。

邦憲は震える手で采配を振り下ろした。

「太鼓を叩け！」

「はっ、して、どちらに掛かりますか」

事情を察したらしく、近習頭が問うてきた。

「決まっておろう。深沢川を渡ってくる北条方だ」

「よろしいので」

「構わぬ」

猪俣勢の鉄砲隊が筒頭《つつがしら》を並べ、深沢川に架かった木橋を渡りつつある北条勢に発砲した。

渡りきった者や橋の中ほどにいた者らが、ばたばたと斃れると、ようやく北条方も猪俣勢の寝返りに気づいたらしく、何事か喚《わめ》きながら来た道を引き返していく。その背に再び銃弾が浴びせられた。

「撃て、撃つのだ！」

釣瓶撃ちの轟音《ごうおん》が空気を引き裂き、三《み》つ鱗《うろこ》の背旗を差した兵たちが折り重なるように斃れていく。

たまらず北条方は木橋を引いた。

木橋は内側から引くことができるようになっており、引橋とも呼ばれる。

――よし、これで伊賀は孤立した。

城内から、これ以上の後詰勢がやってこないことを確かめた邦憲は、再び采配を振り下ろした。

「浅見勢に掛かれ！」

槍先をそろえた猪俣勢が、激戦を展開中の浅見勢の背後に打ち掛かった。

全軍で真田勢の追い落としに掛かっていた浅見勢は、ひとたまりもなく崩れ立つ。

これを見た真田勢も盛り返してくる。

「殺せ。一人でも多く殺すのだ！」

その時である。采配を振り回して喚く邦憲に向かって、騎馬武者が一筋に駆け入ってきた。

「この裏切り者め。今、殺してくれるぞ！」

白髪を振り乱した浅見伊賀が、馬上、十文字槍を振り回しつつ飛び込んできた。

「あの者を射殺せ！」

陣前に居並んだ弓隊が、伊賀に向けて一斉に矢を射る。

体中に矢を射られ、針鼠《はりねずみ》のようになった伊賀が落馬した。それでも伊賀は、槍を摑むと邦憲に駆け寄ろうとする。

「そなただけは断じて許さぬ！」

「殺せ、此奴を殺せ！」

邦憲に叱咤《しった》され、われに返った近習たちが、よってたかって伊賀を膾《なます》にした。首といわず胴といわず全身から血しぶきを噴き上げつつ、ようやく伊賀が前のめりに斃れた。

その指先は、それでも邦憲の襟首を摑もうと、息絶えるまで土をかいていた。

これを機に真田勢は盛り返し、瞬《またた》く間に外曲輪は落ちた。その場で武器を放り出した猪俣勢は、真田勢の軍門に降《くだ》った。

この有様を見て、本曲輪で慌てふためく北条方に向けて、真田勢の猛射が始まった。

外曲輪を取られたことで、城の中核部が銃火に晒されるという、この城の欠点が露呈したのだ。

氏邦は室の大福《だいふく》御前と子息たちを町田土佐に預け、荒川の急崖《きゅうがい》に造っておいた伏道《ふせみち》から脱出させた。同様に、女房衆や家臣の家族も脱出させようとしたが、その頃には、伏道が敵勢に知られ、行く手をふさがれた。そのため多くの者は、荒川の淵《ふち》に身を投げて死んだ。

外曲輪を取られても、なお抵抗を続けていた鉢形城が降伏開城するのは、翌十二日、大手口のある南側に位置する車山方面から、大筒の砲撃が始まったことによる。この砲撃により、諏訪《すわ》曲輪や大光寺《だいこうじ》曲輪などが被害を受け、城方は、戦いの継続が困難となった。

十三日、氏邦と幕僚の間で降伏が決定され、この日のうちに敵方に打診された。氏邦の出した降伏条件は、城兵の命を救うことだけである。

十五日、降伏を受理された氏邦は、出家剃髪《ていはつ》の上、城を後にした。配下の兵たちも武装放棄し、それぞれが守備していた曲輪を敵方に明け渡した。

昌幸との面談が叶ったのは、十七日になってからだった。

冷たい雨のそぼ降る中、四囲を取り巻く真田勢の中を進み、外曲輪から退去する時は、さすがの邦憲も一抹の寂しさを感じた。

武装解除され、外曲輪に整列させられた配下の者どもに対し、「しばらくの辛抱ゆえ、待っておれよ」と、邦憲が心中、声をかけた時である。

「猪俣殿ですな」

大手門前で待っていた老将が進み出た。

「いかにも」

「矢沢薩摩に候」

――これが矢沢頼綱か。

上州沼田周辺を舞台に、丁々発止《ちょうちょうはっし》の駆け引きを続けてきた相手を前にし、邦憲には言葉がなかった。

「わが主が根小屋で待っております」

老将は言葉少なく、先に立って歩き出した。

「かたじけない」

喉奥からようやく声を搾《しぼ》り出した邦憲は、老将の広い肩を見つめつつ、その後に続いた。

しばらく行くと、焼け残った商家の一つに六連銭の旗が掛かっていた。そこが真田家の仮陣屋のようである。

帳場を横目で見つつ通り土間《どま》を抜け、案内された奥の間に入ると、商家の隠居かと見まがうばかりの小男が一人、背を丸めて白湯を喫していた。

――安房め、しばらく見ぬ間に少し老けたか。

邦憲は気圧《けお》されぬよう、あえてそう思おうとした。

「ささ、こちらに」

邦憲を先に招じ入れた頼綱は、邦憲の背後に控えた。

「猪俣殿、此度は見事でござった」

「はっ」

敗将の悲しさゆえか、邦憲は両手をつき、つい頭を深く下げてしまった。

「いろいろと、ご苦労があったことでしょうな」

「いや――」

「それほどでもありませぬ」と言いかけて、邦憲は後の言葉をのみ込んだ。その言葉を鵜《う》呑《の》みにされては困るからである。

「此度は猪俣殿のご尽力《じんりよく》により、首尾よく、わが手で外曲輪を落とすことができました。おかげで、それがしの面目も立ちました」

「重畳にござります」

――まさか、小田原でもう一働きせよとは申すまいな。

上目づかいに昌幸を盗み見たが、昌幸は満面に笑みをたたえているだけである。

致し方なく、邦憲の方から切り出した。

「それで安房守様、関白殿下に、わが事をお伝えいただけましたでしょうか」

「あっ、その事ですな」

昌幸は、もったいぶった仕草で茶碗を置くと、おもむろに言った。

「むろん、此度の経緯《いきさつ》は関白殿下のお耳に入れました」

——よかった。

邦憲の胸内から歓喜の渦が湧き上がってきた。

「それで、お約束の武蔵半国でござるが——」

「おうおう、そうでありましたな。殿下の朱印状を持ってまいりますので、しばしお待ち下され」

「ははっ」

武蔵一郡でも構わぬと思っていた邦憲は、天にも昇る気分だった。

——いよいよ、わしは大名となるのだ。

邦憲が西武蔵六郡の貫高計算をし始めた時である。突然、背を蹴倒されると、振り向く間もなく背後に腕を回された。

「何をする！」

かろうじて背後を見やると、矢沢頼綱が、その布袋《ほてい》のような顔に笑みを浮かべている。

身もだえして逃れようとした邦憲だったが、頼綱の膂力《りょりょく》は尋常でなく、あっという間に後ろ手に縛られた。

「安房を呼べ。安房はどこだ！」

さらに大声を上げようと、息を吸い込んだ時だった。背後から馬乗りになった頼綱によって猿轡《さるぐつわ》が嚙まされた。それは幾重にも巻かれ、息もできないほどである。

瞬く間に、足にも縄掛けされた邦憲は、虫のように体を蠢《うごめ》かせた。

「猪俣殿」

その時、昌幸が再び姿を現した。

――謀《たばか》ったな！

鋭い眼光で昌幸を睨《ね》めつけた邦憲だったが、己の命が昌幸の手中にあることを思い出し、哀れみを請うような眼差しを向けた。

「貴殿のおかげで、すべては思惑通りに進んだ。あらためて礼を申す。しかし貴殿は知りすぎた。貴殿がこの世におっては、わしは枕を高くして眠れぬ。すまぬが浄土に赴《おもむ》いていただきたいのだ」

それを聞いた邦憲の瞳から、大粒の涙がこぼれた。

「この世はわしに任せ、そなたは浄土に行って、野心を成就《じょうじゅ》なされよ」

昌幸の顔が笑み崩れた。

頼綱らに抱えられ、商家の表に出されると、引き回しの車が待っていた。その後ろには、磔刑《たっけい》用とおぼしき十字に組まれた材を足軽たちが担いでいた。焼け残った材で造られた、そのまがまがしい十字を見た邦憲は、かろうじて動く首を左右に振り、嫌々をした。

邦憲を乗せた車は元来た道を戻っていった。つい昨日まで主将として君臨していた外曲輪で、邦憲は磔刑に処されると知った。


商家の前で、その行列を見送る昌幸が呟いた。

「爺よ、すべては、あの男のおかげであったな」

「ええ、まさか、これほど忠実に動いてくれるとは思いませなんだ」

「将棋は歩《ふ》次第と申すからな」

二人の笑いが、荒野《あれの》となった鉢形の根小屋に響きわたった。

その時、昌幸は覚った。

――そなただけでなく、わしも野心に飼われた犬にすぎないのだ。しかし、他人を信じたそなたは愚かな犬であった。

しばし笑った後、苦い顔をした昌幸が頼綱に問うた。

「爺は、わしを罪深き男と思うか」

昌幸には珍しい内省的な言葉に、頼綱が失笑を漏らした。

「何を今更。殿は、敵も味方も踏み石として出頭なさるお方ではありませぬか」

「爺は、いつも手厳しいの」

武蔵野に秋の気配を感じさせる涼風が吹く中、すでに邦憲のことなど忘れた希代の策士は、次の一手をどう打つかに没頭していた。

椿の咲く寺

一

庭一面に広がる寒椿《かんつばき》の蕾《つぼみ》が、大きく膨《ふく》らみ始めていた。

――開花まで、あと少しの辛抱ですよ。

妙慧尼《みょうけいに》の面《おもて》には、久方ぶりの笑みが浮かんでいた。

辛《つら》いことばかりだった今年も、残すところ一月《ひとつき》余りで、ようやく終わろうとしていたからである。

――この花が咲く頃には、悲しいことが忘れられますように。

妙慧尼が蕾に願いを込めた時、庭番の彦蔵《ひこぞう》が転がるように走り来た。

「何を慌《あわ》てているのですか」

「ううぐ……」

彦蔵は逞《たくま》しい体つきをした大柄な青年だが、生まれつき耳が不自由なため、手まねで物事を伝える。

「客人《まれびと》がお見えなのですね」

すぐに意思が通じたためか、彦蔵は、満面に笑みを浮かべて幾度もうなずいた。

来客は、かつて武家の女《むすめ》だった妙慧尼の実家に出入りしていた呉服商の鶴屋宗《つるやそう》範《はん》である。宗範は、駿河国《するがのくに》の主《あるじ》が武田《たけだ》家から徳川《とくがわ》家へと代わる時代の節目をうまく泳ぎ渡り、駿府《すんぷ》商人の中でも一頭地《いっとうち》を抜く存在となっていた。

「姫様、お久しゅうございます」

茶人頭巾《ずきん》をとった宗範は、新興商人の頃と変わらぬ謙虚な顔つきで、深く頭を下げた。しかし、浅葱《あさぎ》地に笹の模様を散らした豪奢《ごうしゃ》なその小袖姿には、すでに大家《たいけ》の主の風格が漂《ただよ》っている。

「こちらこそ、ご無沙汰いたしておりました」

久方ぶりの旧知との対面に、妙慧尼の口元も自然とほころぶ。

「此度《こたび》は旅の途次に寄らせていただきましたが、姫様、いや庵主《あんじゅ》様のお元気そうな姿を拝見でき、この宗範、感無量にございます」

「旅に出られるのですか」

「はい。徳川・北条《ほうじょう》両家の和が成ったのを機に、関東にも店を出そうと、小田原《おだわら》まで出向くところにございます」

「まあ、素早いこと」

天正《てんしょう》十年（一五八二）六月に始まった徳川家と北条家の武田遺領争奪戦《いりょうそうだつせん》・天正壬午《じんご》の乱が終結したのは、わずか半月ほど前の十月末である。

「何事も先手《せんて》を打たねば生き残れぬが、商人《あきゅうど》というものでございます」

「わたくしは僧籍にある身。もう小袖は要《い》りませんよ」

「これは先手を打たれましたな」

ひとしきり笑った後、宗範は顔を曇らせた。

「この宗範、此度のことに何のお力添えもできず、慚愧《ざんき》に堪《た》えませせぬ」

「そのことは、もうお気になさらないで下さい。武田家は滅び、その家臣である今福《いまふく》家も滅んだ。それだけのことにございます」

「しかし――」

「仏門に入ったわたくしにとって、俗世《ぞくせ》のことは、もうかかわりなきことなのです」

「姫様、ご立派になられた」

内懐《うちぶところ》から手巾《しゆきん》を取り出した宗範は、震える手で目頭を押さえた。その不器用そうな手つきは、宗範に老いの影が忍び寄っていることを感じさせた。

「わたくしは、今の生き方に満足しております」

「それならば、何も申し上げることはありませぬが――」

「と申されますと」

宗範は照れくさそうに視線を外すと、言葉を選びながら言った。

「北条家との間に和議が成立し、われらの主は、五カ国の太守《たいしゆ》となられました」

天正壬午の乱後の国分け協定により、北条家が占拠していた信濃佐久《しなのさく》、同小県《ちいさがた》、甲斐《かい》郡内を譲渡《じようと》された徳川家康《いえやす》は、三河《みかわ》、遠江《とおとうみ》、駿河、甲斐、信濃五カ国を領する全国有数の戦国大名にのし上がった。

「徳川様は、ご運強きお方」

妙慧尼が寂しげに呟《つぶや》いた。家康の強運に比して、主だった武田家と、実家の今福家の運のなさを思ったからである。しかし、それが聞こえているのかいないのか、一瞬、躊躇《ちゆうちよ》した後、宗範は思い切るように言った。

「徳川様は間もなくこの根小屋《ねごや》（城下町）を通り、久能城《くのうじよう》の検分を済ませた後、浜松《はままつ》にお戻りになられるとのこと。それがし、徳川様をここで待ち、姫様還俗《げんぞく》の儀を願い出た上、姫様を徳川家の有為の若武者の許に――」

「還俗し、どこぞの武家に嫁げと仰せですか」

「はい。姫様に、せめて女人《にょにん》の幸せだけでも味わっていただきたいと、この宗範、切に願《ねご》うております」

妙慧尼は即座に首を横に振った。

「お申し出はありがたく思いますが、わたくしは還俗などいたしませぬ」

「やはり、お聞き届けいただけませぬか」

「すでに、この身は仏に捧げました。わたくしは、僧としての生涯を全うするつもりです」

「どうあっても、ご意志は揺るがぬのですな」

宗範が膝《ひざ》をにじった。

「はい、わたくしは、もう武家とかかわりなきところで生きたいのです」

「これが最後の機会となるやもしれませぬが、よろしいのですね」

妙慧尼の瞳をのぞき込むようにして、宗範が念を押した。

「わたくしは、仏と共に生涯を歩みます」

「姫様のこのお言葉を、丹波《たんば》様にも聞かせたかった」

老人特有の大げさな素振りで、宗範は感涙に咽《むせ》んだ。

丹波とは妙慧尼の父で、今は亡き今福丹波守虎高《とらたか》のことである。

「天涯孤独《てんがいこどく》となったわたくしが恃《たの》みとするのは、仏だけなのです」

妙慧尼の毅然《きぜん》とした態度に、宗範は眩《まぶ》しいものでも見るかのように目を細めた。


とりとめのない話をひとしきりした後、宗範は去っていった。

これが俗世に戻る最後の機会であることは、妙慧尼にも分かっていた。しかし妙慧尼は、あえて退路を断《た》った。

——わが使命は、今福一族の菩提《ぼだい》を弔《とむら》うこと。

庭に広がる寒椿に誓うかのように、妙慧尼は女としての人生に決別した。

二

天正十年（一五八二）二月、甲州《こうしゅう》征伐を発令した信長《のぶなが》陣営の一翼を担う徳川家康が、遠江から駿河武田領への侵攻を開始した。

この報に接し、勇躍して籠城《ろうじょう》支度に掛かった今福丹波だったが、武田家の駿河戦線を支えるはずの穴山信君《あなやまのぶきみ》（梅雪《ばいせつ》）が敵に通じたことを知り、「もはやこれまで」と覚悟を決めた。

丹波は他家に嫁いでいない末女《すえむすめ》の初音《はつね》を出家させ、住持《じゅうじ》の絶えていた久能城下の海寂院《かいじゃくいん》に入れた。初音、すなわち妙慧尼だけでも救おうとしたのである。

武田家の瓦解《がかい》は目前に迫っていた。それでも丹波とその嫡男《ちゃくなん》・善十郎《ぜんじゅうろう》は、駿河湾を見下ろす地に造られた大要害《だいようがい》・久能城に立て籠《こも》り、最後まで戦い抜くつもりでいた。

駿河国西部の武田方諸城を次々と屠《ほふ》った徳川勢は、怒濤《どとう》のごとく久能城に押し寄せてきた。

二月二十七日、蟻《あり》の這《は》い出る隙《すき》もないほど城を包囲した徳川勢の惣懸《そうが》かりが始まった。

これに対し、激しい抵抗を示した今福勢だったが、衆寡敵《しゅうかてき》せず、華々しい籠城戦を展開した末、玉砕《ぎょくさい》した。

本曲輪《ほんくるわ》に追いつめられた丹波父子は、城に火を放って自刃《じじん》する。

海寂院の本堂で一心不乱に経を唱えつつ、涙ながらに攻防の喧騒《けんそう》を聞いていた妙慧尼は、戦《いくさ》が終わった後、せめて遺骸《いがい》だけでも請け出そうと、徳川勢の陣屋に赴《おもむ》いた。しかし応対に出た武士によると、折からの海風に煽《あお》られて火の回りが早く、どこを探しても、二人の遺骸は見つからなかったという。

「何としても探し出せという殿（家康）のお言葉もあり、懸命な捜索が続けられたのですが」

武将は口惜《くや》しげに舌打ちすると、妙慧尼に疑いの目を向けた。

「何かご存じではありませぬか」

妙慧尼は何も知らないことを告げると、そそくさと陣屋を後にした。

遺骸どころか遺品さえなかったが、妙慧尼は父と兄の供養をひそかに執《と》り行い、その冥福《めいふく》を祈った。

武辺者《ぶへんもの》ぞろいの武田家中にあって、公事《くじ》奉行や先方衆《さきがたしゅう》（寄子国衆《よりこくにしゅう》）の奏者《そうじゃ》（取次役）など、内政や外交を任されることの多かった今福家は、目立たない一族だった。

祖父の浄閑斎《じょうかんさい》は、その若き頃、石見守友清《いわみのかみともきよ》と称し、譜代《ふだい》家老衆の一人として七十騎持ちの大身《たいしん》だったが、合戦での華々しい活躍はあまりなかった。その分、信玄《しんげん》の信濃攻略に外交・内政両面から貢献し、中信《ちゅうしん》の要衝《ようしょう》・刈谷原城《かりやはらじょう》を預けられ、仁《に》科《しな》一族等、信濃有力国衆の奏者を務めた。

遠江国・諏訪原城《すわはらじよう》の城代を経て、天正五年（一五七七）、駿河国の久能城に赴任《ふにん》した浄閑斎は、最後の力を振り絞るかのように普請作事《ふしんさくじ》に力を尽くし、天正九年（一五八一）に没した。

古くからある修験《しゆげん》道場を、そのまま利用したにすぎなかった久能城は、浄閑斎の尽力《じんりよく》により、岩殿《いわどの》・岩櫃《いわびつ》両城と並ぶ、武田家三大名城の一つに数えられるほどの要害に生まれ変わった。

厳格だった祖父の浄閑斎に比べ、父の丹波は優しかった。

戦から帰ると、初音と呼ばれていた幼い妙慧尼を抱き上げ、よく頬《ほお》ずりしてくれた。その髯《ひげ》の痛さに泣き出したことさえあったが、父の筋張った腕に抱かれていると、なぜか安らいだことを思い出す。

兄の善十郎も穏やかな性格だった。

兄の作る笹笛《ささぶえ》は、誰の物よりもよい音が出た。それには秘訣があり、妙慧尼だけに教えてくれた。兄の作る笹笛と同じ音が出た時の喜びを、妙慧尼は今でも覚えている。

しかし幸せだった幼い日々は、あっという間に過ぎていった。一族もろとも武田家に殉《じゅん》じた今福家の人々は、すでに冥府《めいふ》の住人となり、妙慧尼は一人、久能城下に残された。

——あの日々が取り戻せたら。

幼い頃に亡くなった母の思い出と共に、父や兄と過ごした歳月は、妙慧尼にとって、かけがえのないものだった。

宗範の来訪があった翌日の夜のことであった。外で野犬が騒ぐのをいぶかしんだ妙慧尼は、舞良戸《まいらど》を開けて広縁に出《い》で、月光に照らされた庭園を見渡した。

いまだ野犬たちは騒いでいたが、庭園は常と変わらず、水を打ったように静まっていた。妙慧尼には、開花を待つ寒椿たちの息遣《いきづか》いが聞こえてくるような気がした。

瞑目《めいもく》した妙慧尼は、この庭園に紅白の寒椿が咲き乱れる様を想像した。それは、すべての悲しみを洗い流してくれるほど、素晴らしいものとなるに違いない。

やがて野犬の声も遠のき、寒気を感じた妙慧尼が居室に戻ろうとした、その時である。

「あっ」

突然、背後から抱きすくめられると、口をふさがれた。声一つ上げられず、妙慧尼は恐怖で凍り付いた。

「騒ぐな」

聞き覚えのある声が耳元でした。

――まさか。

懸命に首を回した妙慧尼が見たのは、死んだはずの兄の横顔だった。

――成仏《じょうぶつ》なされなかったか。

身悶《みもだ》えするようにその腕を逃れ、広縁に跪《ひざまず》いた妙慧尼は、数珠《じゅず》を取り出し、懸命に経を唱えた。

「心配いたすな。物《もの》の怪《け》の類《たぐい》ではない」

「えっ」

暗闇の中、白い歯が月光に反射している。

「兄上、ご無事だったのですね」

あまりのうれしさに、妙慧尼は兄の膝にすがりついた。

「わしだけではない」

善十郎が顔を向けた方角から、影がゆっくりと近づいてきた。

「息災《そくさい》のようだな」

「父上！」

何が起こっているのか、にわかに分からず、妙慧尼は混乱した。

「まさか、父上まで生きておいでとは――」

「三河の田舎《いなか》侍に討ち取られるほど、われらは愚かではない」

「父上、お懐かしゅうございます」

父たちと別れてから一年と経っていないにもかかわらず、妙慧尼には、十年以上の歳月が流れているように感じられた。

広縁に腰掛けた父の膝で、しばし妙慧尼は泣いた。

もう何も要らなかった。二人が生きていてくれただけで、妙慧尼は幸せだった。

三

早速、会所に二人を招き入れたものの、その話を聞き、再会の喜びも吹き飛んだ。

何と二人は、家康への復仇《ふっきゅう》を企てているというのだ。

落城確実となるや、二人は側近数人を伴い、城の裏手の断崖《だんがい》を伝って脱出した。

いったん山中に隠れ、隙を見て主君の勝頼《かつより》に合流しようとした父子だったが、勝頼は甲斐国東部の天目山麓田野《てんもくさんろくたの》の地に追い込まれ、呆気《あっけ》なく討ち取られた。

　これを知った父子は生きる目的をなくし、自害も考えたが、それでは武田家に対する何の弔いにもならないと思い直し、せめて家康だけでも殺そうと決したというのだ。

「家康が、間もなくここを通るという雑説《ぞうせつ》を聞いた。しかも徳川勢主力は、そのまま東海道を西に進む。つまり、家康とその供回りだけが久能街道を南下してくる」

　――やはり、あの話は事実だったのですね。

　妙慧尼は、宗範の話を思い出した。

　ちなみに久能街道とは、東海道の江尻宿《えじりしゅく》から久能山に向かう脇往還《わきおうかん》のことである。海寂院もこの街道に面している。

「その途次を襲い、家康の首を獲り、御屋形様《おやかた》（勝頼）の墓前に供えるつもりだ」

　一穂《いっすい》の灯火に照らされた二人の顔は、幽鬼《ゆうき》のように痩《や》せ細っていた。それだけならまだしも、怨念を持つ者だけが放つ異様なまでの邪気に包まれている。

　――それが何になるというのです。

　万が一、二人の筋書き通りに事が運んでも、二人が殺されるのは間違いない。

「そんな恐ろしい企ては、おやめ下さい」

「それよりも、お二人には、今福家再興という大義があるはずです」

「何を申す」

「そのことか」

丹波は不快そうな顔をすると、話を促すがごとく善十郎に目配《めくば》せした。

「そなたは与《あずか》り知らぬことだが、すでに今福家は再興されておる」

「えっ」

「実はな――」

善十郎によると、丹波の末弟・市左衛門昌常《いちざえもんまさつね》がいち早く家康に通じ、家名存続を許されたというのだ。

武田家滅亡後も、丹波らと行を共《こう》にしていた市左衛門だったが、天正壬午の乱が勃発《ぼっぱつ》すると、単身、山中の隠れ家を出奔《しゅっぽん》した。その後、家康の許に馳《は》せ参じた市左衛門は、武田家旧臣の総代職（取次役）を務め、多くの旧臣を家康傘下《さんか》に引き入れた。その功を認められ、市左衛門は今福家再興を許され、家康の直臣《じきしん》に取り立てられたという。

丹波の立場からすれば、市左衛門は今福本宗家《ほんそうけ》を乗っ取った裏切り者である。

「われらが許しを請い、家康がそれを認めても、市左衛門は廃されず、われらは、かの者の下風に立たざるを得ないというわけだ」

丹波が憎々しげに言うと、善十郎が話を引き取った。

「赦免《しやめん》が叶《かな》い、たとえ徳川の家臣となれても、われら嫡流《ちやくりゆう》が、今福の家名を継ぐことはできぬ。しかも下手《へた》をすると、市左衛門の家臣とされる」


武家にとり、それがいかに屈辱であるかは、妙慧尼にも分かっていた。

しかも市左衛門は、妾腹《しようふく》であることを理由に、祖父の浄閑斎から疎《うと》まれ、今福家健在の頃、重臣の列にも並ばせてもらえなかった。そのため懸命に武術の腕を磨き、戦場で幾度となく功を挙げたが、浄閑斎は、その功にも報いようとしなかった。

そうした屈辱に耐えてきた市左衛門が、父や兄に辛く当たるであろうことは容易に想像できる。

――だからといってこのままでは、せっかく生き残った父や兄は殺されるだけ。

妙慧尼は、必死に二人を思いとどまらせる方策を考えた。

「それでは、他家に出仕《しゆつし》したらいかがでしょう」

口端《くちは》に苦笑いを浮かべつつ、丹波が首を横に振った。

「家康を毛嫌いしていた遠江の天野景貫《あまのかげつら》などは、本領を捨てて北条家に仕えたが、

はあるまい」

「遠江国衆の天野ならまだしも、武田家直臣のわれらを、北条家が召し抱えるはず
所領も与えられず、無足人《むそくにん》扱いされておると聞く」

二人の言うことは尤《もっと》もである。北条・徳川両家が誼《よしみ》を通じた今となっては、徳川家を憚《はばか》る北条家が、武田旧臣を召し抱えるはずがない。むろん、官僚制度が整っている北条家中に、内政と外交を専《もっぱ》らとする今福家の席などあろうはずもなかった。かつての傍輩《ほうばい》・真田家も徳川傘下に入ったばかりであり、北条家以上に徳川家を憚っているはずである。

隣国にも、父子の居場所はなかった。

「われらには、もはや行き場はない。このまま山中に身を隠し、山作《やまつくり》として生涯を送るか、家康を討ち取り、後世に名を残すかだ」

悪鬼《あっき》のような顔をして語る善十郎の言葉を、丹波が引き取った。

「そこで、じっくりと善十郎や配下の者どもと語り合い、一命を賭《と》して家康を討つことにした」

丹波は、すでに覚悟を決めているようだが、妙慧尼は、その企てをどうしても思いとどまらせねばならないと思った。

「父上、それは心得違いというものです」

妙慧尼が威儀《いぎ》を正した。

「もしそれが成っても、得るものは何もありません。私怨《しえん》で事を為しても、後世に名を残す事にはならぬはずです」

「それでも、甲信《こうしん》の山野に潜《ひそ》む傍輩どもは快哉《かいさい》を叫ぶだろう」

善十郎がうそぶいた。

「いいえ。生き残った方々も、すでに大半は徳川家臣となっております。徳川様は、すでに皆の輿望《よぼう》を担っておいでなのです」

「三河者の犬に成り下がった者どもが落胆するなら、尚更《なおさら》のことだ」

その言葉には、徳川家臣になりたくてもなれない者の嫉妬《しっと》や羨望《せんぼう》が含まれていた。

「お二人が辞を低くして許しを請えば、必ずやご赦免も叶います。徳川様は、主家に忠節を尽くした者をことさら重用《ちょうよう》すると聞きます。今福本家でなくても、別に一家を立てることも――」

「そんな屈辱に耐えられるか！」

善十郎が言い捨てると、丹波も黙ってうなずいた。

それでも妙慧尼は、あきらめるつもりはなかった。

「お二人が念願を成就《じょうじゅ》されても、主君を討ち取られて怒り狂った三河者は、この地に押し寄せ、狼藉《ろうぜき》の限りを尽くすことでしょう。お二人は、手塩にかけて造ったこの根小屋が灰燼《かいじん》に帰しても構わぬと仰《おお》せですか」

「初音」

善十郎の射るような視線が妙慧尼に注がれた。

「だからといって、武士の一分《いちぶん》を捨てるわけにはまいらぬ」

兄が怨念の塊《かたまり》と化していることを、妙慧尼は知った。

——恨みの念とは、ここまで人を変えてしまうのか。

かつて笹笛を作ってくれた優しい兄は、もうどこにもいなかった。それでも妙慧尼は、その良心の残滓《ざんし》に訴えたかった。

「久能の町衆のためを思い、せめて、この地での襲撃をおやめ下さい」

「駄目だ。よそでは身を隠す場所がない。ここならば——」

「まさかこの寺を」

妙慧尼の顔が蒼白《そうはく》になった。海寂院は、かつて今福家の城下屋敷《じょうかやしき》の隣にあったので、丹波父子にとっても勝手が分かっており、策源地《さくげんち》として、これほど都合のよい場所はない。

「町衆も、われらの無念を分かってくれるはずだ」

丹波が己《おのれ》に言い聞かせるように呟いた。

「あまりに――、あまりにございます」

炎に包まれる久能城下を想像し、妙慧尼は泣き崩れた。

「われらはいったん山に戻り、配下の者どもを引き連れてくる。明日の夜から、この寺に潜伏《せんぷく》するつもりだ」

「寺男、水仕女《みずしめ》、釜焚《かまたき》らに三日ほど暇《ひま》を出しておけ。修行のため、しばし一人になりたいとでも申せばよい」

「何と無体《むたい》な――」

有無を言わさぬ二人の要求に、妙慧尼は、どうしていいか分からない。

「そなたが何と申そうと、われらは明日、ここに来る。もしその時、誰かおれば、容赦なく斬る」

――ひとまず使用人たちを救わねばならない。そして徳川様が来るまでに、二人を翻意《ほんい》させるのだ。

妙慧尼は、即座にそう判断した。

「使用人たちのことは分かりました。しかし彦蔵だけは、帰る家がありませぬ」

「ああ、かの者はまだおるのか」

彦蔵のことを思い出したらしく、善十郎が苦笑した。

「彦蔵とは、かつてわが館《やかた》で庭番をしていた者か」

丹波が善十郎に問うた。

「はい、籠城戦には足手まといとなるだけなので、初音に付けて、この寺に入れておきました」

「かの者なら、ここに置いても構わぬ」

丹波はそう言うと、善十郎と共に寺の中を歩き回り、潜伏場所などを決めた後、風のように去っていった。

一人残された妙慧尼は、あまりに突然のことに茫然《ぼうぜん》とするばかりである。

一睡《いっすい》もできない夜を明かした妙慧尼は、朝になると、常坐三昧行《じょうざざんまいぎょう》を行うと偽り、寺で働く人々に、しばしの暇を言い渡した。

出入りの商人から常より多く菜を買い入れ、当面の来訪を禁じた妙慧尼は、結果的には父子の命ずるままに動いていることに気づき、愕然《がくぜん》とした。

四

「初音、でかしたぞ」

　昨夜と同じように、人目を避けてやってきた父子は、潜伏の支度が調っているのを見て、会心の笑みを浮かべた。その背後から、かつての家臣たちが続々と入ってきた。皆、人変わりするほどやつれていたが、間違いなく今福家を支えてきた男たちである。

「わたくしは、こんな暴挙に加担するつもりはありませぬ」

　丹波が着座するや、早々に妙慧尼が切り出した。

「今更《いまさら》、何を申す」

「今宵《こよい》だけは、皆様方に一宿一飯《いっしゅくいっぱん》を供させていただきますが、明日には立ち退《の》いていただきます」

「妙慧尼殿、つれないことを申されるな」

　善十郎が茶化すように言った。かつては真面目だけが取り柄で、戯《ざ》れ言《ごと》の一つも言えなかった兄の豹変《ひょうへん》ぶりが、妙慧尼には悲しかった。

——私怨を抱いて厳しい日々を送るということは、こうまで人の心を荒《すさ》ませるのか。こうまで人を変えてしまうのか。

妙慧尼は、それでも兄の良心に訴えたかった。

「私怨を晴らすだけの無益な変を起こし、久能の根小屋を悲惨な目に遭《あ》わせることで、どれだけ民が困窮《こんきゅう》するか。それこそ、最後まで武田家に忠節を尽くした今福家の武名を、地に落とすことではありませぬか」

それを聞いた善十郎が唇を震わせた。

「この根小屋は、われら一族が心血を注いで造ったものだ。それをどうしようが、われらの勝手ではないか」

「何を申されます。この根小屋は、すでに民のものなのです。それを窮地に陥《おとしい》れることは、たとえ今福の者であっても、許されることではありませぬ」

「初音」

黙って二人のやり取りを聞いていた丹波が口を開いた。

「そなたの申すことは尤もだ。しかし、われらにも通さねばならぬ意地がある」

「父上、それは違います」

「黙れ！」

善十郎が妙慧尼を制した。

「事の成否《せいひ》を問わず、われらがここを隠れ家として使ったことは、後に徳川家の監察が調べれば、すぐに分かることだ。われらがこの地に踏み入った時、この寺はもとより、根小屋の命運も定まったのだ」

確かに善十郎の言う通りである。

「今福の血が流れるわが身は、たとえ磔《はりつけ》にされようと、この根小屋だけは守りたい。それだけが、わたくしの唯一の願いです」

あまりのことに、妙慧尼はその場に泣き崩れた。

「そなたの民を思う気持ちは分かった」

しばしの沈黙の後、かつてのように穏やかな口調で丹波が言った。

「しかし、ここで一矢《いっし》報《むく》いねば、無念の思いを抱きながら死んでいった御屋形様や武田家の傍輩どもに、あの世で合わせる顔がない。初音、許してくれ」

丹波が悄然《しょうぜん》と首を垂れた。善十郎も唇を嚙《か》んで黙している。

――辛い日々を、お過ごしになられたのですね。

今福家の血が流れる者として、妙慧尼にも、彼らの気持ちが分からぬでもない。

妙慧尼の心は揺れた。できれば、この場から消えてなくなりたいとさえ思った。

すでに父子にも言葉はなく、沈黙は、夜の帳《とばり》のように重く垂れ込めた。

——この世にない武田家のために、父上たちは忠義を尽くそうとしている。それがどれだけ尊いことか、妙慧尼にも分かる。

——しょせん、わたくしは武家の娘。お許し下さい。

妙慧尼は心中、仏と城下の民に詫《わ》びた。

「分かりました」

しばらくして、妙慧尼が重い口を開いた。

「分かってくれたか」

丹波のやつれた頰には、一筋の涙の跡が見える。

「その代わり——」

妙慧尼がきっぱりと言った。

「やるからには、仕損じるわけにはまいりませぬ。うまくすれば徳川家は混乱し、久能の町衆への詮議《せんぎ》や仕置などそっちのけで、他国からの侵入を防ぐために大わらわとなりましょう」

「うむ、そうなるはずだ」

「そのためにも、徳川様を手ぬかりなく討ち取る策を講じねばなりませぬ」

「尤もだ」

「北条家と同盟が成り、周囲に敵のいなくなった徳川様ご一行の心には、必ずや隙があります。太刀や槍《やり》には、袋が掛けられ、すぐには出せぬはず。しかも、連れているのは少ない供回りだけ」

「うむ」

先を促すかのように二人が身を乗り出した。

「こちらの頭数も、にわかに摑《つか》めぬとあらば、徳川様の輿《こし》を久能街道にとどめ、供回りだけで防ごうとするとは思えませぬ」

「うむ。襲撃を凌《しの》ぎつつ、家康の乗る輿を、どこか攻撃を凌げるところに移し、東海道まで使者を走らせ、後詰《ごづめ》を待とうとするだろう」

「それゆえ――」

妙慧尼は、滝壺《たきつぼ》に飛び込むような気持ちで言った。

「徳川様を、この寺に追い込み下さい」

父子は驚いたように顔を見合わせると、次の瞬間、膝を打った。

「そうか、その手があったな」

「寺の前で家康を襲撃し、寺の中に追い込む。そして供回りを外に残し、われらだけが寺に入ったところで、門を閉めるということか」

「この寺ならば四囲に築地塀《ついじべい》をめぐらしてありますので、敵の後詰が寄せてくるまで、時が稼げます。逃げ回る徳川様のお命をいただくには、十分な暇《いとま》があるでしょう」

すでに迷いを断ち切ったかのような面持ちで、妙慧尼が言った。

「父上、これは妙案ですぞ」

「そうだな。この策なら、われらが寡勢《かぜい》でも、間違いなく家康を討ち取れる」

二人は手を取らんばかりに喜んだ。

その傍らで、妙慧尼だけが放心したように宙を見つめていた。

五

にわかに降り出した夕立が、開花を促すかのように椿の蕾を強く叩《たた》いた。季節外れの雷鳴も、水平線の彼方《かなた》から近づいてきている。

白刃《はくじん》を振り下ろしたような閃光《せんこう》が空に走ると、千の大筒《おおづつ》を同時に放ったかと思われるほどの轟音《ごうおん》が、それに続いた。

夕刻から降り出した雨は、夜半には、天の底が抜けたかと思われるほどの土砂降《どしゃぶ》りになった。

そうした中、根小屋の様子を探りに行った町人姿の善十郎が、股立《ももだち》を取って戻ってきた。

妙慧尼の給仕で夕餉《ゆうげ》を取っていた丹波が箸《はし》を擱《お》くと、すかさず立ち上がった妙慧尼は、善十郎の濡れた肩を手巾でぬぐった。

「父上、根小屋に変わった様子はありませぬ」

「そうか」

白湯《さゆ》を喫した丹波が安堵《あんど》のため息をついたその時、障子を隔てて稲妻が光り、やや遅れて雷鳴が轟《とどろ》いた。

「心配要らぬ。かなり沖だ」

丹波の言葉に安堵したかのように、善十郎が先を続けた。

「すでに徳川家の先触《さきぶ》れも久能城下に入りました。家康が久能街道をやってくるのは、そう遠い先ではありますまい。寺の庫裏《くり》に隠れる配下の者どもにも、刀身《とうしん》や穂《ほ》先《さき》を磨いておくよう命じました」

先触れとは大身の将の行く先々に先行し、一行の宿や食事の手配をすると同時に、怪しい者が潜伏していないかを事前に調べる役のことをいう。平時でも用心深い家康は、必ず己の行く先々に先触れを走らせ、安危《あんき》を確かめてから移動していた。

「その先触れですが――」

善十郎の口端がわずかに緩んだ。

「一人は市左衛門のようです」

「それは真《まこと》か」

丹波の顔色が変わった。

「町年寄の屋敷に、今福家の旗が揚がっておりました」

「そうか」

丹波の顔に不敵な笑みが広がる。

「彼奴《きやつ》めは、腰巾着《こしぎんちゃく》のように家康の輿脇に張り付くことでしょう」

「これで家康もろとも、あのたわけも討ち取れるというわけか」

「いかにも」

二人が忍び笑いを漏らした時、再び稲妻が光った。思わず障子に顔を向けた三人の目に、何者かの動く影が映った。

「何奴！」

身を翻した善十郎が障子を開け放つと、庭先で一人の男が震えていた。

「彦蔵か」

広縁から庭先に飛び下りた善十郎により、あっという間に彦蔵は背後から締め上げられた。

彦蔵の目は驚きと恐怖で白黒している。

「父上、斬りますか」

「うむ」

それを聞いた妙慧尼は、僧衣が濡れるのも構わず庭先に走り出た。

「おやめ下さい！」

「庭に潜んでおったのだ。やむをえまい」

片腕で彦蔵を羽交《はが》い絞《じ》めにしたまま、善十郎が、もう一方の手で背に差した鎧《よろい》通《どお》しを抜いた。

「あぐぐう」

言葉にならない声を搾《しぼ》り出し、懸命に許しを請う彦蔵の視線の先には、風除《よ》け用の幔幕《まんまく》が畳まれたまま転がっている。大風で寒椿の蕾が落ちるのを危惧《きぐ》した彦蔵が、庭園に幔幕を張りめぐらせようとしていたのだ。

それに気づいた妙慧尼は、懸命に善十郎の腕にすがった。

「彦蔵には寒椿の世話を任せています。それゆえ大風を案じ、風除けを張ろうとしていたのです」

真綿《まわた》のような二の腕をあらわにし、妙慧尼は、懸命に善十郎の筋張った腕に取り付いた。

「放せ、初音」

「兄上、彦蔵は何も分からず、耳も聞こえぬではありませぬか」

「万が一ということもある」

丹波も広縁まで出てきた。

「お待ち下さい。彦蔵は、かつて今福家のお庭番だった者。その頃から数えれば、すでに十年余の歳月を、われらと共に過ごしてまいりました。その間、われらや家人を欺《あざむ》き通すことができましょうか」

死に物狂いで善十郎の腕を引き剝《は》がした妙慧尼は、うずくまる彦蔵に覆《おお》いかぶさった。

「そこをどけ」

「どきませぬ」

「どけと言うのが分からぬか！」

「兄上、彦蔵を斬るなら、わたくしもろともお斬り下さい」

妙慧尼の肩に手を掛けた善十郎は、二人の体を無理に離そうとした。

「待て」

その時、背後で丹波の声がした。

振り向くと、革足袋《かわたび》のまま庭先に飛び下りた丹波は、妙慧尼を押しのけると、彦蔵の両肩を押さえ、その瞳を射るように見つめた。

一瞬、すべての動きが止まる。

その沈黙を破るかのように白い閃光が走ると、間を置かず、天地が覆《くつがえ》るかと思われるほどの雷鳴が轟いた。

妙慧尼と善十郎は、思わず音のした方角に顔を向けた。

「もうよい」

「えっ」

「彦蔵を斬らずともよい」

「父上、なぜに――」

「今の雷鳴にも、彦蔵は微動《びどう》だにしなかった」

それだけ言うと、丹波は室内に戻っていった。

土砂降りの中、庭に取り残された三人は、茫然とその背を見つめていた。

六

「相府《そうふ》小田原は、京に匹敵するほど賑《にぎ》やかな町でございました」

「そうですか」

音をたてて白湯を喫した宗範が、何かを思い出したかのように懐に手を入れた。

「そうそう、庵主様に土産《みやげ》を買《こ》うてまいりましたぞ」

宗範の懐から小さな包みが出てきた。

「庵主様への土産を何にするか、さんざん迷いましたが、たとえ僧籍に身を置くとはいえ、庵主様ほどのうら若き乙女《おとめ》であれば、身だしなみの大切さは以前と変わらぬと思い、これを選んでまいりました」

「これは――、手鏡ではありませぬか。これほどのものをいただくわけにはまいりませぬ」

包みの中から現れた手鏡は、燕子花《かきつばた》や沢瀉《おもだか》の文様をあしらった金高蒔絵《きんたかまきえ》に、螺鈿《らでん》と錫《すず》の切金《きりかね》で細工された、一目で高価と分かる品である。

「受け取ってはいただけませぬか」

「はい。今のわたくしには無用のものでございます」

「それは残念ですな」

さもがっかりしたように肩を落とした宗範だったが、思い直したように言った。

「それでは、いったんお収めいただいた手鏡を、それがしが買い取ったということにできませぬか」

宗範が、懐からいくつかの甲州金を取り出した。

「申し訳ありませぬ」

寺への寄進として、妙慧尼はそれを受け取った。

「それにしても、これだけの逸品《いっぴん》、ぜひ庵主様にお使いいただきたかったのですが」

いかにも残念そうに、宗範は様々な角度から手鏡を眺め回した。

「お気持ちだけで十分です」

「それならば、致し方ありませぬな」

手鏡を懐に戻した宗範が、ふと思い出したように言った。

「そういえば、町年寄の館に、今福家の旗が揚がっておりました」

「市左衛門様ですね」

「はい。どうやら先触れを承ったようです。しかし、よくご存じで」

「ここにいれば、雑説は嫌でも聞こえてきます」

思わず視線を外した妙慧尼に、宗範がとぼけたように問うた。

「庵主様は、市左衛門様の顚末《てんまつ》を聞いておられますか」

「いえ、詳しいことまでは――」

「不思議な御仁《ごじん》でございましてな。雑説では、ふらりと徳川陣に現れて許しを請うたまでは分かるのですが、しきりに、お父上と兄上が生きておると訴えたそうで」

「えっ」

驚きのあまり、妙慧尼の口から思わず声が漏れた。

「庵主様は何かご存じで」

「いえ――」

「そうでございましょう。市左衛門様の申した山中をくまなく探しても、猪《いのしし》一匹出てこなかったとのこと。むろん、探索はすぐに打ち切られました。よしんば、お二人が生きておられたとしても、もう何ができるということもありますまいが」

ひとしきり寂しく笑った後、宗範の顔が引き締まった。

「どうやら徳川様は、明日の昼頃、こちらをお通りとのこと」

「明日でございますか」

「はい。徳川様はこの根小屋を通過するだけなのですが、市左衛門様は、いたく気を遣われておいででした」

「そうですか」

「庵主様、何やら落ち着かぬご様子ですが、お話しになりたいことでもおありか。この宗範でよろしければ、何なりとおうかがいいたします」

心中を見抜かれたと思った妙慧尼は、息が止まりそうになった。

「いえ、とくに何も」

「そうですか。それでは、ご気分でもすぐれぬのですか。それならば、小田原で透《とう》頂香《ちんこう》という効験《こうけん》あらたかな薬を仕入れてまいりましたので——」

「いえ、ご心配には及びませぬ」

「はて、いかにも、お顔色は悪くなさそうですな」

膝をにじって近づいた宗範が、妙慧尼の顔をのぞき込んだ。

——この場を何とか凌がねば。

妙慧尼は咄嗟《とっさ》に庭に顔を向けた。

「今年の夏は暑うございましたので、寒椿がうまく咲くかどうか、そのことを案じておりました」

その言葉を聞いた宗範は一瞬、落胆したような顔をした後、気を取り直したように笑った。

「そういえば、庵主様のお好きな寒椿が、いよいよ咲き始める季節となりましたな」

広縁に歩み出た宗範は、蕾がほころび始めた寒椿の庭を眺めた。

「この葉の色を見る限り、ご心配は無用かと」

庭園には、寒椿に水をやっている最中の彦蔵がいた。

「彦蔵、息災のようだな」

「うう」

彦蔵が、いかにもうれしそうに寒椿の蕾を指差した。

「今年の花は、いい色になりそうだ」

わずかに紅色の花弁が顔を出している蕾を手折《たお》った彦蔵は、広縁まで走り寄り、宗範に手渡した。

「庵主様、今年の花には、見事な紅色が浮き出しておりますぞ」

「そのようですね」

宗範から蕾を渡された妙慧尼は、引きつった笑みを浮かべた。

「紅花か」

寒椿の庭園を再び見渡した宗範が、ぽつりと呟いた。


「ようやく行ったか」

宗範を門前まで見送った後、会所に戻ると、次の間から善十郎が顔を出した。その手には、鎧通しが握られたままである。

「危ういところであった」

「はい」

無事に宗範を送り出した安堵感から、妙慧尼は、その場にくずおれそうなほどだった。

実は、彦蔵から宗範の来訪を聞いた妙慧尼は、修行中を理由に対面を断ろうとしたが、「すぐに引き取ります」という宗範の言葉に根負けし、会所に通すことにした。

それを聞いた丹波父子は驚き、不穏《ふおん》な動きをすれば即座に宗範を殺すべく、次の間に控えていたのだ。

「商人と思って侮《あなど》っておったが、宗範め、何かの気配を察したらしく、手鏡を弄《もてあそ》びつつ周囲をうかがっておったわ」

鎧通しを鞘《さや》に収めた善十郎が憎々しげに吐き捨てると、次の間から丹波も現れた。

「宗範は商人にすぎぬ。気のせいであろう。それよりも家康めが、明日の昼頃、ここを通ると分かったことが大きい」

「さすれば、先触れの検分は明日の朝となりますな」

「うむ、そうなるであろう。検分があれば、今の宗範の話は裏付けられる」

丹波の顔が引き締まった。

「うまく検分の目をごまかさねばなりませぬな」

「いや、それは無理だ。われらも配下も、ここに隠れておるわけにはまいらぬ」

「それでは検分の前に、皆、根小屋に散るのですね」

「うむ。もう装束はそろっておるな」

「はい」

どうやら二人は、検分のある前に町人などに扮《ふん》して寺を出るつもりらしい。

「宿願の成就は眼前に迫っておる。慎重には慎重を期そう」

「いよいよ、われらの手で主家の恨《うら》みを晴らすのですな」

丹波の瞳は、もはや常人《じょうじん》のものではなかった。善十郎の瞳にも、一向宗徒《いっこうしゅうと》と変わらぬ狂信者の炎が宿っている。

二人が遠いところに行ってしまったことを、この時、妙慧尼は実感した。

七

一番鶏《いちばんどり》の高らかな声が朝の到来を告げた。

十名余の男たちは、勧進聖《かんじんひじり》、傀儡師《くぐつし》、鋳物師《いもじ》など、様々な旅人の姿に扮し、夜も明けやらぬうちから、三々五々、寺の裏木戸を出ていった。

家康の輿を寺に引き入れるのであれば、寺内にも待ち伏せ用の人数を残しておきたいところだが、先触れの検分があるため、それは断念せざるを得ない。

配下が出て行く度に、丹波は手を取り、「冥府で会おう」と言って別れを惜しんだ。その姿には、かつての父の優しさが表れていた。

薄明《はくめい》の中、虚無僧《こむそう》に扮した善十郎が、いよいよ寺を出ることになった。

「善十郎、おそらくこれが、今生《こんじょう》で口を利く最後となる」

「父上、長きにわたり、お世話になりました」

「わしは、そなたを誇りに思っている」

「ありがたきお言葉」

涙を隠すように、そそくさと深編笠《ふかあみがさ》をかぶり、善十郎が背を向けた。

「兄上、お世話になりました」

妙慧尼の声に善十郎が振り返った。深編笠の中で光るその瞳は、昔と同じ優しさに溢《あふ》れていた。

「初音、すまなかった」

「もういいのです」

「そなただけは巻き込みたくなかったのだが、これしか手がなかったのだ」

「いいえ、これも今福家の者の運命《さだめ》なのです」

「そう思うてくれるか」

未練を断ち切るように踵《きびす》を返した善十郎は、朝靄《あさもや》の中に消えていった。

──兄上、さようなら。

丹波と共に善十郎を裏木戸まで見送った妙慧尼は、心の中で呟いた。

「さて、いよいよわしの番だ」

一昨日の雨により開花を始めた寒椿を眺めつつ、妙慧尼と昔語りをしていた丹波が、おもむろに言った。

すでに空は白んできており、小半刻《こはんとき》（三十分）もすれば朝日が顔を出すはずである。

「寺内に人を隠せぬことだけが心残りだ。そなたと彦蔵だけが頼りだ」

「分かっております」

「くれぐれもぬかるなよ」

「はい」

茶人頭巾をかぶり、鳶茶色《とびちゃいろ》の胴服《どうふく》を着た丹波は、商家の隠居以外の何者にも見えない。

「父上、長きにわたり、お世話になりました」

「こちらこそ世話になった」

去り行く父の後ろ姿に、妙慧尼は深々と頭を下げた。

寺内には、妙慧尼と彦蔵だけが残された。

皆が去った後、妙慧尼は、手まねや身振りを交えて彦蔵に段取りを教えた。

手際よく門を閉めるには、彦蔵の合力《ごうりき》が、どうしても必要だからである。

「わたくしの合図で、すぐに門を閉めるのです。その前でも後でもいけません。必ず合図に従うのです」

「あうう」

初めは驚いたような顔をしていた彦蔵だったが、最後にはすべてを理解し、幾度もうなずいた。

辰《たつ》の下刻《げこく》（午前八時半頃）、町年寄がやってきて、先触れの検分があることを触れて回った。

妙慧尼は彦蔵と共に寺の門前に控え、検分を待った。

巳《み》の下刻（午前十時半頃）、傲然《ごうぜん》と肩をそびやかした肉付きのいい中年の武士と、鶴のように痩せた初老の武士が、十名ほどの従者を引き連れ、寺の門前に立った。

妙慧尼は腰をかがめ、伏し目がちに足元だけを見ていた。武士の足袋は朝の光に照らされ、まばゆいほど輝いていた。その白さが、妙慧尼には憎かった。それは父と兄の困窮した姿とは、あまりにかけ離れていたからである。

「久方ぶりだな」

声の主が誰か分かっている妙慧尼は、決して顔を上げない。

「そなたのように美しい女子を寺に入れるなど、全くもってもったいない。兄上は何を考えておられたのか」

「もう何も仰《おお》せにならないで下さい」

蚊《か》の鳴くような声で妙慧尼が言った時、白い足袋が消え、袴《はかま》が眼前に下りてきた。市左衛門がしゃがんだのだ。

市左衛門の赤く濁った瞳が、下方から妙慧尼を見つめていた。

嫌悪感から本能的に身を引こうとしたが、背後は築地塀である。身の置き所がなくなった妙慧尼は、顔をそむけるしかなかった。

その様子を楽しむかのごとく、笑みを浮かべて立ち上がった市左衛門は、妙慧尼の顎《あご》に手を掛けると、無理やり顔を上げさせた。

「あっ、何を――」

「初音殿の女の花が咲くのは、これからだ。わが側女《そばめ》となり、見事な花を咲かせてみせぬか」

あまりの不快感に、その場から逃げ出そうとした妙慧尼の肩を、市左衛門の毛深い腕が摑んだ。

「後で陣屋に顔を出してもらおう」

「嫌です」

妙慧尼はきっぱり拒絶したが、それであきらめる市左衛門ではない。

「それでは、ここにおる彦蔵のことを徳川家の監察に告げ、吟味《ぎんみ》してもらうぞ。この者は、かつて今福家に仕えていたな。そんな者がここにおったら、この寺も、ただでは済まぬはずだ」

「何ということを」

唇を嚙む妙慧尼を尻目に、市左衛門は勝ち誇ったような笑みを浮かべた。

「それゆえ、な――」

市左衛門の脂《あぶら》ぎった顔が近づいてきた。その口臭にめまいがしそうになった時、傍らにいた彦蔵が間に入り、市左衛門の足元で叩頭《こうとう》した。

「此奴《こやつ》!」

思わず飛び下がった市左衛門が彦蔵を足蹴《あしげ》にすると、それを見た従者たちも、ここぞとばかりに彦蔵を袋叩きにした。

「今福殿もうよい。検分を始めよう」

市左衛門の相役《あいやく》らしき初老の武士が、不快感をあらわにしつつ促した。

最後に彦蔵の顔を蹴り上げた市左衛門は、悪態をつきながら寺に入っていった。

「ああ、彦蔵」

鼻から血を流す彦蔵を抱き起こしつつ、妙慧尼はすすり泣いた。しかし彦蔵は、「もったいない」と言いたいかのごとく、その手を振り解《ほど》き、血の付いた顔を地面にすり付けた。

一方、寺に入った従者たちは、打ち合わせを済ませると、たちまち四方に散っていった。市左衛門と相役の武士は庭石に腰を下ろし、その様子を眺めている。

その横柄《おうへい》な姿に嫌悪感を催しつつも、妙慧尼は、おずおずと声をかけた。

「市左衛門様」

「何だ。わが側女になる決心がついたか」

よく伸びた鼻毛を抜きつつ、市左衛門が下卑《げび》た笑みを浮かべた。

「いいえ。これは何ゆえの検分なのか、お尋ねしたかったのです」

それを知っていながら、妙慧尼はあえて問うてみた。

「知らぬな。わしは、お上の命に従って動いておる」

市左衛門の顔に、わずかながらも動揺の色が差した。相役の武士も、とぼけたようによそを向いている。

──間違いない。

その様子から妙慧尼は、家康本人が間もなくここを通ると確信した。もしそれが囮《おとり》の影武者であれば、先触れは堂々と告げるはずだからである。

その時、四方に散っていた従者たちが三々五々、戻ってきた。

「どうであった」

市左衛門が問うと、従者たちは一様に首を横に振った。

「誰もおらぬようだな。尤も、兄上や善十郎が尼僧にでも化けて、こんなところに隠れておったら可笑《おか》しいのだがな」

市左衛門が、寺の外にも聞こえるほどの笑い声を上げた。

「今福殿、行きましょう」

相役の武士が、初め来た時と同じ渋い顔のまま立ち上がった。

「こんな寺に、もう用はないわ」

その太り肉《じし》の腰を、よいしょとばかりに上げた市左衛門は、そそくさと出て行こうとした。しかし、数歩行ったところで足を取られて滑りかかった。

すかさず市左衛門の体を支えた相役の武士に、市左衛門が言い訳した。

「すみませぬ。山におる時に脚気《かっけ》を患《わずら》いましてな。どうにも膝が言うことを聞きませぬ」

「それはお気の毒」

関心なさそうに応じる武士に幾度も頭を下げつつ、妙慧尼の方を振り向いた市左衛門が悪態をついた。

「この貧乏寺め、小石も布《し》けぬか。袴の裾《すそ》に泥が付いてしもうたわい」

「申し訳ございませぬ」

妙慧尼が身を縮めて謝った。

「気にするな。それより、後ほどな」

意味ありげな笑みを残し、市左衛門は、足を引きずりながら陣屋の方に去っていった。

八

湖面のように海は凪《な》いでいた。

日は中天に達しているはずだが、その姿は見えず、沖の雲間から差す光だけが海面を照らしている。

妙慧尼には、それが仏の後背《こうはい》から差す無量光《むりようこう》のように思えた。

――これほど穏やかな日に。

半刻（一時間）後には起こるであろう惨劇《さんげき》を想像し、妙慧尼は慄然《りつぜん》とした。

久能城下にも、徐々に緊張が漲《みなぎ》り始めていた。町年寄の指示により、家人手代《てだい》総出で軒先《のきさき》に並ばされた町衆たちは、皆、何が通るのかと不審な顔をしつつ、そろって北方を眺めていた。私語も禁じられているらしく、かすかな潮騒《しおさい》と軒端《のきば》に揺れる鉄風鈴《てつぷうりん》の音だけが、寂しげに聞こえている。

その中を行列が進んできた。

美々しく着飾った家康の供回りは、どの顔も居丈高《いたけだか》なほどの自信に溢れていた。

彦蔵と共に門前で畏《かしこ》まりつつ、妙慧尼が周囲の様子をうかがうと、視線の端に虚無僧姿の善十郎が捉《とら》えられた。善十郎は、海寂院の並びにある海産物を商う店棚の前に立っている。

――父上はどこに。

通りを挟んだ向かいを見回すと、路地からゆっくりと丹波が現れた。茶人頭巾を目深《まぶか》にかぶり、路上の土埃《つちぼこり》を嫌がるかのごとく手巾を口に当てた丹波は、眠そうな目で北の方角を眺めていた。勧進聖や旅商人に扮した家臣たちの姿も、そこかしこに見える。

やがて、数騎の騎馬武者に先導された行列が見えてきた。家康が乗っているはずの豪奢な輿の脇には、市左衛門が張り付いている。

妙慧尼の心に、生まれて初めて憎悪の感情が芽生えた。

――わが心に、これほど人を憎む情があるとは。

心中、妙慧尼が嘆いた時である。虚無僧姿の善十郎が尺八《しやくはち》を吹き始めた。それをいぶかしんだ者たちが善十郎の方に顔を向けたが、行列は歩度《ほど》を緩めず、海寂院のすぐ手前にある四辻《よつつじ》に差し掛かろうとしていた。

その時、人垣をかき分けるようにして、脇道から数頭の牛が飛び出してきた。

「おい！」

先頭を行く中間《ちゆうげん》が牛の鼻輪を押さえると同時に、すぐ後ろを行く騎馬武者が馬の手綱《たづな》を引いた。

行列が止まった。

雲間から差す日が、やけに眩しく感じられると、妙慧尼の目に、高く舞う深編笠が捉えられた。

深編笠に遮《さえぎ》られ、一瞬、日が陰《かげ》った次の瞬間、裂帛《れつぱく》の気合が街道に満ちた。

幾人かが人垣を破って行列に突っ込むと、斬り合いが始まった。周囲は騒然とし、逃げ惑う町人たちの絶叫と悲鳴が交錯する。

「何事だ！」

市左衛門の叫びも聞こえた。

すでに街道には、斬り結ぶ武者たちと逃げ惑う町人たちの地獄絵図が展開されている。

しかし案に相違し、襲撃を予想していたかのごとく、家康の供回りは、すぐに応戦態勢を取り、襲撃者たちを囲んでいる。四方から斬りつけられた襲撃者たちは、輿に近づくどころではなく、戸惑ったかのように刀を振り回していた。

「無念！」

断末魔《だんまつま》の絶叫を残し、たちまち数人が討ち取られた。商家の隠居に扮した父も、虚無僧姿の兄も、土煙の中を乱舞するかのごとく複数の敵と刃を合わせているが、劣勢は否《いな》めない。

やがて、数人の武士に四囲を守られ、輿が突進してきた。輿脇の市左衛門がこちらを指差し、何か喚《わめ》いているのが見える。その時、茫然とこの光景を見つめる妙慧尼の袖を彦蔵が引いた。

二人が門の内に隠れると、家康を乗せた輿が怒濤のように押し入ってきた。

寺に入った輿は、参道沿いの椿の中に身を隠した妙慧尼の眼前を凄《すさ》まじい勢いで通り過ぎていった。妙慧尼には、この光景が現《うつつ》のものとは思えない。

――父上と兄上はどこに！

身を乗り出し、外をうかがった妙慧尼の目に、こちらに走り寄る二人の姿が見えた。

その背後から、家康の供回りが追いすがってくる。

次の瞬間、片方の門扉《もんぴ》が動いた。二人が、まだ門内に入っていないにもかかわらず、なぜか扉が閉じられていく。

怒りに顔を歪《ゆが》めた丹波が、こちらに手を差し伸べる姿が見えた。

善十郎も何事か叫びながら走ってくる。

妙慧尼が二人に駆け寄ろうとした瞬間、無情にも、もう一方の扉が閉じられ、閂《かんぬき》が下ろされた。

父子の姿が妙慧尼の視界から消えた。

門外では、激しく体がぶつかる音と門扉を叩く音がしばらく続いた。

「開けろ！」という声とともに、人骨を断つ音と断末魔の絶叫が聞こえると、やがて静寂が訪れた。

あっという間のことでもあり、妙慧尼は、その場から一歩も動けなかった。

その時、ようやく門を閉じた者が振り返った。

言うまでもなく彦蔵である。

何事もなかったかのように、彦蔵がゆっくりと近づいてきた。その歩き方は、常のものとは異なり、腕の立つ武者のごとく落ち着き払っている。

「お怪我《けが》はありませぬか」

聞き違いではなかった。彦蔵がはっきりと口を利いた。それは戦場錆《さび》の利いた低い声音《こわね》である。

彦蔵を見つめたまま、妙慧尼は声も出ない。

その時、庭の方から悲鳴が聞こえた。彦蔵から数歩あとずさった妙慧尼は、踵を返すと、寒椿の咲き乱れる庭園に向かった。

中門をくぐり庭園に着くと、血だまりの中に一人の男が横たわっていた。

市左衛門だった。

驚く妙慧尼が次に見たのは、血刀を提げた宗範の姿である。

「てこずらせおって」

宗範が血刀を放ると、それを拾った輿備えの武士が、市左衛門の着物で刀身をぬぐい、宗範に返した。

宗範はもとより、輿備えの武士や輿丁《よてい》の身ごなしには一分の隙もない。

その場に凍りついたかのように立ち尽くす妙慧尼の姿に、宗範がようやく気づいた。

「庵主様」

「どうしてここに――」

「いけませぬな」と言いつつ、宗範が苦い笑みを浮かべた。

「庵主様は、お父上を手引きしましたな」

太刀を日にかざし、刃こぼれを確かめた宗範は、慣れた手つきでそれを鞘に収めると言った。

「わしの実名《じつみよう》は本多八蔵秀玄《ほんだはちぞうひではる》。徳川家において雑説収集や離間策を担うておりまする。そして姫様の背後におるのが、わが家臣の成富喜助《なるとみきすけ》。武田家健在の頃より、われらは間者《かんじや》として今福家に潜《もぐ》り込んでおりました」

振り向くと背後に彦蔵がいた。

「姫様、長きにわたり、ご無礼仕《つかまつ》りました」

「彦蔵、まさかそなたは――」

「はい、耳が聞こえぬふりをしておりました」

「何と」

妙慧尼は二の句が継げない。

「この十年で、唯一、危なかったのが一昨夜でした。まさか、雷に照らされて見つかるとは思いませなんだ。しかし、あの折の雷鳴を堪《こら》えたことで、何とかこの首がつながりました」

彦蔵は、以前を思い出せぬほど精悍《せいかん》な面持ちになっていた。

「それがしは、かつて船手衆《ふなてしゅう》でありましたゆえ、雷鳴など、いっこうに気にならなかったのです」

すべてを覚《さと》ったがごとく、妙慧尼が虚ろな視線を宗範に向けた。

「宗範殿、いいえ、本多様が、この輿にお乗りになられていたのですね」

「はい、主にもしものことがあっては困りますからな。今頃、主はのんきに東海道を西に向かっておりましょう」

その言葉に、彦蔵たちがどっと沸《わ》いた。

「ということは、市左衛門様は――」

「この者は、徳川家に忠節を尽くすと申しながら、裏で丹波父子と通じておったのです。その雑説を摑んだわれらは、あえてこの者に久能宿の先触れを命じ、丹波父子をおびき出したわけです。おかげで、長らく居所の分からなかった丹波父子を殺すことができました。これで気の小さいわが主も、枕を高くして眠れます」

彦蔵たちが再び沸いた。

あまりのことに、妙慧尼はその場に膝をついた。

「おそらく丹波父子は、念には念を入れて、市左衛門のことを庵主様にも伏せておいたはず」

妙慧尼がかすかにうなずいた。

「丹波殿は、娘の庵主様さえ疑っておった。万が一、庵主様が裏切った折に備えていたのです。丹波殿は実に周到でした」

「すべては、お見通しだったのですね」

「はい、丹波父子が寺に入らぬうちに門が閉まったことを知った市左衛門は、慌てふためき、輿窓越しに、それがしを突き殺そうとしました。しかし、それを察したそれがしは、すんでのところで輿を転げ出《い》で、配下の者どもと力を合わせて市左衛門を討ち取りました。いやはや、市左衛門が足を引きずっておったから討ち取れたものの、冷や汗が出ました。丹波殿は、一族で最も腕の立つ市左衛門を最後の切留《きりどめ》（切り札）として送り込んでいたのです」

宗範が手巾を出して汗をぬぐった。その仕草は、以前に見せた老人を思わせるものとは異なり、修練を積んだ武士にしかできない無駄のないものだった。

「われらが唯一困ったのは、今福父子が寺に潜伏してしまった後では、彦蔵、いや喜助との連絡手段がないことでした。それゆえ、この寺に紅白の寒椿が咲くと聞き、それを合図とさせていただきました。言葉を話せぬはずの喜助と符牒《ふちょう》（合言葉）を交わすこともできませぬからな」

妙慧尼は、かつて彦蔵が宗範に示した寒椿の蕾が、見事な紅色をしていたことを思い出した。

「紅色は、父上たちが潜伏しているという意だったのですね」

「いかにも」

佩刀《はいとう》を腰に差した宗範は、「やはり、これがないと寂しいものだな」と言いつつ、帰り支度を始めた。

「本多様、この寺とわたくしはどうなるのでしょう」

「庵主様、いえ姫様」

宗範が、やれやれといった顔をした。

「それがしも、幼い頃からかわいがってきた姫様に情が移り、主に叱責《しっせき》されることを覚悟の上で、唯一の逃げ道を用意しました」

それは、かつて宗範が申し出た還俗と縁談のことを指しているに違いない。

「しかし、姫様はそれをお断りなされた。それからは父上を裏切れるかどうかが、姫様を生かすか殺すかの切所《せっしょ》でした。しかし姫様も、肉親の情には勝てませなんだな」

何かを振り切るように宗範が断じた。

「民のためと申しながら、しょせん武家の女は、武家の女ということです」

「それでは、この根小屋と町衆はどうなるのですか」

「根小屋と町衆には何の罪咎《つみとが》もありませぬゆえ、ご心配には及びませぬ」

それを聞いた妙慧尼は、大きなため息をついた。

――よかった。

虚ろな目を椿の咲く庭園に向けた妙慧尼は、次の瞬間、全身を強張《こわば》らせると、その場に突っ伏した。その口からは、おびただしい血が流れていた。

すかさず駆け寄った彦蔵が妙慧尼を抱え起こしたが、妙慧尼は、すでに舌を嚙み切っており、手の施しようもない。

その場にしゃがみ、妙慧尼の死を確認した宗範は、手を合わせ、しばし経を唱えた後、彦蔵に向き直った。

「喜助、苦労をかけた。長きにわたり、さぞ大変だったろうな」

「いえ」

片膝立ちで妙慧尼を抱いた彦蔵の腕は、妙慧尼の流した血で真紅に染まっていた。

「まさか、そなた――」

宗範が咎めるような視線を彦蔵に向けた。

「惚《ほ》れていたのか」

「いいえ」

彦蔵は、膝に載せていた妙慧尼の遺骸を無造作に横たえた。

「耳が聞こえず、口も利けぬことを装うのは、熟練の草《くさ》（忍《しの》び）にとって、大したことではありませぬ。しかし、これほどの女子の傍らにおりながら、手も触れられぬ日々がいかに辛いか、本多様には分かりますまい」

「そうか。それは辛かったの」

宗範が茶化したが、彦蔵は、さも名残《なごり》惜しげに妙慧尼の遺骸を見下ろしている。

その様子を眺めつつ、しばし物思いにふけっていた宗範だったが、顔を引き締めると、冷たい声音で言った。

「喜助、これからも仕事は続く。そなたのためにも、何一つ残さぬよう、この寺を焼いておけ」

「何一つ残さず――、でございますか」

「ああ、何一つだ」

――わしのためにもな。

続く言葉をのみ込んだ宗範は、参道に咲く紅色の寒椿を手折《たお》り、しばしの間、見つめていた。しかし次の瞬間、それを無造作に捨てると、今様《いまよう》を口ずさみながら、ゆっくりと寺を後にした。

穏やかな海風が駿河湾から吹き寄せる、常と変わらぬ冬の日の午後だった。

江雪《こうせつ》左文字《さもんじ》

天文《てんぶん》十五年（一五四六）八月某日　伊豆国韮山《いずのくににらやま》

天ケ嶽《てんがたけ》に覆《おお》いかぶさるように、雲の影がゆっくりと近づいてくると、生暖かい風が穂面《ほづら》を吹き抜け、稲は豊穣《ほうじょう》の音を奏《かな》でる。

その耳朶《じだ》を震わせるほどの音の中を、野良着姿の少年たちが進んでいく。その足元には、夏の終わりを告げる陽炎《かげろう》が立ち上っていた。

彼らの進む一本道は、一面に広がる稲の海を貫き、どこまでも続いているかのように見える。

その時、集団の中で頭一つ飛び出している少年が、やにわに片手を挙げると一団を止めた。少年たちは、その長身の少年をまぶしそうに見上げた。

「敵が今、和田《わだ》の河原に着いた」

長身が、あたかも代官の通達を読み上げるように言った。

「なぜ、分かる」

顔中にあばたの残った少年が問う。

「今、水鳥の一団が河原の方から飛び立った」

一瞬、顔を見合わせた後、少年たちは長身に畏敬《いけい》の眼差しを向けた。

「それなら奇襲を掛けよう」

首筋の疥癬《かいせん》をしきりにかきながら、別の少年が提案する。

「いや、その手はもう使えん。敵は前の戦いに懲《こ》りて、奇襲を警戒しておるはずだ」

「それでは正面から行くのか」

形の悪い丸大根《まるだいこん》のような頭をした少年が問うた。

「もちろんだ。しかし敵は多勢。それだけでは敗れる」

「ではどうする」

皆の視線が長身に集まった。

「すでに手は打ってある。わいらは心配せんでええ」

そう言うと、長身は先に立って歩き出した。

河原に着いた長身たちが対岸を眺めると、菰《こも》をかぶり、緊張した面持ちで四方を見回す別の少年の一団がいた。中には川の半ばまで入り、石を投げる稽古をしている者もいる。

この辺りの川幅は八間《はちけん》（約十四・四メートル）から十五間と広く、流れは緩慢で、雨が降り続かない限り、深さは子供の腰くらいしかない。

すなわち、河原喧嘩《げんか》には絶好の地形である。

大石の上にいた敵の大将らしき少年が、長身たちに気づいて立ち上がった。

「おやおや、これは田中《たなか》の小倅《こせがれ》ではないかい。洟垂《はなた》れどもを従え、泥田《どろた》の鰌《どじょう》でもすくいに来たのかえ」

大将がそう囃《はや》すと、配下の少年たちも口々に同調した。

「はてさて、先頃、べそをかいて逃げ帰った餓鬼《がき》どもは、いずこにおるかの」

額に手をかざし、長身が平然と応じた。

「ふん、この前は、わいらの汚い手にかかり不覚を取ったが、此度《こたび》は、そうはいかぬぞ。それ、あれを見よ」

敵の大将が指し示した先には、川に突き出すように飛び出した小さな丘がある。

その上から、別の一団がこちらを見下ろしている。

長身の一団に動揺が走る。

それを見て一瞬、顔色を変えたものの、長身が平然と言い返した。

「これは驚いた。わいらだけで戦えぬと見えて、どこぞの村に後詰《ごづめ》を頼んできたか」

「うるさいわい。後詰は兵法《ひょうほう》の常道《じょうどう》だ。たとえ犬畜生と罵《ののし》られようと、戦《いくさ》は勝てばええんじゃ」

敵方から「そうだ、そうだ」という声が上がった。

一方、味方の少年たちは心細げに長身を見上げている。

「いかにも戦は勝てばええ。しかし、思惑通りにいくとは限らぬが、戦というものぞ」

「ええい、問答無用！」

敵方の少年たちは河原の石を拾うと、こちらに向かって一斉に投げ始めた。

長身たちも即座に応戦する。

川を隔て、少年たちの喊声《かんせい》と石礫《いしつぶて》が飛び交う。

それぞれ菰をかぶり、即席の陣地に竹束《たけたば》を立て、敵の礫を防ぎつつ戦うのが、河原喧嘩の定法である。むろん石が当たれば、大怪我《おおけが》は免れない。そのため双方は慎重に陣を進め、勢《せい》を恃《たの》んで押し切ろうとする。たいていは、押された方が恐怖に駆られて逃げ出すことで、勝敗が決する。

「敵の数は多い。このままでは川を押し渡られるぞ」

あばた面《づら》の少年が悲痛な面持《おもも》ちで訴えた。

「心配要《い》らぬ。戦の勝ち負けは戦う前に決めておる」

余裕の笑みを浮かべ、長身は平然と石を投げ続けた。

しかし次第に敵方が優勢となり、長身方は押され始めた。敵将は勝機を感じ取ったのか、「進め、進め」と喚《わめ》きつつ、じりじりと竹束を進めてくる。いよいよ、長身方の敗色は濃厚となってきた。

敵の先頭が川辺まで達した時、敵将が背後に向かって大声で命じた。

「蓆旗《むしろばた》を振れ！」

陣後方にいた少年が、握りしめていた蓆旗を懸命に振った。その旗こそ、丘に陣取る少年たちへの合図にほかならない。

「おい、あれは合図旗だ。どうする」

あばた面の少年が不安げに長身を見上げたが、長身の顔には不安の色など微塵《みじん》もない。

「まあ、見ていろ」

長身が背後に合図を送ると、後方に控えていた少年が洟をぬぐい、敵と同じように蓆旗を振った。

双方から丘に同じ合図が送られた。しかし、丘の上の少年たちは額を寄せ合い、何ごとか談議しているだけで動かない。

「どうしたのだ。あやつら、なぜ動かぬ」

長身が初めて不安を口にした。

「どういうことだ」

「待て」と言いつつ後方に走った長身は、洟を垂らした少年から蓆旗を奪うと、丘に向けて懸命に振った。しかし、丘の上の少年たちは微動《びどう》だにしない。

――野老《ところ》（山芋）三十本では足りんかったか。

「もういかん！」

疥癬持ちが竹束の中に飛び込んできた。額に大きなこぶを作り、鮮血を滴《したた》らせている。

「敵の数が多すぎる。この場は引こう」

続いて、ほうほうの体《てい》で逃れてきた丸大根が「痛い、痛い」と泣き声を上げつつ、竹束の中に倒れ込んだ。

「待て。この蓆が上がったら、あの連中が丘を駆け下り、敵の側背《そくはい》を突くことになっておる」

「しかし、あの連中が動く気配はない。敵は、ほどなくして川を押し渡るぞ」

あばた面が、長身に抗議するような視線を向けた。

すでに敵の先頭は川の半ばまで達している。一方、味方は川辺から大きく後退し、蘆《あし》の間から、かろうじて投石している始末である。しかし、当てが外れたのは敵も同じらしく、敵の大将は激高《げきこう》し、丘に向かって何事か喚いている。

――まずいことになった。

丘の連中が動かないとなると、当然、頭数の多い敵が有利となる。それに気づいた敵は、自信を取り戻したかのごとく一斉に渡河《とか》を始めた。


慶長《けいちょう》五年（一六〇〇）七月二十四日　下野国小山陣《しもつけのくにおやまじん》

篠突《しのつ》くような雨が農家の板屋根を叩《たた》いていた。屋根石も落ちるかと思われるほどの妻《すさ》まじさに、まどろんでいた江雪《こうせつ》は目を覚ました。

眼前の土間《どま》では、農家の主《あるじ》が忙《せわ》しげに夕餉《ゆうげ》の支度をしている。

「雨が降ると、いつもこうなのか」

「へい。婆《ばば》と話もできません」

その年老いた農家の主は、髷《まげ》も結えなくなった禿《は》げ頭をかきながら、雨漏《あまも》りしている場所の下に鍋や釜《かま》を置いている。それは、江雪が座す畳の上まで及んだ。

「すまぬな」

「何の。こんなぼろ家ですが、関東で知らぬ者とてない江雪様の陣所に当てられたのですから、これほどの誉《ほま》れはありません」

——関東で知らぬ者とてない、か。

江雪が自嘲《じちよう》的な笑みを浮かべた。

十年以上前であれば、家康《いえやす》が陣所としている祇園城《ぎおんじよう》内に、江雪の屋敷があった。ところが今は、城下の百姓屋の四間四方ほどの空間が江雪の陣所である。むろん家臣どころか、中間小者《ちゆうげんこもの》の一人もいない。

——主家が滅亡したのだ。生きておるだけでも、ましではないか。

その時、雨中を走り来る複数の足音が聞こえると、江雪が陣所とする百姓屋の前で止まった。

「岡野《おかの》様はおいでか！」

戸板を叩く音が、雨音と共にけたたましく響く。

「しばし、お待ちを」

農家の主が声のする方に飛んでいった。

しばらくすると、雨音に遮《さえぎ》られつつ、断片的に会話が聞こえてきた。

――どうやら出番のようだな。

齢《よわい》六十五とは思えない軽やかな身ごなしで起き上がった江雪は、白の浄衣《じょうえ》の上に濃紺の衲衣《のうえ》をはおり、砂色の絡子《らくす》を掛けると、悠然《ゆうぜん》と外に向かった。


祇園城内の小さな書院で小半刻《こはんとき》（三十分）も待っていると、肥満した男が小姓《こしょう》を従え、大儀そうに入ってきた。

江雪が平伏すると、男は下膨《しもぶく》れした喉《のど》を鳴らすような、くぐもった声を発した。

「雨の中、すまぬな」

「慣れておりますゆえ、何ほどのこともありませぬ」

「そうであったな」

皮肉っぽい笑みを浮かべると、男は座布団の上に、その重そうな腰を下ろした。

「雨だろうが雪だろうが、そなたにかかっては何の障《さわ》りにもならぬな」

「これくらいの雨で、路次《ろじ》不自由などと申していては、使僧《しそう》は務まりませぬ」

「尤《もっと》もだ」

二重に連《つら》なる顎《あご》の肉を震わせ、忍び笑いを漏らすと、家康の面《おもて》が引き締まった。

「さて、呼び出したのはほかでもない」

扇子を口に当てながら、家康が近くに寄るよう合図する。

江雪は再び平伏すると、家康の前まで膝行《しっこう》した。

「実はな、治部少《じぶしょう》めが起《た》ちおったわ」

「それは祝着《しゅうちゃく》にございます」

江雪は意味深げな笑みを浮かべた。

「ところが、ちとまずいことになった」

家康が親指の爪を嚙《か》み始めた。苛立《いらだ》っているときの癖である。

「われらの目算《もくさん》が外れ、治部少に味方する者の数が、ちと多いのだ」

家康の垂れ下がった瞼《まぶた》が、かすかに引きつる。

「多いと仰《おお》せになられると——」

「宇喜多《うきた》と小西《こにし》は仕方ないが、毛利《もうり》、島津《しまづ》、長宗我部《ちようそかべ》、立花《たちばな》、さらに織田《おだ》の小倅に金吾《きんご》までもが、治部少に与《くみ》しおったわ」

「ははあ」

その剃《そ》り上げられた頭を一撫《ひとな》でですると、江雪は困った顔をした。

織田の小倅とは、岐阜《ぎふ》十三万石を領する信長嫡孫《のぶながちやくそん》の秀信《ひでのぶ》のことである。

金吾とは、筑前名島《ちくぜんなじま》三十五万七千石を領する小早川秀秋《こばやかわひであき》のことである。

秀秋は左衛門督《さえもんのかみ》の官職にあり、その唐名《とうみよう》が金吾であるため、そう呼ばれていた。

――いかにも、これはまずい。

家康は追い込まれかけていた。

「このまま、のこのこ上方に戻れば、飛んで火に入る夏の虫よ。しかも、他人《ひと》の下《げ》駄《た》で勝負せねばならぬときておる」

会津上杉《あいづうえすぎ》征伐で東国に下った家康が率いてきたのは、福島正則《ふくしままさのり》・黒田長政《くろだながまさ》・池田《いけだ》輝政《てるまさ》・浅野幸長《あさのよしなが》・山内一豊《やまのうちかずとよ》・堀尾忠氏《ほりおただうじ》ら名だたる豊家《ほうけ》の大名である。その総勢は五万五千に上るが、旗色が悪くなれば、どちらに転ぶか分からぬ〝他人の下駄〟である。

「弱りましたな」

「ああ、弱った」

「勝てませぬか」

「まずは勝てぬな」

誰よりも戦に〝ふり〟ている家康が勝てぬと言うのだから、やはり勝てないのだろうと、江雪は思った。

「して、いかがなされるおつもりか」

「まあ、打てる手といえば、黒の碁石を白に変えるぐらいだ」

呼び出された理由は、やはりそこにあった。

「して、それがしには、どの碁石を」

「決まっておろう」

家康が、その垂れた頰《ほお》に悪戯《いたずら》っぽい笑みを浮かべた。

「金の碁石よ」

珍しい家康の戯《ざ》れ言《ごと》に笑った後、江雪は威儀《いぎ》を正した。

「むろん、一刻を争いますな」

「申すまでもあるまい」

江雪は夜明けを待って西に向かって出立《しゅったつ》した。相役《あいやく》として、山岡道阿弥《やまおかどうあみ》（景友《かげとも》）・

が付けられた。家康の運の強さを表しているがごとく、空は見事に晴れ上がっていた。

翌七月二十五日、上杉征伐に参陣した八十余名の将を集めた家康は、小山評定《おやまひょうじょう》を開催した。その場で、豊家武将のすべてを己《おのれ》の下駄とすることに成功した家康は、八月五日、江戸城に戻り、根を張るがごとく動きを止め、与党工作に邁進《まいしん》する。

永禄《えいろく》三年（一五六〇）九月某日　伊豆国長浜《ながはま》

――そうか、分かってきたぞ。

北伊豆長浜城の本曲輪《ほんくるわ》から、じっと眼下の船造り（造船所）を眺めていた源十郎《げんじゅうろう》は、思わず膝《ひざ》を打った。

「源十郎、行くぞ」

その時、所用を終わらせた父の田中助兵衛泰行《たなかすけべえやすゆき》が城から出てきた。

「はい」

源十郎がひらりと立ち上がると、それに驚いた蜻蛉《とんぼ》の群れが一斉に飛び立った。

「海でもみていたのか」

蜻蛉をうるさげに払いながら、泰行が、源十郎のたたずむ曲輪の端までやって来た。

「いえ、父上を待つ間、番匠《ばんじょう》たちの動きを見ておりました」

「そなたのことだ。また秋の海にでも、歌心をくすぐられておるのかと思うたぞ」

「いえいえ、ここらの海は見飽きておりますゆえ、一句も湧《わ》いてきませぬ」

ひとしきり笑った後、泰行が問うた。

「番匠とは船造りのか」

「はい、船大工、鍛冶《かじ》、鋳物師《いもじ》たちのことです」

「ほほう、それがそんなに面白いか」

「これほど面白き見世物はありませぬ」

「どう面白い」

泰行は腕を組むと、眼下の船造りをじっと見つめた。

「船造りでは、ああして輪木《りんぎ》（造船台）ごとに組に分かれ、四板船《よついたぶね》を造っております」

源十郎の指差す方角には、三つの造船台が並べられ、それぞれに番匠たちが取り付き、四板船と呼ばれる小型船を造っている。

「それがどうした」

「それぞれの組は、あたかも競うように船を造っておりますが、何か障りがあると、すぐに仕事を止《や》め、手待ちになります」

ちょうど一組が手待ちになったらしく、それまで忙しそうに立ち働いていた番匠たちは談笑したり、博奕《ばくち》双六《すごろく》を始めたりしている。それとは対照的に、隣の組は慌《あわ》ただしく動き回っている。

「あの組は、用材が足りなくなり、その手配がつくまで、ああして待っておるのです」

「あれだけ材が転がっておるのに、何が足りないのか」

泰行が憮然《ぶぜん》とした。確かに三台の輪木の周囲には、大小様々な形に切られた用材が、番匠たちの動きを邪魔するくらい転がっている。

「そこなのです。船材は絵図面に従い、大鋸《おが》挽《び》きが別の作事場《さくじば》で切り出し、継手《つぎて》や仕口《しくち》を入れてからここに運んでくるのですが、番匠の作事の手順に従って切り出さないため、ああして仕上げ材まで転がっておる反面、必要な材は、まだ切られていないということが、しばしば起こります」

期せずして二人の視線が、雨晒《あまざら》しになったままの仕上げ材に向けられた。

「これを解決するには――」

足元に落ちていた小枝を拾った源十郎が地面に何か書き始めると、それを見つめる奉行の顔が次第に変わっていった。

「いかさま、な」


源十郎は、まず輪木ごとに決められた組制度を廃止し、全体をひとまとめにする管理方法を考えついた。つまり、その日ごとに必要な用材や要員を書き出し、総指揮者から大鋸挽きや番匠の物頭に直接、指示を出すのである。その指示も、天候などの変化に応じて頻繁《ひんぱん》に変える。もちろんその前提として、造船手順や方法を統一し、番匠個々の自己流を廃止する。これにより、長浜の造船効率は飛躍的に上がるはずである。

源十郎の案は勘録《かんろく》（提案書）にまとめられ、小田原《おだわら》の造船奉行に提出された。

その半年後、北条領国内の船造りのすべてで、源十郎の考案した方法が採用された。

慶長五年（一六〇〇）八月二十七日　近江国石部陣《おうみのくにいしべじん》

「大変なことになった」

羅紗地《らしゃじ》に猩々緋《しょうじょうひ》の陣羽織《じんばおり》をまとった、その若者の顔は、すでに蒼白《そうはく》となっていた。

「まずは落ち着かれよ」

山岡道阿弥が若者をなだめようとしたが、何の効き目もない。

「これが落ち着いておられるか。わしは伏見《ふしみ》の城を攻め落とし、内府股肱《だいふここう》の鳥居元忠《とりいもとただ》殿や松平家忠《まつだいらいえただ》殿を討ったのだぞ！」

盾机《たてづくえ》に手をつく若者の陣羽織の背に描かれた違《たが》い鎌《がま》が、小刻みに震えている。

「いかにもこれは、落ち着いてはおられませぬな」

きれいに剃り上げられた坊主頭を撫でながら、江雪が笑みを浮かべた。

「もう駄目だ。わしは内府の怒りを買った。事ここに至らば、治部少に馳走し、内府を討つしかない」

その若者、小早川秀秋が眦《まなじり》を決した。

「まあ、そう短慮《たんりよ》を起こさず――」

なだめようとする道阿弥の言葉を、江雪がさえぎった。

「いかにも、それしか手はありませぬな」

「江雪殿」

道阿弥が非難の目を向けてきた。その視線には、「この説得に失敗したら、そなたのせいだぞ」という意味が、あからさまに漂《ただよ》っていた。しかし江雪は、どこ吹く風で続けた。

「どうやら兵は西軍が多く、勝ち目は西軍にあるようです。それゆえ、このまま西軍として旗幟《きし》を鮮明にしておく方が無難でありましょう」

盾机から顔を上げた秀秋が、その青白い唇を震わせた。

「やはりそうか。決めた。わしは治部少に与する」

大きな問題を解決したためか、秀秋の顔は晴れ晴れとしている。


小早川秀秋は、秀吉の正室・北政所《きたのまんどころ》の兄、木下家定《きのしたいえさだ》の五男として、天正《てんしよう》十年(一五八二)に生まれた。三歳の時、秀吉の養子となり、その後も順調に出頭《しゆっとう》を遂《と》げたが、秀吉に実子の秀頼《ひでより》ができたため、文禄《ぶんろく》三年(一五九四)、小早川隆景《たかかげ》の養子とされ、筑前名島三十五万七千石を相続した。

それも束《つか》の間《ま》、慶長二年（一五九七）に始まった慶長の役で、朝鮮に渡ったにもかかわらず、緩慢な動きに終始した秀秋は、秀吉の不興《ふきょう》を買い、越前北ノ庄《えちぜんきたのしょう》十五万石へと転封《てんぽう》されかかる。しかし、その決定直後に秀吉が没したため、家康の尽力により旧領を取り戻していた。

言うまでもなく秀秋は、暗愚《あんぐ》とまではいかないまでも、凡庸《ぼんよう》を絵に描いたような男である。

その心の動きを読みつつ、江雪は慎重に駒を進めた。

「しかし金吾様は、伊勢《いせ》の安濃津《あのつ》を攻めよという治部少の命を聞かず、ここまで逃れてきたのでは」

「それがどうした！」

武張《ぶば》ったふりをしているものの、篝火《かがりび》に照らされた秀秋の半顔《はんがん》は不安に歪《ゆが》んでいた。

八月一日に伏見城を落とした秀秋は、石田三成《いしだみつなり》から伊勢侵攻を命じられるが、何を思ったか、大坂に戻って自らの屋敷に引き籠《こも》った。家康が恐くなったのである。

しかし、三成から再三にわたる催促を受けた秀秋は、十七日、ようやく重い腰を上げ、近江の石部までやってきた。

秀秋は、鈴鹿峠《すずかとうげ》を越えたところにある伊勢の関地蔵《せきじぞう》まで先手衆《さきてしゅう》を入れたが、それ以上、進む気はなく、そのまま石部で日々を空費していた。

「金吾様の兵は一万五千余。これだけの軍勢が治部少の命を奉じて伊勢に攻め入れば、瞬《また》く間に伊勢一国を陥《おとしい》れたことでしょう。が、金吾様は動かなかった。そのため西軍は、調儀《ちょうぎ》（作戦）に齟齬《そご》を来《きた》しております」

「何が言いたい！」

「治部少は、さぞや怒っておりましょうな」

秀秋の顔から血の気が引いた。

「寛容な内府ならまだしも、治部少を怒らせればどうなるか、金吾様ならご存じのはず」

何かといえば豊臣家の軍法を持ち出す三成が、事実上の軍法違背《いはい》を犯した秀秋を許すはずがない。実は、慶長の役での怠戦《たいせん》というのも、三成配下の奉行衆による讒《ざん》言《げん》に起因していた。

「この後《のち》、仮に金吾様が内府の首を獲ったとしても、戦後、軍法違背は軍法違背と、治部少は申すでしょうな」

それは、朝鮮出兵における加藤清正《かとうきよまさ》らの例《ためし》を引くまでもない。

文禄の役において、破竹の勢いで朝鮮半島東岸を進んだ清正は、明領《みん》オランカイまで達した上、朝鮮二王子を捕虜とし、意気揚々と引き揚げてきた。しかし、小西行長《ゆきなが》を商人と呼んだり、勝手に明使《みんし》と会ったりしたことを、三成から秀吉に告げ口され、あわや切腹を申し渡されるところまでいった。

秀秋が、その薄い唇をわななかせた。

「何を無礼な。出処進退《しゅっしょしんたい》は、それぞれの大名に任されておるではないか」

「いかにも。それではそのお言葉を、西軍の戦勝後、治部少に告げられよ」

それを言ったところで、毛利や宇喜多の軍勢に囲まれてしまえば、どうにもならぬことは、さすがの秀秋にも分かる。

「さらに――」

江雪が、あっさりと切り札を投げた。

「治部少が約した秀頼様元服までの関白職も、これで白紙となりましょうな」

江雪が、さも悲しげに首を横に振った。

「なぜに、それを知っておる」

秀秋の顔色が変わった。

「二股をかける時は、誰にも漏らさぬことが肝要《かんよう》」

憎々しげな眼差しを江雪に向けた秀秋が、何事か口にしようとした時である。

傍《かたわ》らに控えていた家老の平岡頼勝《ひらおかよりかつ》が、転がるように膝を進めた。

「内府に——、内府に何卒《なにとぞ》、お取り成しいただけませぬか」

頼勝は小早川家中において親徳川派の筆頭であり、すでに弟を、人質として黒田長政に差し出している。

「あの時、われらは伏見城に入り、鳥居殿と共に戦うことを申し入れました。しかし、鳥居殿にそれを拒否され、致し方なく西軍に与したのです」

「ははあ」

「周囲はすべて西軍となり、伏見城を共に攻めねば、われらが治部少に討たれるところでした」

事実はその通りである。しかし、毛利勢に次ぐ西軍最大の兵力を擁《よう》する小早川勢が、伏見城攻めの主犯とされても、異論を唱えようがないのもまた事実である。

「さて、どうしたものですかな」

江雪が道阿弥の顔をうかがうと、ようやく江雪の意図を察した道阿弥が、「得たり」とばかりに調子を合わせてきた。

「伏見城を落とし、内府側近の鳥居殿を討ったのですからな。よほどの功を挙げねば、内府の怒りは収まりますまい。ただし——」

言葉の効果を最大化すべく、道阿弥が一瞬、間《ま》を置いた。

「内府は情け深きお方。委細《いさい》が分かれば、すべてを水に流しましょう。むろん、それも向後《こうご》の働き次第ですが」

秀秋が、江雪の襟《えり》を摑《つか》まんばかりに顔を近づけた。

「頼む、何でもするから内府に取り成してくれ」

肩に置かれた秀秋の生白い手を軽く払った江雪は、大きなため息をつくと言った。

「分かりました。この江雪、一命を賭《と》して尽力いたしましょう」

「それは真《まこと》か」

「ただし——」

その長い腕を突き出し、江雪が秀秋を制した。

「向後、われらの差配にすべて従っていただきます」

「分かりました」

秀秋が口を開く前に、傍らの頼勝が同意した。

「それでは早速ですが——」

江雪が顎で合図すると、背後に控えていた従者頭が陣幕の外に声をかけた。それに応じ、足軽姿をした者たちが入ってきた。むろんその目つきは、尋常な者のそれとは明らかに違う。

『寛政重修諸家譜《かんせいちょうしゅうしょかふ》』によると、「足軽十人を忍びの者となし、融成《ゆうせい》等に就《つ》けて小早川陣に向かわせた」とある。

ちなみに融成とは、江雪の法名《ほうみょう》である。

啞然《あぜん》として声も出ない秀秋を尻目に、江雪が穏やかな声音《こわね》で告げた。

「金吾様には、まずは、この近くで治部少たちの動向を探った後、内府が大垣城《おおがきじょう》近くまで仕《し》寄《よ》るのを合図に、松尾山《まつおやま》に登っていただきます」

「松尾山だと」

「はい、松尾山でござる」

江雪は、三成たちが関ヶ原《せきがはら》周辺を陣所とすべく、しきりに普請《ふしん》を行っているという雑説《ぞうせつ》を摑んでいた。その中でも松尾山は要衝《ようしょう》中の要衝である。

——松尾山に金吾を登らせれば、治部少らは身動きが取れぬ。それこそが、家康の秘策の一つだった。

この翌日、黒田長政と浅野長政《ながまさ》の連署状が秀秋の許に届き、「この度の忠節が肝要」と、秀秋に東軍に与することを勧めると、その翌日には、井伊《いい》直政《なおまさ》と本多忠勝《ほんだただかつ》から、「秀秋に対しては今後も粗略《そりゃく》に扱わず、忠節次第では上方《かみがた》二カ国を進上する」という内容の連署状が届いた。

むろん西軍とて、何もしなかったわけではない。大谷吉継《おおたによしつぐ》の命を受け、猛将の誉れ高い平塚為広《ひらつかためひろ》が秀秋の陣を訪れ、真意を確かめようとしたが、秀秋は病と称して会わなかった。

秀秋には、恫喝《どうかつ》が最も効果的であると見抜いての吉継の人選だが、さすがの為広とて、会ってもらえないことには恫喝のしようもない。

九月三日、小田原まで来ていた家康の許に秀秋の使者が入り、家康に忠節を誓う旨を伝えてきた。これを聞いた家康は俄然《がぜん》、進軍速度を速め、十日には尾張清洲《おわりきよす》城《じょう》に入った。

一方の秀秋は西軍の動向を探るべく、三成の居城・佐和山《さわやま》にほど近い高宮《たかみや》に十三日まで在陣した後、十四日、突如として東進を開始、関ヶ原に至ると、西軍の伊藤《いとう》盛正《もりまさ》を追い出し、松尾山に陣を布《し》いた。

永禄五年（一五六二）二月某日　伊豆国韮山

「いよいよ出発だな」

「長きにわたり、お世話になりました」

「小田原に出仕《しゅっし》するのだ。二度と会えぬわけではない」

家の梁《はり》も軋《きし》むかと思われるほど、泰行が高笑いした。むろん、寂しさをまぎらわしているのだ。

「まさか、そなたの編み出した法が、これほど効果があり、それが小田原の目に留まり、立身の道が開けるとはな」

源十郎の考案した方法は、各地の船造りにおいても大きな成果を生み出した。その結果、源十郎の才が認められ、小田原に出仕することになった。

「それもこれも、父上のおかげです」

「いや、そなたの才が抜きん出ていたのだ。小田原でも励むがよい」

「はっ」

涙ぐむ源十郎の眼前に、何かが置かれた。

「これは――」

「家宝の左文字《さもんじ》だ。持っていけ」

「えっ、よろしいので」

源十郎は、のけぞらんばかりに驚いた。

「そなたこそ、この太刀の持ち主にふさわしい」

泰行が左文字を抜き放った。

その身幅《みはば》の広い刀身《とうしん》の板目肌《いためはだ》には、細かい地沸《じにえ》と荒々しい地景《ちけい》が入り、刃文《はもん》は、沸きや匂いが深く付いた互《ぐ》の目である。

左文字は、武家であれば誰しも、ため息をつきたくなるような逸品《いっぴん》である。

「知っての通り、これは鎌倉幕府瓦解《がかい》時、執権様《しっけん》（高時《たかとき》）から得宗家《とくそうけ》家督を譲られた相模次郎時行《さがみじろうときゆき》様が、信州《しんしゅう》に逃れた折、諏訪頼重《すわよりしげ》殿から譲られたという由緒ある宝刀《ほうとう》だ。無念ながら、時行様の鎌倉幕府再興の大望は叶《かな》わなかったが、その時、ご嫡男《ちゃくなん》の秀時《ひでとき》様に残されたのが、この刀だ。爾来《じらい》、左文字は田中家の家宝となった」

秀時は田中五郎太夫《ごろうだゆう》と名を変え、鎌倉北条家発祥の地に近い田中村に土着した。

その数代後、源十郎の祖父・善兵衛勝時《ぜんべえかつとき》は、伊勢宗瑞《いせそうずい》（北条早雲《そううん》）の堀越公方府攻撃に抵抗し、討ち死にを遂げたが、父の泰行が宗瑞に臣下の礼を取り、以来、田中家は小田原北条氏の家臣となった。

「父上、謹《つつし》んで拝領いたします」

「うむ。ただし、一つだけ申しおきたいことがある」

穏やかだった泰行の瞳に、険しい色が浮かんだ。

「わしをはるかに上回る才を持つそなたに、これまでわしは、忠言めいたことを何一つ申さなんだ。そなたは本当によくできた息子だった。しかし今日は、そなたの門出だ。一言だけ言わせてくれ」

「はっ、何なりと」

「この太刀は類《たぐい》まれなる名刀だ。しかし拵《こしら》えを見るだけでは、ほかの太刀と見分けがつかぬ」

「仰せの通りにございます」

「しかし、この太刀を一度《ひとたび》抜けば、人の目を捉《とら》えて離さぬ」

泰行が刀身を傾けると、西日を反射した左文字が妖《あや》しく光った。

「源十郎、そなたは小田原で多くの人と競うことになろう。それでも、そなたの才は際立つに違いない。しかし人には、妬心《としん》というものがある」

「妬心と」

「そうだ。人は、望んでも手に入れられぬものには妬心を抱く。それゆえ――」

泰行の声音が厳しさを帯びた。

「刀は鈍いように見せておかねばならぬ。いざという時にだけ、その切れ味を見せればよいのだ」

それが、父泰行の源十郎に対する最初で最後の忠告となった。泰行は、この時から十六年後の天正六年（一五七八）に病没するが、これ以後、源十郎が故郷を訪れても、忠告めいたことは何一つ言わなかった。それが逆に、この言葉に重みを与えた。

二十七歳の春、源十郎は故郷を後にした。


この後、北条家家臣として、源十郎こと江雪の八面六臂《はちめんろっぴ》の活躍が始まる。

北条家三代当主氏康の晩年に祐筆《ゆうひつ》となった江雪は、すぐに頭角を現し、奉行下役に回された。

八丈島《はちじょうじま》代官に任命されて渡海した江雪は、特産の「黄八丈《きはちじょう》」という絹織物の生産を軌道に乗せ、わずか三年で八丈島の産業の基盤となるまでに育て上げた。その後、小田原に戻った江雪は、寺社関係の奉行職に就き、辣腕《らつわん》を発揮、さらに出頭を遂げる。

永禄十一年（一五六八）には氏康の口利きで、後嗣《こうし》のなかった重臣の板部岡康雄《いたべおかやすかつ》に養子入りし、江雪は板部岡姓を名乗ることになる。板部岡家は小田原城内にその姓を冠した曲輪があるほど、北条家の信頼篤《あつ》い家臣である。康雄の女《むすめ》を室にした江雪は、二人の息子にも恵まれ、順風満帆《じゅんぷうまんぱん》な出頭を遂げていった。

その後、諸国との外交を任された江雪は、出家《しゅっけ》することで自らの使命が達せられやすいと知ると、室が亡くなったのを機に、迷うことなく出家した。これにより、さらに重用された江雪は、甲斐《かい》で武田信玄《たけだしんげん》と、越後《えちご》で上杉謙信《うえすぎけんしん》と面談するなど、東《とう》奔西走《ほんせいそう》の日々を送った。

むろん北条家の外交僧と言っても、この時代は過酷である。とくに江雪は、飛ぶように諸国を行き来せねばならず、野宿も多かった。

江雪の残した歌集『江雪詠草《こうせつえいそう》』には、次のような歌が残る。

山にふし野にとまれども旅まくら　片敷袖《かたじきそで》はかはらざりけり

山であれ野であれ、どこを寝床にしようが、独り寝（片敷袖）は変わらないという諧謔味《かいぎゃくみ》に溢《あふ》れた歌である。

江雪には歌人としての才があり、その残した歌は『江雪詠草』や『融成百首《ひゃくしゅ》』などにまとめられた。その歌才は、北条家の長老・幻庵宗哲《げんあんそうてつ》から「古今伝授《こきんでんじゅ》」を受けるほどの腕前だった。

また、文化人として茶の湯に通じ、山上宗二《やまのうえそうじ》とは「茶の湯」の秘伝・口伝《くでん》を授けられるほどの仲だった。

飛び回るような忙しさの中、月日は瞬く間に過ぎていった。むろん刀の切れ味など、隠している暇もないほどだが、幸いにして北条家中には、門閥《もんばつ》家臣が多く、揚げ足を取られるようなことはなかった。


天正十八年（一五九〇）七月八日　相模国小田原城

朱も鮮やかな丸頭巾《まるずきん》をかぶり、純白の綸子《りんず》の小袖の上に蝦夷錦《えぞにしき》の胴服《どうふく》を着たその小男は、北条家当主が常にいた場所に座していた。

「板部岡江雪に候」

「おお、久方ぶりだの」

北条家の使者として、幾度か聚楽第《じゅらくだい》や大坂城に伺候《しこう》したことのある江雪は、すでに秀吉とは旧知である。

「殿下は、相変わらずご血色がよいようですな」

江雪が皮肉混じりに言うと、秀吉は呵々大笑《かかたいしょう》した。

「当たり前だ。天下人の顔色が悪くてどうする」

秀吉の哄笑《こうしょう》におもねるように、傍らに控える奉行や近習《きんじゅう》も高笑いした。

「それにしても、この城は、関東の主が住むにふさわしい見事な城だ。恐れ入ったわ」

「はは、ありがたきお言葉」

「そなたが縄を引いたか」

「いえ、それがしは、夫丸《ぶまる》と用材の手配りをしたまで」

「そうか。だが、それが難しいのだ。相州《そうしゅう》（北条氏政）も、そなたの才をよう分かっておったのだな」

左右を見回しつつ秀吉が幾度もうなずいた。こうしたことは自ら陣頭に立ち、城造りをしたことのある者にしか分からないことである。

「で、城引き渡しの儀も終わったのだな」

「はい。引き渡しに関する諸事は本日、滞《とどこお》りなく終わらせました」

天正十八年（一五九〇）七月五日に北条家が降伏した後、残務処理部隊として小田原城に残った江雪は、七日には儀礼的な城引き渡しを終わらせていた。しかし、宝物《ほうもつ》・武具・什器《じゅうき》・糧秣《りょうまつ》などの引き渡しと、潜伏しているかも知れぬ不満分子を排除するための〝城あらため〟は、八日になった。

「それで、命乞いに参ったという次第か」

秀吉の取り巻きが再び沸いた。しかし江雪は、顔色一つ変えずに応じた。

「いいえ、この命を献上に参りました」

「そうか。よき覚悟だ。しかし、そなたのことだ。その命、ただではくれまい」

秀吉は満面笑みを浮かべていたが、その金壺眼《かなつぼまなこ》の奥には、冷たい光がともっている。

「仰せの通り。御隠居（氏政）と奥州《おうしゅう》（北条氏照《うじてる》）の命と、この命をお引き換えいただきたく――」

「何と」

大げさに驚いた後、秀吉は手を叩いて笑った。

「さすが江雪、己の命に随分と高い値を付けたな」

「此度のこと、責は二人になく、すべてはわれら年寄《としより》（家老）にあります」

「分かっておる。それゆえ、松田尾張《まつだおわり》と大道寺駿河《だいどうじするが》には死罪を申し渡した。そなたも二人に付き合うと申すか」

「はい、それゆえ――」

「戯《たわむ》れを申すな！」

その貧弱な体軀《たいく》に似合わぬ秀吉の胴間声《どうまごえ》に、さすがの江雪も肝《きも》が縮《ちぢ》んだ。

「此度の戦を進めたのが誰かは、すでに調べがついておる。相州、奥州、松田尾張に大道寺駿河だ。そなたと美濃（北条氏規《うじのり》）は、わしに臣下の礼を取ろうと奔走《ほんそう》しておったではないか」

秀吉の言うことは正鵠《せいこく》を射ていた。江雪は氏政弟の氏規と共に、北条家中の穏健派の代表であり、開戦寸前まで、懸命に和平の道を模索していた。

「江雪、北条家に殉《じゅん》じようというそなたの赤心は分かった。大恩ある主の命を救いたいという心情も当然だ。しかし命を粗末にしてはならぬ。命とは天により下されたものだ。わしが、こうして天下を制せられたのも、戦乱のなき世を創れという天命なのだ」

「天命と」

「そうだ。無念であろうが、相州らの天命は尽きた。しかしそなたは違う。そなたは、まだまだ世の役に立たねばならぬ」

秀吉の金壺眼の奥に慈悲深い光が宿る。

「北条家は、わしが立ち行くようにしよう。ただし、ほかの者への見せしめのため、相州と奥州には、どうしても死んでもらわねばならぬのだ」

「それでは、大途《たいと》（北条氏直《うじなお》）のお命《いや》は――」

「要らぬ。しばし高野山《こうやさん》で陣労を癒《いや》した後、氏直には扶持《ふち》を取らせるつもりだ」

「ありがたき――、ありがたきお言葉」

氏直の助命のみならず、北条家の家名存続も許されると聞いた江雪は、感涙に咽《むせ》んだ。

「ただしそれには、一つだけ条目《じょうもく》がある」

「条目と――」

「そなたは、氏直と共に北条家を支えていくつもりだろうが、残された日々も、そう長くはないはずだ」

この時、すでに江雪は五十五になっていた。

「その才を、わしのために使《つこ》うてくれぬか」

「と申されますと」

「わしの直臣《じきしん》になれ」

「えっ」

「わしの側近くで、話し相手となってほしいのだ」

江雪は唖然とした。上席家老である松田憲秀《のりひで》や大道寺政繁《まさしげ》が死罪を申し渡されたのとは対照的に、江雪には、栄達の道が用意されていたのだ。

この後、江雪は板部岡姓を岡野姓に改めた上、号を江雪から紅雪《こうせつ》と変え、御伽《おとぎ》衆《しゅう》の一人として秀吉の許に出仕することになる。

尤も、この紅雪という名は、秀吉が命名したらしく、秀吉の死後、すぐに江雪は元の名に戻している。


慶長五年（一六〇〇）九月十四日　美濃国《みののくに》関ヶ原

大垣城を出た西軍を追い、赤坂陣を後にした東軍は、いつまでも降りやまぬ驟《しゅう》雨《う》に悩まされながら進軍を続けていた。雨は容赦なく行軍する兵たちの陣笠を叩き、その音が幾重にもなり、耳朶を圧するほどである。

——それだけ兵がひしめいておるのだ。

兵たちは一様に顔を強張《こわば》らせ、黙々と行軍している。徐々に戦機が熟してくるのを感じているのだ。

「岡野様、上様がお呼びです」

あとわずかで関ヶ原というところで、家康から呼び出しがかかった。

——やれやれ。

苦笑いを浮かべると、江雪は先を行く部隊をかき分け、家康の駕籠《かご》脇に伺候した。

「抜かりないだろうな」

駕籠の中から、切迫した声がした。

——同じ問いを幾度、繰り返せば気が済むのか。

辟易《へきえき》しながらも、江雪は慇懃《いんぎん》に答えた。

「ご心配には及びませぬ」

「金吾は間違いないな」

「まずは——」

いかに江雪とて、小早川秀秋の行動に絶対の確信など持てない。むろん、秀秋が西軍として立つことになれば、東軍は敗れ、家康も江雪も野辺に屍《かばね》を晒すことになる。その覚悟さえできていれば、何も恐れるものはない。しかし家康の立場は違う。家康には、守るべきものが多すぎるのだ。

「江雪、すべての策は、金吾が寝返る前提で立てておる」

「はあ」

「ここまで慎重には慎重を期した。しかし天下を取るには、どこかで勝負を懸けねばならぬ。わしはここで勝負を懸ける」

――それは家康の勝手だが、二十歳に満たぬあの小僧に、その巨大な身代《しんだい》を賭けるのは、あまりに危うい。

そんな思いをおくびにも出さず、江雪が問うた。

「つまり、勝敗は金吾次第と仰せか」

「ああ、もうそれしか手はないのだ」

両軍は過度に近接しており、決戦が一両日中に行われるであろうことは、戦慣れした家康ならずとも分かる。しかし、家康が恃みとしている三男の秀忠《ひでただ》率いる別働隊三万八千は、いまだ木曽谷《きそだに》辺りを進んでおり、決戦の場と想定される関ヶ原には到底、間に合いそうにない。

——それゆえ家康は、賭けに出ざるを得ないのだ。

三成につきが回っているのは明らかであり、ここで無理しても、家康の勝機は薄い。しかし、この状況下で兵を大垣方面に返そうとすれば、全軍が浮き足立つ。

三成が反転追撃してくれば、三方ヶ原《みかたがはら》や手取川《てどりかわ》と同様の一方的な殺戮戦《さつりくせん》が起こり得る。

「となると、ほかの手筋は当てにならんということですな」

「うむ。毛利や長宗我部を動かさぬようにはできても、こちらに寝返らせることまではできぬ」

「では、金吾に日和見《ひよりみ》を決められれば、いかがなされるおつもりか」

「まさか、そうなると申すか」

「そうは申しておりませぬ。あくまで仮の話でござる」

さすがの江雪も、この小心者に、ほとほと愛想が尽きてきた。

「そうなれば、一《いち》か八《ばち》かの勝負となる」

「金吾が治部少に与すと決し、松尾山から逆落《さかお》としに掛かってくれば、どうなさるおつもりか」

「どうもこうもない。押し寄せる一万五千の大軍を前に、何ができるというのだ。黙って首を獲られるだけだ」

――三成のことだ。大坂のどこに家康の首を晒すか、すでに考えておろうな。

罪状の書かれた高札《こうさつ》と共に晒された家康の猪首《いくび》を想像し、江雪は吹き出しそうになった。

「むろん、そうなった時は、そなたの首を真っ先に落とすからな」

江雪の心中を読んだかのごとく、家康が吐き捨てるように言った。

――わしが老体に鞭打《むちう》って走り回っておるのに、何という申しようだ。

さすがの江雪も、家康の人格を疑いたくなった。

「それがしの首でよろしければ、いくらでも差し上げましょう」

「よくぞ申した。その言葉を忘れるな！」

激しい雨の中、駕籠の簾窓《すだれまど》を隔てての会話のため、二人は知らぬ間に怒鳴り合っていた。

不快感をあらわにしつつ、家康が言った。

「とにかく松尾山に赴《おもむ》き、金吾の誓詞《せいし》をもらってきてくれ」

「誓詞はすでにもらい、お渡ししたはず」

「いや、今日のものがほしいのだ」

「それは無理というもの。すでに周囲は敵だらけ。それがしが捕まれば、口を割らずとも、何が宛所《あてどころ》か、敵にも察しがつきまする」

かつて秀秋は、秀吉の命により詩歌《しいか》を学ぶべく江雪に師事していた。つまり、ほかの武将よりも江雪と秀秋は親しい間柄であり、江雪が捕まれば、秀秋に寝返りを促すために、松尾山に向かっていたことが明白となる。当然、西軍は小早川勢への備えを厳しくするはずであり、そうなれば臆病な秀秋は山を下りられず、結果として、日和見を決めることにもなりかねない。

「では、どうすればよいのだ」

家康が当惑したような声を上げた。

「すでに後には引けぬのです。いかなる目に出るかは、天のみぞ知ること」

「それでは困る。わしは、勝敗を天に任せるつもりはない！」

――天にも任せられぬ勝敗を、金吾ごときに任せると仰せか。

むろん江雪は、その言葉をのみ込んだ。

その時、駕籠の中の家康がぽつりと言った。

「治部少のことだ。金吾に寝返られぬよう、すでに手を打っておるに相違ない」

——三成か。

その名を聞き、江雪は苦い記憶を呼び覚まされた。

文禄五年（一五九六）閏《うるう》七月十四日　山城国《やましろのくに》伏見

秀吉一行と共に、地震翌日の伏見指月城《しげつじょう》を訪れた江雪は、その物の見事な崩壊ぶりに唖然とした。

——秀吉の栄華《えいが》に天も嫉妬《しっと》したのか。

この城が完工成った二年前、「隠居所ができた」と、秀吉は小躍りして喜んだものである。しかしそれは今、ただの瓦礫《がれき》の山と化していた。

「こいつは参った」

それでも秀吉は陽気である。

「壊れたものは仕方がない、また造ればよいだけだ」

「今、何と仰せになられましたか」

傍らに侍していた三成が慌てて問い返した。

「指月の城は隠居所のようなものだ。造ってしまったので致し方ないと思うていたが、やはりこの地には、大坂に次ぐ大城《おおじろ》を築くべきだった」

「いや、しかし――」

「地震に遭《お》うたのは幸いだったやもしれぬ。天がわしに、大城を造れと命じておるのだ」

手にした扇子で、秀吉が片方の手の平を打った。結論が出た時の癖である。こうなると反論しても、その逆鱗《げきりん》に触れるだけだが、それでも諫止《かんし》するのが、三成ら奉行衆の役目である。

「殿下、今は諸事多難な折でもあり――」

「分かっておる！」

秀吉が、青筋を立てて怒りをあらわにした。

文禄の大陸出兵が失敗に終わり、秀吉は明との講和交渉を進めていたが、条件が嚙み合わず、講和に嫌気が差し始めていた。間もなくやってくるという明使の返答次第で、秀吉は、再び朝鮮に出兵すると言い出しかねない。

三成には、それが分かっているだけに、巨額の散用《さんよう》（経費）を要する伏見城の再建を、何とか思いとどまらせたいのだ。

二十人はいる一行の最後尾《さいこうび》をぶらぶら歩いていた江雪に、突然、声がかかった。

「紅雪！」

人をかき分け、江雪が秀吉の前に伺候した。

「紅雪、北条の城を多く手がけてきたそなたなら、新たな城など半年で築けるであろう」

江雪は築城の専門家ではなかったが、用材や要員の手配は得意とするところである。しかし江雪とて、どのような目的でどれほどの城を築くか分からずに、軽々しく引き受けられる話ではない。

「殿下は、どれほどの城をお望みか」

「うむ、京と大坂を結ぶこの地にふさわしき大城だ」

「喩《たと》えれば――」

「名護屋《なごや》の城だな」

江雪が押し黙った。それは暗に無理という意思表示である。

「お待ち下さい」

その時、三成が発言を求めた。

「それがしに、築城の差配をお任せいただけませぬか」

「ほう」

秀吉が目を見開いた。

「そなたなら半年で築けると申すか」

「はい」

「さすが佐吉《さきち》、それでこそわが手の者だ」

手の者とは譜代《ふだい》家臣のことである。

三成は己の指揮の下で築城し、少しでも散用を減らそうという魂胆《こんたん》に違いない。

その言葉を聞いた時、江雪の内奥《ないおう》から闘志がわき上がった。

——われら外様《とざま》にも意地がある。

「お待ちを」

「どうした紅雪、無理ではないのか」

秀吉が、その痩《や》せこけた頬に皮肉っぽい笑みを浮かべた。

「無理とは申しておりませぬ。胸内で算用しておった次第」

「それでは、やれるのだな」

「はい」

「お待ち下さい」

今度は三成である。

「これは、それがしが先に申し出た仕事。ぜひそれがしに」

「紅雪、それでもよいか」

秀吉が悪戯っぽい笑みを浮かべて、江雪の顔色をうかがった。

——ここで引いては御伽衆のままだ。

さすがの江雪にも、それ以上の地位に就きたいという人並みの野心はある。

「恐れながら、殿下より、それがしにお声がかかった仕事。それがしが承るのが筋かと」

「何を申すか！」

三成が色めきたった。

「もうよい。分かった。それでは割り普請といたそう」

割り普請とは、担当地区を定めた後、競い合って普請する方法である。若い頃の秀吉が最も得意としていたものであり、これにより秀吉は、頭角を現したと言っても過言ではない。

ここからの話は、とんとん拍子で進んだ。縄張りが決まり、担当範囲も決まった。

三成には、城の西にある大手口を左右から守る治部少丸と三の丸、さらに治部少堀と後に呼ばれる領域が、江雪には、城東の守りを固める松の丸と名護屋丸、さらに紅雪堀と後に呼ばれる領域が割り振られた。

翌年一月、昼夜を分かたぬ掛け声が伏見の地に満ちた。割り普請の開始である。

戦国期の城は中核部から造り始め、同心円状に城域を広げていくのが常だが、それは外敵の攻撃に備え、〝半造作《はんぞうさ》〟でも使用に耐えるようにしておくためである。

しかし、後に伏見木幡城《こはたじよう》と呼ばれるこの城の場合、天下人の城であるため、都合のいい場所から作業が始められるので、割り普請にはもってこいである。

整地された地に縄打ちが始まった。

縄打ちとは杭《くい》に縄を張り、堀や塁の位置を示す作業である。

東西から始まった江雪と三成の割り普請に煽《あお》られたように、ほかの曲輪や堀の普請を担当する長束正家《なつかまさいえ》や前田玄以《まえだげんい》の組も、目の色を変え始めた。

平城造《ひらじろ》りは、まず堀をうがち、その土を使って土塁をかき上げる。そして、土塁の表面を叩き固めながら〝切り土《きど》〟を構築する。軟弱な地盤の場合は、外縁部に木杭を打ち込み、その上に、梯子胴木組《はしごどうぎぐみ》という胴木を交錯させた基礎造りをする。続いて最下部に根石を据え、順次、石を積み上げていく。その奥に〝裏込め〟として、割栗石《わりぐりいし》を詰めて水はけをよくし、〝孕《はら》み〟による崩壊が起こらないようにしておく。

こうした技術は、穴太《あのう》・馬淵《まぶち》といった近江の石工《いしく》集団が試行錯誤の末に編み出したものである。

三成は近江の出身であり、言うまでもなく石垣普請に精通している。

多くの石垣城造りで培《つちか》ってきた三成の普請組の力は、群を抜いていた。これに対し、土の城の用材手配を主に手がけてきた江雪の不利は否《いな》めない。

普請が始まり、一月《ひとつき》ほど経った時のことである。

「父上、治部少の組は、すでに石船から石を降ろし始めましたぞ」

嫡男の房恒《ふさつね》が、江雪の作事小屋に飛び込んできた。

「ほう」

「舟入りには、十艘《そう》を超える石船が列を成し、石降ろしの番を待っています。船掛場には、すでに轆轤《ろくろ》が設置され、大石を載せた修羅《しゅら》が引かれております」

「ははあ」

江雪が苦笑いを浮かべつつ、剃り上げられた頭を撫で回した。

石垣城の割り普請は、水運の便がいい石切り場を見つけ、切り出しやすい石をいかに運び込むかにかかっている。後手《ごて》に回れば大石はなくなり、遠くて不便な石切り場から、石を運ばねばならなくなる。

「父上、われらも急がねばなりませぬ」

「そうかな」

江雪が懐から取り出した手控え（計画書）を広げた。そこには、厳密な工程が書かれている。

「われらは手控えに則《のっと》り、粛々《しゆくしゆく》と普請を進めるだけだ」

その間も舟入りの方からは、活気ある掛け声が風に乗って流れてきていた。

「治部少は随分とはずんだようだな」

「はい、夫丸の給金を倍にして、普請組を小さな班に分け、細かく報奨金《ほうしようきん》を決めて競い合わせておるとのこと。殿下も治部少に肩入れし、様々に助言しておるため、西の曲輪では、金品が飛び交っておる模様」

それを聞いた江雪が、満足そうな笑みを浮かべた。

「この勝負、勝ったな」

「何を根拠にそう申される」

「まあ見ていろ」

そこまで言うと、江雪は手控えに目を落とした。

数日後、三成の担当する現場は混乱を来していた。功を焦《あせ》った運材奉行らが石材を早く運びすぎたので、現場では夫丸の行き来さえままならなくなり、作業は、次第にはかどらなくなっていた。

三成の家中でさえ、班が違えば「その石をどけろ」「どけるか」といった喧嘩が絶えなくなり、遂には、石の大きさを調整する石割《いしわり》の作業場までなくなり、いったん運び込んだ石を、舟入りの方に戻すことさえ行われた。そうなると、長束正家や前田玄以の組も迷惑する。船掛場では諍《いさか》いが絶えなくなり、舟入りには石船が列を成していた。

その頃、江雪の組は水路を開鑿《かいさく》していた。宇治川《うじがわ》から紅雪堀に水を引くためである。しかもその先には、塔の島亀石という石材の切り出し場があった。

木幡城の南に広がる巨椋池《おぐらいけ》を経由せず、数年前に秀吉が開鑿した新宇治川から川水を引き込んだ江雪は、その水路を使って石を運ばせた。石は舟入りを経ず、直接、紅雪堀から陸揚げされた。

もはや勝負は歴然だった。

馬の鼻先に人参《にんじん》をぶら下げるだけの秀吉流に、念入りな計画を元に、全体最適を心がける江雪の築城術が勝ったのだ。

半年後、担当した普請を仕上げ、作事の担当に場所を明け渡した江雪は、一路、肥前《ひぜん》名護屋に向かった。

実は、割り普請が決まった直後に来日した明使が、明国皇帝の詔諭《ちょくゆ》を朗読するに及び、秀吉は自らの提示した和睦《わぼく》のための七条件が、一切、認められていないことに激怒し、再度の渡海を決定したのだ。

三成は伏見城の普請現場にほとんど顔を出せず、大坂で十四万から成る渡海軍の動員計画の立案に忙殺されていた。

すでに割り普請のことなど、人の口端《くちは》にも上らぬほど国内は混乱していた。

当の秀吉も、割り普請など、すっかり忘れているようである。

江雪も、あえてそのことを持ち出さなかった。再度の渡海は豊臣政権の基盤を揺るがしかねないものであり、割り普請の功など言い募っても、逆に叱責《しっせき》されるだけだからである。

ところが三成は、この事を忘れていなかった。

慶長五年（一六〇〇）九月十五日　美濃国関ヶ原

数発の筒音《つつおと》が薄明《はくめい》を切り裂いた。

「今の音は何だ」

家康が傍らに控える幕僚を振り返ると、早速、物見が陣所から飛び出していった。

『慶長記』によると、「十五日小雨ふり、山あひなれば、霧ふかくして十五間先は見えず」とあり、家康が陣を布く桃配山《ももくばりやま》からでも、目と鼻の先の関ヶ原《せきがはら》の情勢は、ほとんど摑めない。

――ようやく始まったな。

家康の傍らに控える江雪は、今まさに戦が開始されたと覚《さと》った。

「いったい誰が口火を切ったのだ」

「御曹司《おんぞうし》と井伊殿がおりませせぬな」

本多忠勝が憮然として答えた。忠勝は、秀忠と共に中仙道《なかせんどう》を行く息子の忠政《ただまさ》に、自らの手勢二千五百を預けてきたので、わずか四百ほどの旗本を率いているだけである。それゆえ、家康の傍らに詰めていた。

「兵部《ひょうぶ》（井伊直政）が、福松《ふくまつ》（松平忠吉）を連れて抜け駆けいたしたと申すか」

家康の舌打ちが聞こえるや、激しい筒音が再び空気を切り裂いた。先ほどとは異なり、明らかに組織立った鉄砲隊によるものである。

「どうやら、先手《さきて》を任せた市松《いちまつ》（福島正則）を怒らせたようですな」

忠勝が他人事のように言った。

「わが息子が抜け駆けの功名《こうみよう》を得ようなど、もってのほかだ。ほかの者に示しがつかぬ」

「それどころか、敵の陣形さえ摑めておらぬうちに、戦端を切ってしまわれましたな」

確かにこの霧では、敵の布陣がどのようなものか、誰にも見当がつかない。

慎重な家康が、こうした状況下で戦を始めるとは、江雪でさえ思ってもみなかった。

「どうなされるおつもりか」

忠勝が、なげやり気味に問うた。

「進むほかあるまい」

「しかし進めば、南宮山《なんぐうさん》の毛利勢に背後をふさがれまするぞ」

毛利、安国寺《あんこくじ》、長宗我部ら二万六千の西軍部隊は、想定戦場である関ヶ原の東方、南宮山と栗原山《くりはらやま》に陣取っており、家康が前進すれば、「得たり」とばかりに家康の退路をふさぐに違いない。

「とは申しても、ここで引いてどうする」

家康は肚《はら》を据えたかに見える。

「知りませぬぞ」

陣を進める手配りをするべく、忠勝が、陣幕の外に出ていこうとした。

「いや、しばし待て」

忠勝を引き止めた家康が、末座に向かって声をかけた。

「江雪、道阿弥」

家康の招きに応じ、江雪と山岡道阿弥が側近く寄ると、家康が軍配で口元を隠しつつ、二人の耳元にささやいた。

「すまぬが、二人で松尾山に行ってくれぬか」

「それは――」

道阿弥が「滅相《めっそう》もない」という顔をした。

「そなたら二人だけが頼りなのだ」

二人に手を合わせんばかりに、家康が呟《つぶや》いた。

「金吾がこちらにつくと分かれば、わしは陣所を進め、一気に勝負を懸ける」

――やはり、すべては金吾次第ということか。

これほど危うい賭けはなかったが、この場で言い争っても、埒《らち》が明かない。

「分かりました」

ため息混じりに、江雪が首肯《しゅこう》した。

「すまぬな」

その時、抜け駆けした井伊直政の使番《つかいばん》が走り込んできた。

「お味方の旗色、甚《はなは》だ悪し。福島勢と黒田勢は潰走《かいそう》寸前です！」

「市松や吉兵衛《きちべえ》（黒田長政）が、宇喜多の小倅や治部少ごときに押されておるのか。常より大口を叩きおって、あの役立たずめ！」

家康が軍配を叩き付けた。

「わしは引かぬ。それでも、わしは引かぬぞ」

「金吾に命運を託すということで、よろしいですな」

江雪が念を押した。

「それ以外、わしに何ができるというのだ」

家康が泣きそうな顔をした。

——この御仁は肚を決めたというより、引くのが恐いのだ。

江雪は家康の内心を即座に喝破《かっぱ》した。戦とは、弱気になった方が負けるものである。それを家康ほど知る男は、この戦場にはいない。

本陣を出《い》で、法師頭巾を締めた江雪は、道阿弥と共に馬を駆り、松尾山南麓《なんろく》に向かった。


「間違いない。これは治部少の勝ちだ」

「お静まりなされよ！」

戦場を見下ろしながら喚く秀秋を、平岡頼勝が一喝《いっかつ》した。

「三成の陣から狼煙《のろし》も上がったぞ」

誰の目にも明らかにそれと分かる白い煙が、石田陣からもうもうと上がっている。むろん秀秋に対し、山を下って敵陣に斬り込めという合図である。

「松野主馬《まつのしゅめ》の使番、入ります！」

小早川勢の先手として、すでに山麓近くに陣取る松野重元《しげもと》の使番が走り込んできた。

「狼煙が上がりましたので、調儀通り、わが主は福島勢に向けて突入するとのこと」

頼勝が、腰を抜かさんばかりに驚いた。

「それはいかん。勝機はまだだ。主馬に待てと伝えよ」

「とは申されても」

「とにかく、まだいかんのだ！」

「それがしは、平岡様ではなく殿の下知《げち》を仰いでこいと、主より申し付けられております」

使番が憮然として反駁《はんばく》すると、「わしのか」と問いつつ、秀秋が生唾《なまつば》をのみ込んだ。

「はい。殿と申すは殿を措いてほかになし」

「ああ、そうか。よし、掛かれ」

「よろしいので」

「構わぬ。いつもわしをからかっていた市松に、目にもの見せてくれるわ」

興奮で血走った目をしばたたかせつつ、秀秋が命じた。

そもそも秀秋の判断基準とは、その程度のものである。

「殿、お待ちあれ！」

頼勝はなおも食い下がろうとしたが、福島正則に一泡吹かせる誘惑に駆られた秀秋を制止することは、もはや誰にもできない。

「構わぬ。行け」

「はっ、しかと承知仕《つかまつ》りました！」

使番が勇躍して駆け去ろうとした時である。その襟首を押さえる者がいる。

「江雪殿ではないか」

悪戯を見つけられた童子《どうじ》のように、秀秋が首をすくめた。

「離せ！」

江雪は、その大木の根のように筋張った腕で、使番の襟首を摑んで離さない。

「それは、あまりよきお考えとは思えませぬな」

その腕の力の入れ具合とは裏腹な落ち着いた声音で、江雪は言った。

続いて、江雪の背後から忍びの者たちが現れた。その中に投げ込まれた使番は、即座に羽交《はが》い絞《じ》めされた上、白刃《はくじん》を喉元に当てられた。

「この者たちは、ここで金吾様と刺し違えることもできますぞ」

「えっ」

秀秋の面《おもて》に恐怖の色が差した。

「どちらに味方するも金吾様の勝手でござるが、西軍に付けば、金吾様が戦の行く末を見届けるのは、ちと難しいやもしれませぬな」

秀秋の唇が震えた。

「内府はお怒りか」

「申すまでもなきこと」

「ああ」

それまでの勢いが嘘《うそ》のように萎縮《いしゅく》した秀秋に、救いの手を差し伸べるがごとく、江雪の背後から現れた道阿弥が言った。

「むろん、ここからの働き次第は申すに及ばず」

「ありがたきお言葉！」

平岡頼勝が膝を叩いた。

「ああ、どうすればよいのだ」

頭を抱え、その場にしゃがみ込んだ秀秋に、江雪が穏やかに声をかけた。

「それがしは、すぐに内府の陣に取って返し、金吾様が兵を動かすと申し上げます。内府の馬標《うまじるし》が前に進むのを合図として、金吾様は逆落としに敵に掛かられよ」

「敵とは、どちらだ」

秀秋が間の抜けた声で問う。

「むろん、眼下に陣を布く大谷勢のほかにありませぬ。よく分からねば、ここにおる平岡殿に軍配を預けられよ」

江雪が諭《さと》すように言った。

「分かった」

「それでは平岡殿、よろしいな」

「お任せあれ」

「道阿弥殿、ここに残っていただけぬか」

江雪の気迫に押され、うなずくしかない道阿弥を残し、江雪は山を駆け下り、家康の許に向かった。

慶長四年（一五九九）四月某日　大坂

慶長三年（一五九八）八月十八日、秀吉が伏見城で死去した。

この知らせは、三成ら側近以外には伏せられていたが、翌日には、江雪の許にも城内の手筋《てすじ》から知らせが入った。

――これは大変なことになるな。

半ば予期してはいたものの、いまだ朝鮮には五万を超える兵が駐屯《ちゆうとん》しており、大混乱が起こるに違いない。

三成ら奉行衆は朝鮮在陣衆の撤兵計画に忙殺され、秀吉死後の豊臣政権を考える暇はないはずである。

一方、朝鮮に行かずに済んだ家康は、この隙を利用し、着々と与党工作を進めていた。まずは婚姻を通じ、伊達政宗《だてまさむね》、福島正則、蜂須賀家政《はちすかいえまさ》らとの連携強化に励むが、これは、生前に秀吉が定めた「諸大名縁組之儀、御意《ぎよい》を以《も》って、相定むべき事」という法度《はっと》に背くものだった。

この一事に気づいた留守居の奉行たちは、前田利家に家康の非違《ひい》を訴えた。むろん利家もそれに同調し、家康を糾弾《きゆうだん》する。

豊臣家中は一触即発《いつしよくそくはつ》の危機を迎えるが、慶長四年（一五九九）の二月と三月、双方が互いの屋敷を訪れる形で行われた二度の頂上会談により、衝突の危機は回避された。ところが、この後すぐに利家が病死することで、事態は再び混迷する。

こうした有為転変《ういてんぺん》の中、豊臣家中に己の居場所を失った江雪は、北条家の外交僧をしていた頃の誼《よしみ》により、家康の庇護《ひご》を受けるようになった。

むろん家康が、ただで江雪を庇護するわけはない。江雪の交渉力を見込んだ家康が、秘密裏に召し抱えたのである。


夜半、江雪の大坂屋敷の門が激しく叩かれた。

江雪が書院に出向くと、徳山則秀《とくやまのりひで》が青い顔をして待っていた。

「いかがなされた」

「大変なことになった」

則秀は、かつて柴田勝家《しばたかついえ》の寄騎《よりき》だったが、賤ケ岳《しずがたけ》合戦後、前田利家の下に付き、前田家が肥大化するに従い、そのまま家老に収まった人物である。

則秀は前田家中でも親家康派の筆頭であり、江雪を通じ、すでに家康与党に取り込まれていた。

「無念ながら、前田家中は奉行の与党となりました」

それを聞いた江雪は愕然《がくぜん》とした。

家康に次ぐ兵力を擁する前田家を抱き込むべく、両陣営は綱引きを続けていた。

その徳川方の手筋となっていたのは江雪である。

「それがしは、すぐに伏見に落ちます」

「追っ手が掛かっておるのですか」

「はい、それも前田家ではなく奉行衆が――」

「それでは、謀反人《むほんにん》扱いではありませぬか」

江雪は天を仰いだ。

「すでに奉行らは、それがしを探しておるはず。ここにも、間もなく追っ手がやってまいりましょう。捕まれば、それがしの命はありませぬ」

すでに則秀は腰を半ば浮かせていた。

「それで、片山《かたやま》殿はいかがなされたか」

前田家中には、いま一人、家康与党の片山伊賀守延高《いがのかみのぶたか》がいる。

「伊賀も誘ったのですが、逃げぬとのこと」

則秀と異なり、利家股肱《ここう》の臣だった片山伊賀が、前田家を見捨てて逃げるはずはない。しかし片山伊賀が捕まれば、江雪の手がける与党工作は露見し、下手《へた》をすれば江雪も処刑される可能性がある。

「江雪殿、共に逃げましょう」

「いや、それがしは、伊賀殿を見捨てるわけにはまいりませぬ」

「では、ここに残ると仰せか」

「はい。それがしはしらを切り通しますので、ご心配には及ばぬと、内府にお伝え下され。もしもの折は、わが息子とその眷属《けんぞく》をお引き立て下されとも、お伝えいただければ幸いです」

「心得ております」

すでに室を失い、出家している江雪が心配すべきは、息子とその家族だけである。

則秀は、伏見に向けて転がるように逃げていった。


翌朝、江雪は奉行衆の差し向けてきた手勢に捕縛《ほばく》され、自らの屋敷に軟禁《なんきん》された。

どうやら目を付けられていたのは、徳山や片山ではなく江雪の方だった。

奉行衆が摑んだ江雪暗躍の情報を前田家に漏らされ、二人は失脚したのだ。

——かの者に遺恨《いこん》を抱かせてしまったのは不覚であった。

江雪の脳裏に、三成の鋭利な刃物のような顔が浮かんだ。むろん、割り普請で後れを取った三成が江雪を恨み、意趣返《いしゅがえ》しを企《たくら》んでいたに違いない。

——否、そのような些細《ささい》な恨みではない。かの男に、わが切れ味を知られてしまったことが、命取りとなったのだ。

江雪の胸に、父の言葉がよみがえった。

「刀は鈍いように見せておかねばならぬ。いざという時にだけ、その切れ味を見せればよいのだ」

江雪は唇を噛んだ。

しかし奉行らの詰問《きつもん》にも、江雪はしらを切り通した。

その間に片山伊賀が前田家の者に殺され、江雪の与党工作の証拠がなくなった。

五月、奉行らの厳しい取り調べにも屈しなかった江雪は、晴れて自由の身となる。増田《ました》長盛《ながもり》や長束正家が、日増しに高まる家康の勢威に恐れをなし、江雪を釈放したのだ。

江雪は急ぎ伏見に戻り、再び家康のために奔走することになる。

九月七日、豊臣秀頼の重陽《ちょうよう》の節句を祝う目的で、大坂に入る予定の家康を暗殺する計画があるという噂が流れた。しかもその首謀者が、前田利家の息子の利長《としなが》だという。

その真偽は不明だが、これを機に、家康は前田家を取り込むよりも仮想敵として扱い、大戦《おおいくさ》の戦端を切らせるきっかけを作らせようとした。しかし利長は、なかなかしたたかで、容易に尻尾《しっぽ》を摑ませない。

そのため家康は、会津《あいづ》に戻っている上杉景勝《うえすぎかげかつ》に難癖《なんくせ》を付けることにした。むろん誇り高い景勝が、いわれなき謀反の疑いなどに弁明するはずがなく、家康は豊臣恩顧の諸将を引き連れ、上杉征伐に赴くことになる。そしてその途次、下野国小山で三成の旗揚げを知る。

慶長五年(一六〇〇)九月十五日　美濃国関ヶ原

「金吾がそう申したか」

江雪の報告を聞き、家康が小躍りせんばかりに喜んだ。

「よし平八《へいはち》、陣を進めるぞ」

「お待ちあれ。殿は、江雪殿の言を鵜《う》呑みになされるか」

本多忠勝が疑いの目を向けてきた。

――金吾だけでなく、わしも疑われておったか。

徳川家中から見れば、江雪は外様にすぎない。

「江雪殿に礼を欠くのを承知で言わせていただくが、金吾と江雪殿が、すでに治部少と通じておることも考えられます」

――三河者というのは、これだから困る。

同郷の者以外を信じず、石橋を叩いても渡らない三河者気質を、江雪は嫌というほど思い知らされた。

「この一戦には、殿だけでなく、われらの子々孫々の命運が懸かっております。それを金吾と江雪殿に託すのは、どうかと思いますぞ」

家康のぎょろりとした目が江雪を捉えた。

「おい江雪、わしを裏切らぬであろうな！」

家康が、三河の野良人丸出しの〝どす〟の利《き》いた声で迫った。

「申すまでもなきこと」

あまりの不快感に、江雪はすべてを投げ出し、この場から立ち去りたくなった。

「それでは、どうして相役の道阿弥を置いてきた」

家康が早速、疑問をぶつけてきた。

徳川家は、何をやらせるにも同格の相役を好んで置いた。お互いに監視させるためである。その体質は、幕府を開いてからも変わらない。これも三河人特有の猜疑《さいぎ》心《しん》の賜物《たまもの》である。

「それでは申し上げるが、あの場で、ほかの誰に金吾の首根っ子を押さえさせまするか」

「貴殿が残ればよかろう」

さも当然のごとく、忠勝が言った。

徳川家中が、肝の太い江雪よりも、小心の道阿弥に信を置いているのは明らかである。

「陣を進めれば、すべては明らかになります。それを合図として、金吾には大谷勢を攻めよと申し付けております」

「そうか」

家康が、さかんに爪を嚙み始めた。

――今、ここが切所《せっしょ》だ。

江雪にも、歴史の転換点に立ち会っているという実感が湧いてきた。しかも家康が、江雪の言葉を信じるかどうかで、それが決まるのだ。

「平八、どの道、われらは奥三河の泥田を這《は》い回っておったのだ。一つ間違えば、今でもそうしておったはずだ。それを思えば、ここまで来られただけでも十分ではないか」

「分かりました。そのお覚悟があれば、おのずと運は開けましょう」

忠勝が、わが意を得たりとばかりにうなずいた。

日が中天に昇る頃、家康本陣が動き出した。戦況は依然として一進一退を続けていたが、家康は陣を進めるという大胆な挙に出た。

それでも松尾山は動かない。秀秋が、西軍有利の戦況に迷っているのは明らかである。

――道阿弥も忍びの者らも、すでに殺されたか。

江雪も、いよいよ覚悟を決めねばならぬと思った。

「平兵衛《へいべえ》、わしとそなたの自害の支度をしておけ」

傍らに控える息子の房恒に、江雪がささやいた。

座を払った房恒を見て、家康から声がかかった。

「江雪、ちこう」

「何か」

「今更、何かはなかろう。まさか息子を逃したのではあるまいな」

「息子には、切腹の支度を命じたまで」

不快感をあらわにしながら、江雪が答えた。

「そうか。それならよいが、いよいよ金吾は動かぬようだな」

「そのようで」

「いい加減にしろ！　金吾が動かねば、わしは負けるのだぞ」

すでに陣を下げることは考えられなかった。ここで家康が引けば、東軍は雪崩《なだれ》を打って瓦解する。

その時、戦況を見てきた忠勝が戻ってきた。

「殿、松尾山は動かず。わが方の戦況は甚だ不利。いかがなされるおつもりか」

どのような状況でも、この男のぶっきらぼうさは変わらない。

「そんなことは分かっておる。江雪、いま一度、松尾山に行ってくれ」

「今更、行ってどうなると仰せか」

「それしか手はないのだ。江雪、頼む」

「分かりました」

ため息混じりにそう言うと、江雪は草鞋《わらじ》の紐《ひも》を締め直した。その背に、家康や忠勝の猜疑心の籠った眼差しが注がれているのが、痛いほど感じられる。

――もはや、なるようにしかならぬ。

そう思いつつ陣幕をくぐって外に出ると、生暖かい風が頬を撫で、雨上がりの後の陽炎が煙のように立ち上っていた。

――あの時もそうであったな。

江雪の脳裏に、伊豆韮山で過ごした日々がよみがえった。

「そうか」

江雪が踵《きびす》を返した。


足軽らに大鉄砲を担がせ、烏頭坂《うとうざか》から藤古川《ふじこがわ》を渡り、平井川《ひらいがわ》沿いの道を西に進んだ江雪一行は、ようやく松尾山南麓の平井村にたどり着いた。

主戦場である関ヶ原からは、山一つ隔てた反対側にあたるためか、この辺りは、小鳥のさえずりさえ聞こえるほど静かである。むろん村人は逃げ散り、周囲に人気《ひとけ》は全くない。

――この辺りにするか。

あまりに近づきすぎると、小早川勢の警戒網に掛かり、厄介《やっかい》なことになる。

江雪は、谷を隔てて松尾山が見渡せる段畑《だんばた》の上に登った。

「よし、支度に掛かれ」

鉄砲足軽たちが、木組みの銃座を組み立て始めた。その上に据えるのは、大鉄砲と呼ばれる小口径《しょうこうけい》の大砲である。

「本当によろしいので」

息子の房恒が唇を震わせた。

「構わぬ」

筒口《つつぐち》から火薬と弾《たま》が込められると、胴薬《どうぐすり》に火が点じられた。

次の瞬間、大地を震わせるほどの轟音《ごうおん》と共に、初弾が発射された。

弧を描いて飛んでいった弾は、松尾山の山麓辺りの樹林を震わせると、土片《つちへん》を飛び散らせた。

しばらく待ってみたが、頂上の小早川陣に動きはない。

――何のことだか分からぬのだ。

しかし東西両軍の陣配置から、東軍以外にこの地に来られないのは、小早川勢として承知しており、よほどのことがない限り、家康の意を呈した何らかの合図と分かるはずだ。

「もっと上を狙え」

「よろしいので」

房恒の顔は、すでに死人のように蒼白である。

──無理もない。金吾が常人《つねびと》であれば、われらは真っ先に殺される。自らの陣所を砲撃されて怒らぬ武将などいない。常識的に考えれば、小早川勢により、江雪たちは、ひとたまりもなくもみつぶされる。

「構わぬから撃て」

轟音を響かせて第二弾が発射された。黒煙をなびかせて飛んでいった弾は中腹辺りに着弾し、凄まじい音を立てて樹木をなぎ倒した。

今度は、明らかに動きがあった。まず多くの旌旗《せいき》が行き交い、続いて喊声が聞こえてきた。

──ようやく気づいたか。

しばらく待ってみたものの、秀秋の軍勢が、こちらに来る気配はない。江雪は一つ目の賭けに勝った。しかし、二つ目の賭けに勝たねば意味はない。

──思惑通りに行くとは限らぬのが、戦というものだ。さて金吾め、どちらに転ぶか。

しばらくすると、小早川勢の下山が始まった。彼らが山麓に陣を布く大谷勢に向かえば、二つ目の賭けも勝ちとなる。しかし福島勢を襲えば、すべてはそれまでである。

——たとえそうなっても、ここで腹を切るだけではないか。

江雪が瞑目《めいもく》した。これまでの生涯に出会った人々の顔が、次々と浮かんでは消えた。そのほとんどは、すでに鬼籍《きせき》に入っている。この苛烈《かれつ》な時代に、よくぞここまで生きてこられたと、江雪は己を褒《ほ》めてやりたかった。

「父上!」

その時、物見にやった房恒が、息を切らせて段畑を登ってきた。

「勝ちましたぞ! われらの賭けは勝ちにございます。金吾めが大谷勢に掛かりました」

すでに房恒は涙声となっていた。

——わしは勝ったのか。

しかし、不思議と喜びは湧いてこない。

戦勝に沸く徳川陣に帰り着いたのは、夜半になってからだった。薄暮《はくぼ》の中を下手に動けば、落ち武者と勘違いされ、味方から狙撃される恐れがあるため、夜になってから一切の灯りを消して戻ったのだ。

すでに追撃も終わりかけており、次々と戻り来る諸将が、列を成して家康に拝謁《はいえつ》するのを待っている。

奉行の一人に帰着を告げると、江雪は、皆の集まっている焚火《たきび》に向かった。

そこで傍輩《ほうばい》と談笑していると、おずおずと秀秋がやってきた。

「江雪殿、お手を煩《わずら》わせ、真にすまなかった」

――小僧め、いかにも手を煩わせおって。

そう思いつつも、江雪は顔色を変えずに言った。

「何の」

「内府には、もうお会いになられたか」

「いや、それがしごときが会えるのは、明日となるか明後日となるか」

先ほどまで、三河の野良人とさして変わらなかった家康が、すでに天下人《てんかびと》という別人になっていることを、江雪は知っていた。

「そういう金吾様は――」

「これからだ」

その時、なぜか居並ぶ諸大名を差し置き、江雪を呼ぶ声が聞こえた。

「われらより先とは驚いた」

「多少、手間取りましたので、叱責されるのでしょう」

肩に置かれた秀秋の手を軽く払った江雪は、房恒を促して家康の許に向かった。

「よしなに、な」

「でかしたぞ江雪！」

床几《しょうぎ》を蹴倒し、家康が抱きつかんばかりに駆け寄ってきた。

「本日の功第一は江雪だ」

本多忠勝ら家康の幕僚も、笑みを浮かべてうなずいている。

「それにしても、河原喧嘩と同じ手を使うとは恐れ入った」

家康の高笑いに応じるように、周囲も笑い声を上げた。

「しかし内府――」

江雪が首をかしげた。

「あの時、内府は河原喧嘩の結末まで聞かず、それがしを送り出しましたな」

「ああ」

「その理由《わけ》はいかに」

とたんに家康が真顔になった。

「わしは、結末を聞くのが恐ろしかった。もう、ほかに手がなかったからだ」

「ははあ」

「江雪、まさかその河原喧嘩、負けたのではあるまいな」

江雪は笑み崩れつつ、「まいった」と言わんばかりに頭を撫で回すと言った。

「はい。わが方の負けでござった。丘にいた餓鬼らは、怒りに任せてわが方に打ち掛かり、散々な目に遭いました」

家康が不快げに呟いた。

「此奴《こやつ》、わしに負け戦を打たせようとしたのか」

忠勝ら幕僚も顔を見合わせると押し黙り、本陣に気まずい空気が漂った。しかし、それを破るような家康の呵々大笑が聞こえた。

「こいつはまいった。十万石やろうと思うておったのに、それをみすみす捨てるとは。これほどの正直者はおらぬわ」

「そいつは無念でござった」

江雪が殊勝げに頭《こうべ》を垂れたので、それを見た忠勝らも大笑いした。

むろん、誰よりも吝《しわ》い家康が十万石などくれるはずがないのは、江雪も十分に分かっている。

「さて、それでは、本日第一の功を挙げた男は何を所望する」

「何も要りませぬ」と答えるつもりでいた江雪だが、それは思いとどまった。形式的にでも何かもらわねば、家康の面目《めんもく》をつぶすことにもなりかねないからである。

――おそらく、一万石までは出すだろう。

江雪は、即座にこの日の功を値踏《ねぶ》みした。

ちなみに相役の道阿弥は、この日の功により九千石を賜った。

「それがしは――」と言いつつ、江雪がゆっくりと顔を上げた。

「内府の槍を所望いたす」

「この筑前信国《のぶくに》か」

家康が目を丸くして背後の槍を指差した。

「いかにも」

「本日の功を槍一本に換えると申すか」

「御意」

「こいつはまいった」

家康とその幕僚は再び哄笑した。

「それだけでなく」

江雪が腰の物を外した。

「天下をお取りになった御祝儀《ごしゅうぎ》として、この左文字を献上いたします」

「よいのか」

「はい。この刀は天下人の腰に差してこそ価値あるもの」

家康が震える手で左文字を受け取った。


家康の前を辞した江雪は、筑前信国を肩に載せ、陣幕の外に出た。たちまち、経緯《いきさつ》を知らない諸将から羨望《せんぼう》の眼差しが注がれた。その中を江雪は堂々と進んだ。

その時、ようやく追いついてきた房恒が江雪の耳元で問うた。

「父上、なぜに――」

「理由を聞きたいか」

「はい」

「平兵衛、刀は鈍いように見せておかねばならぬ。いざという時にだけ、その切れ味を見せればよいのだ」

それだけ言うと、江雪は将兵の間を縫い、陣所にしている掘立小屋《ほったてごや》に入っていった。

江雪は、己の才をつい現してしまった豊臣家時代を思い出していた。外様家臣の意地を見せたいという一心から、石田三成に目をつけられてしまい、それが秀吉の死後、前田家を自陣営に取り込むという大功を逃す遠因となった。

それゆえ江雪は、徳川家中で同じ過《あやま》ちを犯すつもりはなかった。外様はしょせん外様として、分《ぶん》をわきまえて生きるしかないことに気づいたからである。

仮に数万石を拝領したとしても、何代か後に改易《かいえき》されるのであれば意味はない。逆にささやかな石高《こくだか》でも、子々孫々まで家を存続させられれば、それに越したことはない、と江雪は思っていた。

――過分なものほど失いやすいのだ。

江雪は、もう左文字を抜くことがないであろうことにも気づいていた。それゆえ、左文字を家康に献上した。それは「もうこれ以上、内府のために働きませぬぞ」という意思表示でもあった。

左文字は家康から息子の紀州頼宣《きしゅうよりのぶ》に下賜《かし》され、頼宣は大坂の両陣に左文字を佩《は》いて出陣し、紀州徳川家第一の重宝《ちょうほう》となる。

ちなみに、この時の寝返りの功により、小早川秀秋は備前・備中・美作五十一万石に加増される。しかし二年後の慶長七年（一六〇二）十月、二十一歳で病没し、その家は無嗣《むし》改易となる。

慶長十四年（一六〇九）六月四日、江雪は死去した。齢は七十四に達していた。戦国のただ中を生き抜いた一人の男は、伏見の屋敷で眠るように息を引き取った。むろん豪奢《ごうしゃ》な衾《ふすま》の上で、親族に看取られながらの最期であっても、江雪の心は、片敷袖で臥《ふ》した東国の山野にあったに違いない。

家康は江雪の功に報いるべく、房恒に武州《ぶしゅう》長津田《ながつた》千五百石を下賜《かし》した。小早川秀秋、福島正則ら大物はおろか、一万石程度の小名まで、外様と名が付けば軒並み改易された江戸幕府最盛期を生き抜いた江雪の家は、徳川家旗本として明治維新まで続いた。

天文十五年（一五四六）八月某日　伊豆国韮山

長身の少年が遂に断を下した。

「そなたらは、ここにおる小童《こわっぱ》を連れて丘の下まで行き、上の連中に向かって石を投げろ」

「狂うたか。そんなことをすれば、やつらは怒り――」

「よいのだ。わしの命じた通りにせい！」

半信半疑な顔をしつつ、疥癬が丘に向かって駆け出した。その後を、小童数名が追いかけていく。

丘の下に達した疥癬は、小童を促し、丘の上に向かって石を投げ始めた。

丘の上の少年たちが驚き慌てる様が、手に取るように見える。

――一か八かだ。

堪えきれずに丘の下まで走った長身も、石を摑むと丘に向かって投げた。

おそらく、鬼のような形相をしていたに違いない。

その時、丘の上の少年たちが一斉に駆け下ってきた。そして迷うことなく、敵に向かって石を投げ始めた。

――勝った。

初秋の日はいまだ中天にあり、この世のすべてを焼き尽くそうとするかのごとく、その輝きを増していた。

参考文献（著者の敬称略）

『後北条氏家臣団人名辞典』東京堂出版　下山治久（編）
『小田原合戦』角川選書　下山治久
『戦国北条一族』新人物往来社　黒田基樹
『唐沢山城と佐野氏』佐野市郷土博物館（図録）
『中世を道から読む』講談社　齋藤慎一
『武田信玄大事典』新人物往来社　柴辻俊六（編）
『伊豆雲見高橋氏に関する考察』高橋晴幸（高橋清英氏提供）
『鯨取り絵物語』弦書房　中園成生・安永浩
『元禄の鯨―「鯨分限」太地角右衛門異聞』南風社　浜光治
『鯨に挑む町　熊野の太地』熊野太地浦捕鯨史編纂委員会
『伊豆水軍物語』中央公論社　永岡治
『伊豆水軍』静新新書　静岡新聞社　永岡治
『海賊のいた入江』青弓社　永岡治
『クジラとイルカの図鑑』日本ヴォーグ社　マーク・カーワディーン
『クジラ・イルカ大図鑑』平凡社　アンソニー・マーティン

『戦国時代の終焉』中央公論新社　齋藤慎一
『関東戦国史と御館の乱』洋泉社　伊東潤・乃至政彦
『真田昌幸のすべて』新人物往来社　小林計一郎（編）
『真田昌幸』吉川弘文館　柴辻俊六
『後北条領国の地域的展開』岩田書院　浅倉直美
『北条氏邦と猪俣邦憲』岩田書院　浅倉直美（編）
『鉢形城開城　北条氏邦とその時代』鉢形城歴史館（図録）
『北条安房守と真田安房守』鉢形城歴史館（図録）
『敗者から見た関ヶ原合戦』洋泉社　三池純正
『真説　関ヶ原合戦』学研M文庫　学習研究社　桐野作人
『岡野融成江雪』幻冬舎ルネッサンス　井上美保子

各都道府県の自治体史、論文・論説、事典類、汎用的ノウハウ本、軍記物の現代語訳版（『信長公記』『甲陽軍鑑』等）の記載は、省略させていただきます。

解説

上田秀人《うえだひでと》
（作家）

作家というのは孤独な商売である。それこそ、ここ一週間で話したのは、担当編集者とコンビニの店員さんだけなぞ、ざらなのだ。当然、他の作家諸氏との交流など皆無に等しい。いないわけではないが、年賀状の交換は十枚におよばず、メールアドレスを交換しているとなれば……片手で足りる。その私の少ない交流の一人が、伊東潤氏である。

伊東潤氏とは、テレビのお仕事でご一緒させていただいて以来のおつきあいである。収録後、スタッフの方々との慰労会で隣に座らせていただいたのが、始まりであった。

一応、私も作家の一人である。それも伊東潤氏と同じ、歴史時代のジャンルを仕事としている。滅多に会えない同じジャンルの作家氏との交流なのだ。創作の方法から、作家としての姿勢、それこそあらゆる質問を伊東氏にぶつけた。あからさまに礼を失した態度であったにもかかわらず、伊東氏はそのすべてに答えてくれた。それ以降、おつきあいを願っている。

伊東氏は私より一つ年下の昭和三十五年の生まれ、外資系企業のサラリーマンを経て、作家専業になった。その作品は緻密で、きっちりと設計図を引き、寸分の狂いもなく仕上げられている。なにより、資料の読みこみがすごい。さらに古い文献にこだわるのではなく、新しい研究への探求も怠らない。一応、私も仕事柄資料には気を遣っているが、とても及ばない。

基本、歴史は固定されている。織田信長《おだのぶなが》は天正《てんしょう》十年（一五八二）六月二日未明、京の本能寺《ほんのうじ》で明智光秀《あけちみつひで》によって殺され、関ヶ原《せきがはら》の合戦は、東軍の勝利で終わる。どれだけ時代が経《た》とうとも、科学が人を宇宙へ連れていこうとも、変わらない。

つまり手を抜こうと思えば、いくらでも抜けるのだ。デビュー前に手に入れた資料、いや、中学や高校時代の歴史教科書だけで、すませることもできる。それを伊東氏は、何十冊という資料本だけでなく、大学で発表されたばかりの研究まで駆使して、執筆する。こうして、伊東氏の作品は重厚なものへと仕上がる。いや、これこそ、作品に登場する人物たちに厚みを与え、そこにいるかのような存在感をもたらしている。

さて前置きはここまでにして解説に入らせていただこう。

お手にとっていただいた本書『城を噛ませた男』は、光文社発行の雑誌「小説宝石」に掲載されたのを、二〇一一年一冊の単行本としたものだ。

まず、最初に「見えすぎた物見」の冒頭を数頁お読みいただきたい。

このなかに戦国時代のすべてが描かれている。強国の傲慢《ごうまん》、弱小国人領主の悲哀、巻きこまれた家臣たちの想い。

一読されてどうだろう。引きこまれたはずだ。

脳裏に風景が浮かばなかったか。私は遠くに砂塵《さじん》を巻きあげて疾駆してくる騎馬武者が見えた。

作品の内容をつぶさに語るのは、解説の任ではない。これ以上の説明は避けるが、「見えすぎた物見」は、貴方を物語の世界に引きこむのに十分な役割を果たしたはずだ。

続いて二作目の「鯨のくる城」に移ろう。

昨年、山田風太郎賞を受賞された『巨鯨の海』を見ても思うが、伊東氏は鯨にになにか思い入れでもお有りなのだろう。枚数の制限がある短編ながら、鯨と戦う男の勇壮な男たちといえども避けられない乱世、天下が動いても変わらないものを見事に描いている。

　そして三作目が表題ともなった「城を噛ませた男」である。歴史好きなら、たまらない真田《さなだ》安房守昌幸《あわのかみまさゆき》の話である。それも真田家が歴史に大きく名を残すことになった、豊臣秀吉《とよとみひでよし》の北条《ほうじょう》征伐寸前、いや、その裏を伊東氏の筆で露《あら》わにした作品だ。表題になるだけあって、傑作揃いのこの短編集のなかでも秀逸で読み終えたとき……感想は止《や》めておこう。読んでいただければわかる。

「椿の咲く寺」という優しい題名の四作目は、歴史の隙間を書いている。滅ぼされた武田の遺臣による徳川家康《とくがわいえやす》襲撃の計画は、歴史が証明するように失敗する。だが、それは話の主筋ではないのだ。これほど大きなものを色づけにしてしまう。どれだけ贅沢な物語か。一読後、題名のなかにある椿が印象深く残る。忍ぶ、その意味がここにあるとだけ、記しておこう。

　さて、最後の「江雪左文字」は、歴史的な大事件の一つ関ヶ原の合戦を舞台にしている。主人公は板部岡江雪斎《いたべおかこうせっさい》である。北条氏の陣中坊主だった江雪の後半生を、生き残るべくしてどうしたかを淡々と記している。まるで記録のような書き方だが、そこに潜んだ伊東氏の情愛は感じられるはずだ。

　全五編の根底に流れているのは『滅び』だと私は思う。もちろん、これは、私の勝手な解釈でしかなく、伊東氏に浅いと笑われるだろう。しかし、私はそう読んだ。言うまでもないが、滅びの美学などという甘いものではない。滅びは哀《かなしみ》でしかないのだから。生き残った者こそが勝者であり、敗者に与えられるのは憐れみの衣を纏《まと》った嘲笑だけ。それが戦国乱世の定めであり、多少形を変えたとはいえ、今も続いている。

誰もが滅びたくないがゆえに、あがく。そのあがきの切なさ、醜さ、そして尊さを文学に昇華させたのが、この『城を噛ませた男』である。是非、お買い求めいただきたい。決して損はさせないはずだ。

伊東氏には、今度酒の席で、ゆっくりと作品について語っていただこうと思う。私が思い違いをしているなら、遠慮なくただして欲しい。

初出（全て光文社刊「小説宝石」）
「見えすぎた物見」　二〇一〇年一月号
「鯨のくる城」　二〇一〇年七月号
「城を噛ませた男」　二〇一〇年九月、十月号
「椿の咲く寺」　二〇一〇年三月号
「江雪左文字」　二〇一一年二月号

単行本　二〇一一年一〇月　光文社刊

光文社文庫

傑作時代小説
城《しろ》を噛《か》ませた男《おとこ》
著 者 伊《い》 東《とう》 潤《じゅん》

2014年3月20日 初版1刷発行

発行者 駒 井 稔
印 刷 萩 原 印 刷
製 本 ナショナル製本

発行所 株式会社 光 文 社
〒112-8011 東京都文京区音羽1-16-6
電話 (03)5395-8149 編 集 部
8116 書籍販売部
8125 業 務 部

ISBN978-4-334-76706-8 Printed in Japan

組版 萩原印刷

お願い　光文社文庫をお読みになって、いかがでございましたか。「読後の感想」を編集部あてに、ぜひお送りください。

このほか光文社文庫では、どんな本をお読みになりましたか。これから、どういう本をご希望ですか。

どの本も、誤植がないようつとめていますが、もしお気づきの点がございましたら、お教えください。ご職業、ご年齢などもお書きそえいただければ幸いです。当社の規定により本来の目的以外に使用せず、大切に扱わせていただきます。

光文社文庫編集部